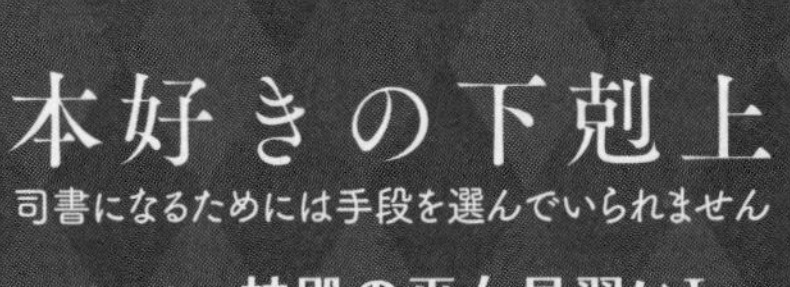

本好きの下剋上

司書になるためには手段を選んでいられません

第二部　神殿の巫女見習いⅠ

香月美夜
miya kazuki

TOブックス

登場人物

第一部あらすじ

何より本が好きな女子大生は身食いに侵された兵士の娘マインに転生し、識字率が低くて紙が高価な世界で本を自作しようと奮闘する。植物紙を作ったものの、生き長らえるには魔力を吸い取る魔術具が必須。そんな時、洗礼式で神殿図書室を発見する。神殿長に直談判した結果、魔力を納める青色巫女見習いになった。

マイン

本作の主人公。身食いで虚弱な兵士の娘。身食いの熱が魔力だと判明し、貴族の子がなるはずの青色巫女見習いになった。本を読むためには手段を選んでいられません。

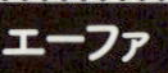

マインの母。染色工房で働いている。暴走しがちな夫と娘に苦笑する毎日。

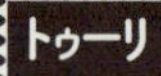

マインの父。南門の兵士で班長。家族が好きすぎて周囲に呆れられている。

トゥーリ

マインの姉。針子見習い。優しくて面倒見が良い。マイン曰く「マジ天使」。

ギルベルタ商会

ルッツ
ギルベルタ商会のダルア見習い。マインの相棒で頼りになる体調管理係。

ベンノ
ギルベルタ商会の主であり、マインの商売上の保護者。

コリンナ
ベンノの妹で店の後継ぎ。自分の工房を持つ腕の良い針子。

マルク
ギルベルタ商会のダプラ。ベンノの有能な右腕。

神殿関係者

神殿長
神殿の最高権力者。威圧してきた平民のマインを憎んでいる。

神官長
マインの神殿の保護者。魔力量と計算能力を買っている。

フラン
マインの側仕えの灰色神官。神官長の有能な側仕えだった。

ギル
マインの側仕えの灰色神官見習い。マインを困らせるための問題児。

デリア
マインの側仕えの灰色巫女見習い。神殿長が情報を得るために付けた。

ディード……ルッツの父。
カルラ……ルッツの母。
ジーク……ルッツの兄その2。
ラルフ……ルッツの兄その3。
フーゴ……ベンノが連れて来た料理人。
エラ……ベンノが連れて来た料理人見習い。
ヨハン……鍛冶工房の腕が良い見習い。

第二部

神殿の巫女見習いI

イラスト：椎名　優 You Shiina
デザイン：ヴェイア Veia

第二部 神殿の巫女見習いI

プロローグ

「神官長、神殿長がお呼びだそうです」

「……威圧を受けても無事だったようだな」

神官長フェルディナンドは側仕えフランの言葉を聞いて、溜息混じりに立ち上がった。神殿長がもうしばらく寝込んでいてくれれば執務が捗ったのだが、と考えながら、側仕えアルノーを伴って自室を出る。

神殿長室への移動途中で図書室が彼の視界に入った。同時に、ここの本を読むために騒動を起こした子供、マインの顔が浮かんでくる。ここ最近の頭痛の種であり、今回の呼び出し原因だ。この呼び出しもマインとの話がどうなったかの確認と文句に違いない。神殿長の口から出てくるだろう嫌味の数々が容易に思い浮かぶ。面倒だが、一応この神殿内で最上位である神殿長を立てておいた方が良い。彼は指先でこめかみをグッと押すことで、億劫になる気分を自分の中に押し込めた。

フェルディナンドはよく二十五歳くらい、下手したら三十歳くらいに間違われるが、二十歳である。若さが足りない、と異母兄からよく言われているが、それは生活環境によるものだと彼自身は思っている。

彼はこの神殿において、特殊な立場だ。生粋の神殿育ちではなく、成人するまで貴族社会で育った。愛妾の子であったが、礎の魔術具を扱えるだけの魔力があり、勉学が得意であったため、異母兄を補佐する立場として育てられた。異母兄との仲は悪くなかったが、その母親に当たる父親の妻は、彼が異母兄の補佐をすることさえも気に入らなかったようだ。父親の死後、彼はあからさまに排斥され始めた。権力に群がる大人達は彼女の意見に賛同したし、実の母親は当てにならなかった。身の危険を感じ始めた頃、異母兄が神殿に入ることを勧めてくれたのである。

貴族社会において、神殿に入ることは政治の世界から抜けると宣言することに他ならない。けれど、神殿もまた魔力を使い、神事を行うため、政治の世界とは密接な関係を持っている。そして、神殿の上位は貴族出身の青色神官や青色巫女が占めており、その位は実家の地位による階級社会だ。異母兄はフェルディナンドに神殿を掌握するように、と笑いながら命じた。今の神殿長は父親の妻の弟で、態度も大きく厄介な相手である。簡単に言ってくれるな、と肩を竦めつつ、彼は神殿に入った。

神殿での日々は安穏としていた。財政を握っていたり、孤児院の管理をしていたり、貴族との連絡を取り扱ったり、と仕事をしている者もいたが、神具に魔力を込める以外、彼には特別な仕事は回されなかった。あまりに時間が余るので、異母兄に頼んで、実家に置いてあった本や木札を送ってもらったくらいだ。せっかくなので、経済状況が思わしくない貴族にも利用してもらえたら良いと考えて、本を数冊図書室に並べてみた。けれど、神殿にいる青色神官や巫女は貴族社会に戻れない者ばかりで、勉学に興味がある者はいなかったようだ。本が読みたいと号泣するほど興味を示したのは、貧民の幼女マインだけだった。

だが、安穏とした時間は長く続かなかった。政変が終結し、大規模な粛清が行われ、貴族の数が激減したのだ。不足を補うため、貴族院に通える年齢の幼い見習いが実家から呼び戻され、次に結婚が可能な年若い神官や巫女が貴族社会へと戻って行った。さらに、適齢期より上でも、魔力がある神官や巫女は中央神殿へと移動するよう要請があった。今、この神殿に青色巫女は残っておらず、青色神官は実家に戻れる年齢ではなくなり、中央の神殿で必要とされる魔力量に満たない者ばかりになった。

主要な仕事をしていた者がごっそりといなくなった神殿で、彼はあらゆる仕事を引き継ぐことになった。神殿に入って日が浅い上にまだ年若いが、実家の地位から彼が神官長を務めることになり、安穏とした時間は姿を消したのである。

「神殿長、神官長がお見えになりました」

扉の前に控えていた神殿長の側仕えがフェルディナンドの歩く速度に合わせて扉を開ける。神殿長は椅子に深く腰掛け、鼻筋に深い皺を刻んだ凶悪な表情で苛立たしげに指先で机を叩いていた。そして、彼の姿を見るやいなや勢い込んで口を開く。

「神官長、アレは一体どうなった？」

ゆっくりと神殿長の前まで歩いた後、彼は貴族らしい優雅さを殊更に強調しつつ、「アレと申しますと？」と首を傾げて見せた。

「あの無礼極まりない子供に決まっているだろうっ！」

癇癪を起こした子供のように、身体を起こしてドンと机を叩きながら神殿長が怒鳴る。予想済みの言動だったので、彼は報告するための木札をスッと持ち上げて、読むふりをしながら飛んで来る唾を防いだ。

「当初に予定した通り、神殿に入れることになりました。マインがいなければ、奉納式は確実に困ります。それに、秋に騎士団から要請が出た場合、どうなさいますか？　魔力が足りないためできません、と答えますか？　それとも、貴族が増えるまでの間、余所の神殿に助力を乞いますか？」

実家の位が高く、それと比例するように自尊心が高い神殿長が他人に助力を乞うなど、絶対にできるはずがない。余所の神殿に頭を下げて助力を乞う自分を想像したらしい神殿長は、額まで真っ赤に染めて悔しがった。

「くっ、魔力不足でなければ、あんな無礼な子供、すぐにでも処刑してやるのに……」

「マインを正面から挑発するのは危険です。あの魔力をまた正面から受ければ、神殿長の心臓が持たないかもしれません」

高圧的な態度が原因で、卒倒するまで魔力で威圧されたことを忘れたのか。これだから、年寄りは困る。彼はそう考えながら、ギリギリと奥歯を噛み締めている神殿長を見下ろしつつ、マインとその両親との話し合いで決まったことを報告する。

「事前に話していた通り、青の衣を準備することになりました。魔術具の手入れと、本人が熱望する図書室の仕事を勤めとするのも、事前に話し合っていた通りです」

事前に話し合っていたところを何度も強調した。年のせいか、神殿長は最近自分で発言した内容を都合良く忘れることが多い。案の定、反論したくてもできないような不本意極まりない顔で唸りながら神殿長は彼を睨(にら)んだ。

「うぐぐ……。神官長、其方(そなた)……」

「それから、マインは孤児ではないため、家から通うことになりました。実際、青色神官にも通いが多いので、これは特に問題ないと判断して、許可しています」

「何だと⁉」

神殿長が目を剥(む)いて、噛みついてくる。これもまた彼の予想通りだった。

「……青の衣を与えられているのだから、と言われ、貴族区域に部屋を与えるよりは、通いの方が良いと考えた結果です」

平民に貴族区域の部屋を与えるより、通いの方が神殿長にとっては納得しやすいようで、嫌な笑みを浮かべながら「まぁ、いいだろう」と頷く。孤児院に放り込めば良い、と言っていた自分の発言はすっかり忘れているようだが、もう言質は取った。

「あと、マインは虚弱で、毎日のお勤めはできないそうです。青の巫女見習いがこなす仕事は多くないので、体調が悪い時に休んだところで問題はないと思われます」

「ハッ、やる気が全く感じられんな」

何に関しても文句を付けなければ気が済まないらしいが、わかっていたことなので、フェルディナンドは軽く肩を竦めて流しておいた。

「神殿内に病気を持ち込まれるよりは良いと判断しました。それから、体調管理のための側仕えを付けることになりました」

「必要ない！」

　神殿長の言葉があまりにも推測した通りであることに、軽く溜息を吐きながら、彼はまた準備していた答えを返す。

「青色巫女見習いに側仕えが全くいなければ、こちらが対応に困ります。それに、今は灰色が余っているので、マインに引き取ってもらった方が良いと考えました」

　青色神官は去って行ったけれど、側仕えはよほどのお気に入りを除いて、ほとんどが解任され、孤児院に残されている。青色神官の実家からの寄付も減った状態で、主のいない灰色神官や巫女ばかりがいるのは出費がかさむだけだ。

「それから、マインについて調べたところ、商業ギルドに工房長として登録されていました。神に仕える者に金儲けの手段など必要ないと切り捨てるのは簡単ですが、工房を続けさせることで神殿が定期的に利益を得るのも有益な手段ではないかと思います。どういたしますか？」

　神官や巫女が少なくなったことで、自分が手に入れられるお金も減っている神殿長は、「できるだけ、搾(しぼ)り取ってやれ」と言って、神殿の建前より実利を取った。マイン側から出された条件に全て許可が出たことに、彼はそっと安堵(あんど)の息を吐く。

「では、神殿長の手を煩(わずら)わせないよう、マインの面倒は基本的に私が見ることにし、神殿長の部屋へは基本的に立ち入らせないようにします。あとは、灰色神官の側仕えに自分の側仕えを一人付けて、細かく報告させる予定です」

一応警戒しているところを見せると、興味深そうに神殿長が目を光らせた。白い髭(ひげ)を何度か撫(な)でながら、碌(ろく)でもないことを企んでいる時の嫌らしい笑みを浮かべる。

「ほぅ？……ならば、こちらからも一人付けるとするか。同じ年頃のデリアならばこちらのためによく働くだろうし、アレも信用するだろう。他の側仕えには孤児の中でも面倒な者を付ければいい。精々困らせろ。魔力と寄付金は上限ぎりぎりまで搾り取れ。どうせ、そのくらいしかアレに価値はないのだからな」

厄介なことになった。貴族社会や神殿内に詳しくないマインに補佐を付けるつもりだったが、神殿長の子飼いの側仕えがいれば、こちらの言動も筒抜けということになる。臍(ほぞ)を噛む思いで退室の礼をすると、彼は神殿長の部屋を出て、自室へと戻った。


「まったく。……本当に煩わしい」

神殿に預けられる青色神官や巫女の大半が貴族の庶子である中、神殿長は嫡子であり、高位の家柄であることを誇っている。その実、出自の割に魔力が少なすぎたことが理由で神殿に預けられたため、魔力が多い者に対する劣等感は凄まじい。マインに対する言動はよく見張っておかないと、また彼女の魔力が暴走することになるかもしれない。

報告書によると、マインはギルベルタ商会を後ろ盾に見習いの仮登録をした後、今までにリンシャン、植物紙、髪飾り、カトルカールと多岐に渡る商品を生み出しているらしい。大金貨一枚を寄付できるくらいの財力がマイン個人にあるのは、大袈裟(おおげさ)でも嘘でもないようだ。体力的に問題があるために商人見習いは諦め、ギルベルタ商会が準備したマイン工房でこれから先も商品を発明しては売る予定とある。マインは魔力と金だけでなく、事務処理能力も持っているということだ。仕事に忙殺されている彼にとっては、神殿長よりマインの方がよほど有益な人材だと言えた。

「それにしても、これだけの商品の契約をしたのが、一年ほどの間か……」

マイン工房の利益はかなり大きなものになりそうだ。金にがめつい商人に誤魔化されないよう、細かく報告してくれる側仕えをマインには付けておかなければならない。彼は自分の部屋にいる側仕えをぐるりと見回す。マインに付けるのは、自分に対する忠誠心が厚く、報告が正確で、我慢強い者が良い。神殿長が付けた厄介な側仕えにそつなく対応できなければならない。

「フラン、今後、君にはマインの側仕えとなってもらう。なるべく細かく報告してほしい。それから、神殿長とマインをなるべく近付けないように頼む」

ほんの一瞬、不安そうな顔をしたフランだったが、「……かしこまりました」と静かに頷いた。

「他の側仕えは……。そうだな。青色神官には付けにくいような、扱いにくい者はいなかったか？　建前上、神殿長の意見も入れておかなければならないのだが」

フランは当惑したように視線を彷徨わせた後、そっと目を伏せた。神殿長の部屋に行く時に侍っていたアルノーが助け船を出すように口を開く。

「ギルはどうでしょう？　よく反省室に入れられていますが、全く懲りない子で、監督神官が困っています」

「……ふむ。では、ギルとデリアとフランをマインの側仕えとしよう」

誓いの儀式と側仕え

……今日からわたし、神殿の巫女見習いです。

青の衣を準備するのに、日数がかかると言われたので、一緒に洗礼式を終えたルッツに比べて、わたしは一月近く遅れての見習い仕事の開始になる。早く行きたくてどうしようもなかったので、神殿に行けるまで待っている時間が長く感じて仕方なかった。

……やっと、やっと本が読める！　それも、あの鎖に繋がれた本だよ？　あぁ、考えただけで興奮してぞくぞくしちゃう！　いやっふぅ！

本を読める幸せをくるくる回って喜んでいると、トゥーリが呼びに来てくれた。

「マイン、ルッツが迎えに来たよ。……なんで踊ってるの？」

「本が読めるから。じゃあね、トゥーリ。いってきます」

「マイン、興奮しすぎないように気を付けてね」

……それは無理！

心の中で答えながら、わたしは家を飛び出した。神殿は街の北側にあるので、わたしの恰好は自分が持っている中で一番上等な服のギルベルタ商会の見習い服だ。神殿の制服である青い衣をもらうまではこのままでいいだろう。

「うふふん、ふふ～ん……」

鼻歌混じりにスキップしていたら、呆れた表情のルッツに腕をグッと引っ張られた。

「マイン、お前さ、ちょっと浮かれすぎ。神殿に着く前に熱を出すぞ」

「うっ……。それは困る」

わたしは勝手に飛び上がりたがる足を宥め、浮かれて喜ぶこともできない虚弱な身体を恨めしく思いながら、少しでも速く歩こうと急く気持ちをぎゅぎゅっと抑え込んだ。ルッツと手を繋いで、ゆっくりと神殿に向かう。

「マイン、本当に一人で大丈夫かよ？」

「今日は衣をもらって、側仕えの人を紹介されるだけだから平気だって」

わたしの出勤日は基本的にルッツと同じ日ということになっている。神殿で付けられる側仕えがわたしの体調を管理できるようになるまで、今まで通りにルッツが見ていた方が良いというのが、家族やベンノの判断だった。

……他の人がルッツのレベルで体調を管理するなんて、無理だと思うけどなぁ……。

もしかしたら、この先ずっとルッツを付けておきたいと思われているのだろうか。家族を始め、ベンノもマルクもルッツも、皆、すごく神殿の貴族を警戒している。でも、ずっとルッツに頼りきりでは、お荷物にならないようにわたしが商人見習いを諦めた意味がない。

そうベンノに文句を言ってみたら、フン！　とベンノは鼻を鳴らし、マルクは困ったような顔で曖昧に笑って教えてくれた。なんと、イタリアンレストランの開店と余所の町に製紙工房を開くために、ルッツにはマルク直々の指導が入ることになったらしい。発案者であるわたしとの連絡役なので、かなり変則的な教育課程になると説明された。最初から新しい事業の立ち上げに参加させ、どんどん実践させて、仕事内容を叩き込むそうだ。「それ、普通の新人研修じゃないですよね?」って、思わずツッコミをいれてしまったけれど、ルッツ自身は予定よりずっと早く余所の町にも行けるということですごく張り切っている。

……ルッツが喜んでいるなら、それでいいんだけど。頑張れ、ルッツ!

神殿に着くと、門のところに一人の灰色神官が待ち構えていた。比較的がっちりとした体格の男性はスッと腰を落として跪くと、両手を胸の前で交差させる。

「おはようございます、マイン様。神官長のところへ案内いたします」

「マイン様!? ぷっ、あははは……。似合わねぇ」

丁寧な物腰の灰色神官の態度に噴き出したルッツが、わたしと灰色神官を見比べてケラケラと笑った。わたしもルッツと一緒に笑いたかったけれど、灰色神官の眉が不愉快そうにピクリと動いたことに気付き、お腹を抱えて笑うルッツを軽く叩いた。

「ルッツ、笑いすぎっ!」

「あぁ、悪い、悪い。マイン、今日は四の鐘が鳴ったら、迎えに来るから待ってろよ」

手を振って歩き出したルッツを見送った後、わたしはくるりと灰色神官の方へと向き直る。

「不快な思いをさせてしまってごめんなさい」

憶を探っていると、執務の手を止めた神官長が立ち上がり、祭壇の前へと歩いて来る。

「マイン、こちらに」

　やや早足で歩き、わたしは神官長の手前で立ち止まった。神官長が薄い金色の目でわたしを見下ろし、軽く溜息を吐いた後、視線で祭壇を示す。

「本来ならば、神殿長の部屋の祭壇の前で神と神殿に仕える誓いを行い、衣の付与があるのだが、神殿長は君を部屋に入れたくないようで、至急こちらに祭壇を作った」

「……お手数をおかけいたしました」

　神殿長の傲慢な態度と言い草にプツッと切れて、感情的に魔力を大爆発させたおかげで、わたしは怒りや苛立ちもある程度魔力と一緒にスッキリ飛ばしてしまった。けれど、暴走した魔力の威圧を受けた神殿長には嫌われて、恨まれていることくらいはわかる。

　……ただでさえ、貧乏人の子供として蔑まれてたわけだし。

　神殿における最高権力者に、最初から修復不可能な状態で嫌われているというのは、非常にまずい状況なのではないだろうか。これから先の神殿生活にいきなりの障害を感じていると、神官長は緩く首を振った。

「火に油を注がぬよう、神殿長とはなるべく顔を合わせないようにした方が良い」

　わたしより神殿長のことをよく知っている神官長がそう言うのだから、今は接触を控えた方が良いのだろう。敢えて近付きたいわけでもないので、わたしはコクリと頷いた。

「では、誓いの儀式を行う」

神官長が香炉を手に取り、香炉の鎖を握って、振り子のようにゆっくりと振った。その動きに合わせて、焚かれている香が舞い踊り、心落ち着く乳香のような匂いが部屋に広がっていく。

そして、祭壇にまつられている神具について、神官長の低い声で丁寧に説明される。最上位にある黒いマントは夜空を意味し、闇の神の象徴。金の冠は太陽を意味し、光の女神の象徴。この夫婦神が天空を司る最高神であるため、最上位に飾られる。中央の段にある杖は雪や氷を押し流す水の女神の象徴、槍は長く高く成長を促す火の神の象徴、盾は冷たい冬の到来を防ぐ風の女神の象徴、杯は全てを受け入れる土の女神の象徴、剣は硬い大地に切り込む命の神の象徴であるらしい。下段にあるのは神への供物。息吹を象徴する草木、実りを祝う果実、平穏を示す香、信仰心を表す布が捧げられるという。

「春の貴色は緑。厳しき冬を越え、萌え生ずる若い命の色。夏の貴色は青。大きく高く育つ命の目指すべき高き空の色。秋の貴色は黄。豊かな実りに色付き、首を垂れる麦の色。冬の貴色は赤。冷たさを和らげ、希望を与える炉の色」

神殿において尊ばれる色は季節ごとに変わるらしい。祭壇を飾る布やカーペット、神官や巫女が青い衣の上からまとう飾りの色はその季節に準じたものになるという。

「では、誓いの言葉を」

神官長はそう言いながら、カーペットの上に跪き、左の膝を立てる。そして、両手を胸の前で交差させて、首を垂れる。わたしも神官長の隣で同じ体勢を取った。わたしの準備ができたことを確認した神官長が口を開く。

「復唱するように」

間違わないように緊張しつつ、わたしはじっと神官長の口元を見つめた。神官長の薄い唇がわかりやすいようにゆっくりと動かされ、誓いの言葉が流れてくる。

「高く亭亭たる大空を司る最高神は闇と光の夫婦神」

「広く浩浩たる大地を司る五柱の大神は」

「水の女神フリュートレーネ」

「火の神ライデンシャフト」

「風の女神シュツェーリア」

「土の女神ゲドゥルリーヒ」

「命の神エーヴィリーベ」

「高く亭亭たる大空より広く浩浩たる大地にあまねく最高神の御力を輝かせ」

「五柱の大神の御力を以て、広く浩浩たる大地に在る万物を生し給う」

「その尊い神力の恩恵に報い奉らんことを」

「心を正し、心を整え、心を決し、幾代も限りなき正しき神であると崇め信じ」

「大自然の神々諸共にただひたすら祈り、感謝し、奉納することを誓願いたします」

きっちりと復唱して神官長を見上げると、よろしいと言うように神官長が軽く頷いた。そして、立ち上がると、壁際の灰色神官に視線を向けた。祭壇寄りにいた灰色神官が音も立てずに動いて、祭壇の一番端に畳まれていた青の衣を手に取って、神官長へと手渡した。

「青は成長を促し、助ける火の神の貴色であり、最高神の司る高く亭亭たる大空の色である。最高神への信仰と、これから常に成長し続けることを誓う神官巫女にこれを与う」

青の衣を与えられたわたしは壁際にいた見習い巫女によって着付けされた。青の衣は上からずっぽり被って、腰を帯で留める簡単な物だった。下に着る物は季節によって自分で適当に調節し、儀式の時にはその上から色々と神に因んだ飾りを付けることになるらしい。

「マイン、神の導きにより赴いてきた敬虔(けいけん)なる使徒よ。我らは君を歓迎する」

神官長が軽く腰を落としながら、両手を胸の前で交差した。わたしもその真似をして、手を交差させる。

「歓迎していただけたこと、心から嬉しく存じます」

「では、祈りなさい」

唐突すぎて、何を要求されているのかわからなかった。両手を交差させたまま、わたしが「え？」と首を傾げると、察しの悪さに呆れたように神官長がくっと眉根を寄せた。

「洗礼式で教えられただろう？　神に祈りを捧げなさい」

……あれか、グ〇コポーズか。そうだよね。神殿に入るってことは、あれを日常的に行うってことなんだよ。……大丈夫かな、わたしの腹筋。

腹筋崩壊してリタイアした洗礼式が脳裏に蘇(よみがえ)ろうとするのを、頭を振って追い払った後、笑わないようにグッとお腹を引き締めた。まさか覚えていないのか、と言いたそうな神官長の突き刺さるような視線を感じつつ、わたしは祈りを捧げる。

「か、神に祈りを！……あっ⁉」

ビシッとグリ○の状態をキープするのは意外と難しい。バランス感覚と自分の体重を片足で支える筋力が必須だ。わたしは洗礼式の神官達のように美しいグ○コポーズをとることができず、無様にふらふらとぐらついた。

「そんな祈りでは駄目だ。君はいずれ人前で祈る祈念式に出席することになるのだぞ。巫女が祈れなくてどうする？　祈念式までに、お祈りができるようになっておきなさい」

「うぅっ……。誠心誠意努力します」

神官長が溜息を吐いて、緩く頭を振った後、壁際に並ぶ灰色神官に視線を向けた。

「君の側仕えとなる灰色神官と見習いを紹介する」

神官長の言葉に部屋の隅に立っていた中から灰色神官と見習いが三人、祭壇の前に進み出てきた。

大人の男性である灰色神官が一人、あまり変わらない年頃の少年と少女が一人ずつだ。

なんと、この部屋まで案内してくれた灰色神官がわたしの側仕えだったらしい。比較的がっしりした体で、父さんくらいの背の高さをしている。藤色の髪に濃い茶色の目をしていて、真面目そうで口数が少ない印象だった。おとなしそうで硬い表情をしている。口が引き結ばれているせいか、ちょっと近付きにくい感じだ。

「フラン、十七歳。よろしくお願いします」

「こちらこそどうぞよろしくお願いします」

丁寧に挨拶を返したつもりだったが、神官長からの叱責（しっせき）が飛んだ。

「マイン。君は青の衣をまとう者だ。灰色神官にへりくだって接するものではない」

「す、すみません。気を付けます」

階級社会がわからない。何をするのが良くて、何をするのが悪いのか、今までの常識では測れない。マインとなって生活を始めた時のように手探りで常識を覚えていかなくてはならないようだ。

不安に駆られるわたしの前に、これまた不安要素の大きそうな側仕えが立った。

栄養状態が悪いのか、ルッツとあまり変わらない身長なのに、目つきが悪くてガリガリだ。薄い金髪に一見黒だけれど、よくよく見ると紫の目をしている。すばしっこい悪ガキって感じの第一印象である。正直なことを言ってしまえば、苦手なタイプだ。

麗乃時代はずっと屋内で本を読んでいたし、今は虚弱の体調不良で寝込んでいることが多いわたしは、筋金入りの引きこもりである。乱暴……いや、やんちゃで、活動的で口が悪い男の子は基本的に近付きたくない存在だ。仲良くはなれないだろうな、と思いながら、わたしが少年を見ていると、少年も値踏みするような態度で、じろじろと不躾にわたしを見上げたり見下ろしたりしながら、口を開いた。

「オレはギル。十歳だ。お前がオレの主？　最悪。すっげぇチビじゃん」

……あれ？　側仕えって、こんな態度でも良いの？

周りをバカにしているような目と非常に口が悪いことにビックリして、口をパクパクさせていると、またもや、神官長から叱責が飛んで来た。ギルにではなく、わたしに。

「マイン、ギルは君の側仕えだ。良くない態度をとった時は君が諫めなければならない」

「え？　わたしが？」

「主である君がせずに誰がするのだ？」

……神官長は当たり前みたいに言うけど、諫めるって、どうやって？　口で言っても聞いてくれるタイプじゃないと思うんだけど？

「あの、もう少し言葉遣いを改善してくれない？」

「ハッ！　バカじゃねぇの!?」

神官長は処置なしと言いたそうに首を振っているが、これは明らかに人選ミスだと思う。嫌がらせか、と思った瞬間に、腑に落ちた。間違いなくこの人選は嫌がらせだ。ギルに側仕えが務まるとは思えない。面倒そうなのを平民のわたしに押し付けてしまえということなのだろう。納得したら、丁寧に接するのもバカバカしくなってきた。クラスのやんちゃ男子と同じような対応でいいだろう。放置だ。

わたしは軽く手を挙げてギルの言葉を遮（さえぎ）ると、側仕えとして並んでいる唯一の女の子に目を向けた。深紅の髪に薄い水色の目。勝気できつそうな顔をしているけれど、美人顔。可愛いじゃなくて、綺麗な顔立ちをしている。何と言うか、自分の容貌を理解していて、男に媚（こ）びることを知っている女の子だと思う。

……女同士って、そういうところをついつい嗅ぎわけちゃうんだよね。

「あたしはデリア。八歳よ。仲良くしましょうね」

仲良くしましょうと言う割に、デリアの目はちっとも笑っていない。明らかに仲間になれなそうな雰囲気を察して、攻撃態勢に入ったように見える。それでも、一見にこやかな笑みを浮かべるデリアは神官長にとっては問題のある人選ではないのだろう。叱責はなかった。

どの側仕えも友好的な雰囲気は欠片もないし、全然上手くやっていけるような気がしない。側にいられるだけで疲れそうだ。

「あの、神官長。わたし、今まで側仕えはいなかったので、いなくても……」

「駄目だ。青色神官が側仕えを持つのは義務だ。彼らは神殿長と私によって選ばれた側仕えだ。君は青の衣をまとっている以上、彼らの主として相応しい言動をしなければならない」

「そうなんですか。わかりました」

……いらないって言っちゃダメなんだ？　しかも、わたしには選択権もないんだ？

神殿の巫女見習い、誓願を立てた初日から挫折しそうだ。

巫女のお仕事

「これで誓いの儀式は終了だ」

「じゃあ、図書室に……」

「待ちなさい。話はまだ終わっていない」

神官長に促されて、わたしは祭壇前から執務机の前に移動した。フランが椅子を準備してくれたので、座る。

「ありがとう、フラン」

「……礼には及びません」

一瞬驚いた顔になったフランが少し顔をしかめた。もしかしたら、お礼を言うのもダメなのだろうか。今度フリーダに貴族らしい振る舞いについて尋ねに行った方が良いかもしれない。

「話を始めても良いか？」

「はい、お願いします」

何の報告書か知らないけれど、神官長の机の端にはいくつもの木札や羊皮紙が積み重ねられている。神官長はそのうちのいくつかに目を通しながら、ちらりとわたしを見た。まるで、教科書を持った教師が生徒に教えるように、話が始められる。

「君も知っての通り、神殿にいる青色神官は全て貴族出身だ。平民である君が青い衣を身につけることに良い感情を持っている者は基本的にいないと考えなさい」

わかっていても、面と向かって言われると背筋がひやりと冷える。巫女見習いと言い出した時は、あと半年くらいの命だから、図書室の本さえ読めればそれでいいと考えていた。けれど、神殿には魔術具があった。青の巫女見習いになることで延命が可能になり、神殿との付き合いが期間限定のものではなくなってしまった。今までのような捨て鉢ではなく、もっと色々考えなくてはならない。

「今は本当に青色神官の人数が少なくて、魔力を持っている者が必要なため、無視くらいで済むだろうが、貴族の子が神殿に増えてくるとどうなるかはわからない。それは予め告げておく」

膝の上でギュッと拳を握って、唇を噛む。わたしが貴族に対して何かヘマをした場合、家族にも迷惑がかかってしまう。ここで無事に過ごせるだけの情報が欲しい。

「特に神殿長は誓いの儀式さえ拒む有様だ。他の青色神官も面識はないようだし、平民である君に対する感情が良いとは言えない。そのため、君の指導役は私が引き受けることになった」

身分はないのに魔力とお金だけ持っているわたしの存在は、貴族の特権意識を踏みにじるに等しいのだから、良い感情を持たれているはずがない。わかっている。けれど、貴族は良い感情を持たないと言う割には、神官長はずいぶん親身に忠告してくれていると思う。

「神官長は不快ではないんですか？　その、わたしが……」

「私は優秀な人間は評価する。特に今は神官や巫女の数が減ったことで、執務が集中している。書類仕事が得意な君が進んで手伝ってくれるとわかっているのに、疎むわけがないだろう？」

フッと笑った腹黒い笑顔に、ひくっと頬が引きつった。書類仕事が得意という発言が出たということは、前に言っていた調査が終わって、わたしに関する色々な情報が、すでに神官長には渡っているということだ。個人情報保護なんて概念は欠片もない世界だ。貴族である神官長が聞けば、相手はベラベラ喋るだろう。一体どんな情報を握られているのだろうか。怖い。

「精一杯頑張りますけど、神殿におけるわたしの仕事って何ですか？　やるべきことがあれば、教えてください」

「あぁ。君の仕事は、まず、私の助手としての書類仕事だ。これが一番重要だな。午前中はここで書類仕事をしてもらう。次にお祈りと奉納。特に巫女として、お祈りはできるようになってもらわなければ困る」

「お祈りはわかりますが、奉納って何ですか？」

「神具に魔力を込めることだ。フラン、盾を」

フランが小さく頷いて、直径五十〜六十センチくらいの盾を手に戻って来た。金で作られているらしい円形の盾は、神具と称されるのに相応しく、複雑な文様が彫り込まれ、ところどころに青の模様がついている。真ん中には手のひらくらいの大きさで、中が燃えているようにゆらゆらと揺らめいて輝く黄色の宝石が埋め込まれている。そして、盾の周囲を縁取るようにビー玉くらいの大きさの同じような宝石がずらりと並んでいた。ただ、周囲の小さい宝石は半分ほどが黄色で、半分ほどが水晶のように透明のものだった。

「この中央の魔石に触れなさい。自分の魔力を送り込むことを思い浮かべて……」

宝石ではなく、魔石らしい。とってもファンタジーな物にドキドキしながら、わたしが右手でそっと触れると、盾全体がぼぅっと金色に光った。それと同時に複雑な模様と見たこともない文字のような記号の羅列が薄い緑の光となって、手首ほどの位置に浮かび上がる。

……うわぁ、魔法陣っぽい！　すごい、すごい！

好奇心に駆られて、光る記号を見つめていると、体内の熱が掃除機で吸われていくような感触がした。身食いで死にそうだった時にフリーダが魔術具を使ってくれた時と同じ感覚だ。せっかくなので、普段は自分の中にある魔力を閉じ込めておくための蓋を意識的に開けてみた。熱い身食いの熱がぶわっと中心から飛び出して、一気に手のひらへと向かって流れていき、吸い取られていく。

不要な熱が吸い出されていく快感に身を委ねていたわたしはハッとした。

……これは壊れないよね？

フリーダの魔術具を壊したことを思い出したわたしは、ちょっと怖くなって、思わず手を引いた。そして、少し減った魔力をまた中心に封じ込める。魔力を放出したのは、ほんの少しの時間だったけれど、身体に負担をかける魔力が一気に減った。身体にかかっていた重石がなくなったように、身軽になった気がする。

「ふむ。小魔石七つ分か」

神官長の声に盾を見てみると、盾の周囲を飾っている小さい魔石の黄色が多くなっていた。魔力で満たされると色が変わる仕様らしい。どのくらい魔力が残っているのか一目でわかる。

……なんか、充電器になった気分。

魔力を放出していた自分の右手を握ったり閉じたりしてみる。本当に身食いの熱って魔力なんだなぁ、とか、明確な出口があったことで魔力の流れが意外とよくわかったなぁ、とか、考えていると、神官長が少し心配そうにわたしを覗き込んできた。

「マイン、身体に負担は？」

「えーと、何だかすっきりして、身体が軽くなった感じです」

「……そうか。負担にならない程度で奉納するように」

神具に魔力を充電する奉納は比較的楽な仕事だ。一番大変なのは、お祈りだろう。片足立ちが今の身体ではかなり難しい。特に、腕を横に広げてバランスを取るのではなく、斜め上に上げるところが難しい。多分、角度や耐久時間も細かく指導されるだろう。

「それから、最後の仕事は聖典を読んで内容を覚えることだ」

ぼそっと低く小さく付け加えられた神官長の言葉に、わたしの耳がぴぴっと反応した。読んで覚えると言った。記憶力に自信はないけど、読むだけなら任せてほしい。

「やります！　すぐに図書室に行って！」

ガタッと立ち上がって、バッと手を挙げて、わたしが神官長にやる気をアピールしてみた。しかし、神官長はこちらを見ることなく、別の紙を手に取って目を通し始める。

「その前に寄付金の話に移りたい。座りなさい。アルノー、帳簿を」

お金の話は大事だ。特にわたしが払うと宣言した寄付金は高額なので、わたしも寄付金のことは気になっていた。主に払い方とか、寄付金の行方とか。

「君は大金貨一枚を寄付すると言ったが……」

神官長に軽く睨まれて、わたしはベンノに相談したことを思い出す。たしか、「一年に何度もある儀式の度に、商業ギルドとしてのお布施が集金されるが、個人的にはしたことがない」と言われた。あと、「金額が多すぎるので、悪目立ちする可能性が高い。分けて払った方がいいんじゃないか？金使いの荒い能無しに大金を与えすぎたら周りが迷惑するぞ」とも言われた。

「えーと、払えと言われたら、払えますけど、毎月小金貨一枚ずつ支払うような分割払いってできますか？」

「寄付金はこちらが指定するものではないから、できないわけではないが、その理由は？」

「いきなり全額払ったら、大金に目が眩んで、余計な出費が増える人もいる可能性があると知人に言われまして……。神殿の財政を仕切っている人に寄付金の行方や使い方を聞いた上で、払い方を決めた方が良いんじゃないかと思ったんです」

さすがに、ベンノの言ったままは言えない。濁した言葉でも意図は伝わったようで、神官長はわたしの言葉を聞いた後、しばらく考え込んで息を吐いた。

「寄付金は五割が神殿の維持費として使われ、残りは青色神官に分配される。神官に配られる金額には、地位によって多少の差がある。財政を預かる者の意見としては、最初は小金貨五枚で、残りを毎月小金貨一枚にした方が良い」

「その金額は何故ですか？」

わたしが首を傾げると、神官長はまとまった羊皮紙の束をわたしの前に差し出してきた。目を通してみると、それは帳簿の一部だった。ぎょっとするわたしに神官長は書類を指差した。

「神殿の収入は大まかに分けて、領主から与えられる奉納金と儀式の際のお布施、それから、青色神官の実家が負担する支援金がある。つまり、青色神官の減少は収入の減少に直結する。商人にわかりやすく言うなら、今の神殿は赤字経営だ。それから、神殿長は搾り取れと叫んでいたので、機嫌を取るためにもまとまった金額があると助かる」

ずいぶん内情をぶっちゃけられた気がするけれど、神殿が赤字経営なんて、わたしが聞いても良い内容だったんだろうか。

「えーと、神官長。それって、わたしに言っちゃって良い内容なんですか？」

「数日後には君が携わる仕事になるから、今教えたところで問題なかろう」

書類の手伝いというのは、オットーのところでやった計算だけを手伝わされるわけではなく、かなり突っ込んだことまでやらされるらしい。

「……わかりました。お金はどうやって渡したらいいですか？　大金はいつもギルドカードでやり取りしているんですけど、神官長はギルドカードなんて持ってませんよね？」

「君が持って来ればいいだけであろう？」

神官長は簡単にそう言ってくれるが、わたしの場合、大金はカードでのやり取りばかりで、自分の手では金貨を持ったことがない。わたしみたいな子供が大金を持って、商業ギルドから神殿まで歩くなんて怖すぎる。

「大金に慣れている神官長には簡単なことでも、わたしが持ち運ぶには大金すぎて怖いです」

「ハァ、一体何のための側仕えだと思っている？」

……はい？　側仕え？

神官長の言葉に思わず背後に並んで控えている側仕えを見回して首を傾げた。あの人選ミスな側仕えに大金を預けるなんて、できるわけがない。フランならまだ神官長の命令ならば何とか聞いてくれるかもしれないが、デリアやギルは嫌がらせに使われそうで怖い。わたしに対する態度を見た限りでは、どの側仕えもまだ信用できない。

「他の人を挟んで、もし、渡した、もらってないって話になったら嫌ですよ」

「……君は側仕えを信用していないのか？」

不思議そうな顔で神官長に言われて、わたしも不思議な気分になった。貴族というのは、初対面の態度の良くない他人を信用して、小金貨五枚が渡せるのだろうか。それとも、何か裏切らないような契約魔術のようなものを結んでいるのだろうか。わたしが側仕えを紹介されたところを思い返してみるが、それらしい契約はなかったはずだ。魔術に関する契約は血を使うので、さすがにわたしでもわかる。

「側仕えって言っても、何の強制力もない、初対面の他人ですよね？　いきなり大金を預けるほど信用なんてできません」

……それも、友好的な態度が欠片もない相手だよ？　無理、無理。ここの側仕えに比べたら、ギルド長の方がよっぽど信用できるって。

わたしがお金に関して信用できる大人は限られている。ベンノかマルクについて来てもらうことはできるだろうか。神官長は貴族なので、繋がりができることを考えれば、ベンノも断りはしないだろう。断らないでくれたら嬉しい。

「大金を持つのに慣れていて、わたしが信用できる大人について来てもらいたいので、神殿にその人を入れる許可をいただけませんか？」

「それは誰だ？」

「商業上のわたしの後見役をしてくださっているギルベルタ商会のベンノさんです」

「……ふむ。まぁ、いいだろう」

ルッツが迎えに来てくれたら、一度お店に寄って相談しよう。ついでに、側仕えの使い方も知らないか聞いてみたい。従業員の使い方と共通するところはないだろうか。考え込むわたしの前で、神官長は帳簿を閉じて、アルノーに渡した。

「今日、話しておくことは以上だ。マイン、何か質問は？」

「はい！　四の鐘の後、ルッツが迎えに来るまで図書室で本を読みたいのですが、わたし、図書室に入れますか？　ぜひ、聖典を読んで覚える仕事がしたいです！」

「ルッツと言うと、君の体調管理をしている少年だったな。これからは、側仕えに体調管理をさせるように」

図書室に入れるかどうか聞いているのに、体調管理の話になってしまった。わたしはもう一度側仕えを見る。ガシガシと頭を掻いていて明らかにやる気のなさそうなギルと、ぼーっと窓の外を見ているデリアと、わたしを通り越して神官長を見ているフラン。どう考えても、わたしの体調管理ができるようになるとは思えない。

「側仕えが管理できるようになるまでは、ルッツを同行するように家族に言われてるんです。ルッツにも負担が大きいですから、早くできるようになってほしいとわたしも思ってます。側仕えが頑張ってくれたらいいですね。……それで、図書室に行っても良いですか？」

「フラン、案内してやれ」

「かしこまりました」

神官長の言葉に軽く手を交差させて、フランが微かに笑みを浮かべて頷く。誇らしげな顔つきはわたしが見ていたものとは全く違うもので、フランの主が誰であるかを如実に示していた。

でも、フランはまだ安全だろう。神官長に心酔していそうだし、問題行動を起こすことはなさそうだ。そんな評価を下しながら、わたしはフランの後ろを飛び跳ねるようにして歩く。

……何はともあれ、図書室～！　これはお仕事なの！　わたしのお仕事！

浮かれて足取り軽く歩くわたしの後ろから、デリアとギルが付いてきていた。神官長の部屋から少し離れたところで、ギルがケッと悪態を吐いた。

「図書室なんかに行きたがるなんて、バカじゃねぇの」

……カチーン！　本の偉大さも知らないバカはそっちだ！

くるりと振り返って、わたしがギルを睨むと、ギルは鼻の頭に皺を刻んで臨戦態勢に入った。

「何だよ、その目。お前なんか貴族でも何でもないただの平民だろ？　オレ達と大して変わらないのに青の衣なんて着て偉そうにしやがって。オレはお前なんか主とは思わないからな。絶対に命令なんて従わねぇし、目一杯困らせてやる！」

ギルがわたしを主と思わないのと同じように、わたしもギルを側仕えだとは思えないし、今のわたしには躾のなってないガキを躾けるだけの体力も気力も愛情もないのだ。故に、流す。

「そう、わかった。お互い様だね」

「……っ!?　わかったって何だよ!?　バカにしてんのか!?」

ガーッと怒鳴り始めたギルに背を向けて、わたしは歩き始める。その途端、背後から少女の高い声が響いた。

「本当にバカにしてるわよね」

表面上の笑顔さえも消し去って、デリアはフンと鼻を鳴らす。男に媚びるタイプだと思っていたので、他の側仕えがいる間は本性を出さないだろうと思っていたのに、あっさり出したことにビックリした。どうやら、デリアへの評価を変えなければいけないようだ。もしかしたら、男に媚びる八方美人タイプではなかったのかもしれない。それとも、狙った相手以外には媚びない肉食系ハンタータイプなのだろうか。

わたしがデリアを見つめていると、深紅の髪をバサッと掻き上げて、高慢な雰囲気でツンと顎を上げた。八歳という幼さで、それなりに様になっているところが怖い。

「あぁ、もー！　せっかく神殿長付きの見習いになれたのに、よりによって、あたしの魅力が通じない女に回されるなんて。しかも、鈍臭そうな貧民の子供なんでしょ？　ホント最悪」

デリアは神殿長の回し者らしい。道理で友好的ではないわけだ。

……それにしても、一体何を考えてスパイ宣言してるんだろう？　これも神殿長の指示？

「じゃあ、交代してもらうね」

いきなりの暴露に首を傾げつつ、これ幸いと交代を申し出たら、デリアはやや吊り気味の目を更に吊り上げて、怒り出した。

「もー！　あんた、ホントにバカね。交代なんてしないわよ。何言ってんの!?」

……それはこっちのセリフだよ。何言ってるの？

「神殿長から直々にあんたを困らせるように頼まれたのよ？　交代なんてことになったら、あたしの能力が疑われるでしょ！」

言葉は通じるのに、お互い話が通じないようだ。全く理解できない。神殿長から直々に嫌がらせを頼まれたと宣言する人間を近付けるわけがない。さっさと交代させるに限る。そこまで考えて、はたと気が付いた。デリアを排除しても、神殿長側から代わりの側仕えが来るだけに違いない。隠し事が上手いタイプよりは、わかりやすく自己顕示してくれるデリアの方がわたしにとって安全かもしれない。考え込むわたしにデリアがビシッと人差指を突きつけてきた。

「青の衣なんて着ていたって、あんたなんか怖くないわよ！　あたしは神殿長に認めてもらって、そのうち愛人になるんだから！」

わたしが聞き間違えたのか、それとも、ここ最近は幼女の愛人契約が流行っているのだろうか。フリーダの口から聞いた時の衝撃を同時に思い出し、神殿長の年を考えて気持ち悪くなった。以前に見た灰色巫女から、秘書系のお色気姉さんが好みだと思っていたのに、裏切られた。

「……あの、愛人って、威張ることなの？」

「そうよ、愛人なのよ？　愛人は女が一番望む地位じゃない。あんた、そんなことも知らないの？　まぁ、あたしくらい可愛くないと望んでも無駄だけど」

「え？　一番望むのが愛人なの？」

これは明らかに常識が違う。少なくとも、フリーダは愛人という立場がどういうものか、わたしと同じような意味合いで理解していた。少なくとも、誇らしそうに胸を張って、威張って、それを目指すとは言っていなかった。感覚が違うことをすぐに受け入れられないわたしをバカにするように、ギルがニヤニヤ嫌な笑顔で笑いながら肩を竦める。

「当たり前だろ？　青色神官の愛人になったら、灰色神官を逆に使える立場になるんだぜ？　神殿長の愛人なら他の神官もうるさくないだろうし、女は得だよな。……それにしても、お前、ホント頭大丈夫か？　こんな常識、なんで知らないんだよ？」

無知だと蔑まれても、怒りがちっとも湧いてこない。孤児院の女の子にとって、一番の出世が権力者の愛人だなんて、そんなこと知りたくなかった。愛人が一番なんて、わたしが今まで接することがなかった常識だけれど、彼らはその中で生きていて、神殿ではこれが常識なのだ。ここで生活圏の違うわたしが何を言っても、受け入れられることはないだろう。

「ギル、言葉が過ぎる！」

頭を抱えたわたしを見て、フランが声を上げた。しかし、ギルはちっとも悪びれることなく、へへん、とわたしを嘲る。

「そいつが物知らずなのが悪いんだよ。誰でも知ってることだぞ？」

「……マイン様、先程神官長もおっしゃったでしょう。態度が過ぎる時は諌めるように、と」

「あぁ、そうだね。そんなことより、図書室はまだ？」

ものすごくどうでもよくなった。ギルやデリアを諌めるとか、叱るとか、そんな体力も気力もいることしたくない。神官長に心酔していて、多分わたしに仕えるのは嬉しくないフランに、神殿長の愛人を目指して、嫌がらせをするつもり満々のデリアと、最初から仕える気も言うことを聞く気もないとわたしをバカにしているギル。こんな側仕えと何とか上手くやっていく方法を考えるより、本を読むことを考えた方がよほど有意義だ。

「神官長に報告しますよ」

「どうぞ。それがフランの仕事でしょうから」

溜息を吐いたフランが一つの扉を開けて、中に入って行く。開かれた先にある楽園を目にして、ドクンと心臓が高鳴った。わたしはまた阻まれないか心配でドキドキしながら腕を伸ばして、透明な壁がないか探りながら図書室に向かって歩を進める。以前と違い、阻まれることなく中に入ることができた。

「うわぁ！」

完全に中へと入った瞬間、空気が明らかに変わった。感動に打ち震えながら、わたしは埃っぽい書庫独特の空気を胸一杯に吸い込む。自分が知っている書庫の匂いと違うのは、羊皮紙が主流であることと、木札の存在が多いせいだろうか。インクの質が違うせいだろうか。インクの匂いや古い紙の匂いが懐かしくて、嬉しくて、目の奥が熱くなってくる。

図書室の本棚の数はそれほど多くなく、扉の閉められた本棚や木札や紙きれが詰まった本棚もある。巻物を保管するための本棚も別にあり、手芸屋の棚に詰め込まれた布のロールのように巻かれた書物が棚に積まれて、タイトルを書いたラベルが垂れ下がっていた。少し奥には巻物を保管するための円柱型の樽のような箱もあり、納められている巻物のシリーズ名を書いたラベルが貼られている。

等間隔に作られた窓からはさんさんと日が差し込んで明るく、ちょうど窓の明かりが取れる場所に大学にあるような長机が置かれていた。天板が斜めになっている書見台には太い鎖で机と繋がれた本が数冊立てかけられて、読んでほしいとわたしに訴えかけてくる。

「これが聖典です」

フランに促され、わたしは鎖に繋がれた聖典を読むために、革で装丁された表紙にそっと触れた。そして、小口が開かないように留められている革のベルトを外す。次の瞬間、小口がぶわりと広がって、表紙が勝手に持ち上がる。湿気を含んだ羊皮紙なら当たり前のことだが、わたしには本が読むことを催促しているように見えた。

……あぁ、一体いつぶりの本だろう。

表紙を開くと、ジャラリと重たい鎖の音がシンとした図書室に響いた。少し黄ばんでいるように見えるページをめくる指先が震える。少し癖のある手書きの文字をなぞりながら、わたしは久し振りの本を読み始めた。


「おい、昼だぞ。昼食の時間だ」

久し振りの至福の時間に浸っているというのに、邪魔者が現れた。声だけならば気にならないけれど、わざわざ肩を揺さぶられたら、さすがに現実に戻らざるを得ない。

「ギル、図書室は私語厳禁。静かにできないなら、出てってくれる？　わたし、本を読むから」

「ハァ⁉　昼食だぞ⁉」

ギルがぎょっとしたように叫ぶが、わたしにとっては、昼ご飯と本なんて比べる対象にもなりはしない。本を読んでいられたら、二日くらいは食べなくても空腹なんて感じずにいられる。

「わたし、主じゃないみたいだから、別にギルがここにいる必要なんてないよ？　勝手に食べてきていいから、出てって」

食事の自由を与えてあげているのに、ギルは大きく目を見開いて、まだ何か言おうとした。

「だからね、ギル。邪魔、しないで」

理性が切れる前に、意識的に魔力の蓋を開いて、全身に魔力を行き渡らせる。先程の奉納で何となくつかんだ魔力の放出を早速使ってみた。次の瞬間、フランがギルとデリアの首根っこを引っつかんで、慌てた様子で図書室を飛び出していく。

……うん、静かになった。

魔力を中心に押し込めて、わたしはまた文字列を追っていく。その後、ルッツが来るまで読書の邪魔は入らなかった。

「ルッツ～！」

ルッツの顔を見た瞬間、自分の常識が通じる場所に戻って来た安堵で身体の力が抜けていくのを感じた。わたしは階段を駆け下りると、迎えに来てくれていたルッツの腕にぎゅーっとしがみついて、頭をぐりぐり押し付けた。

「もう疲れたよ、ルッツ」

「あ～、ちょっと顔色が悪いな。お疲れさん」

ルッツがポフポフと頭を軽く叩いて労（ねぎら）ってくれる。わたしが今日したのは本を読むことだったが、側仕えは側にいるのが仕事らしく、基本的に誰かが近くに立っていて、ずっと見られていたのだ。わたしは本に没頭すると周りのことなど気にならなくなるのが常だったが、ふと我に返る度に誰かの視線を感じるというのは、かなり居心地が悪くて仕方がなかった。視線が痛いというか、重いというか、絶えず見張られているという状態が負担でとても疲れた。

……貴族って、すごいね。慣れるの、どれくらいかかるんだろう？

家に帰って寝られるだけ、わたしは幸せかもしれない。これが「おはよう」から「おやすみ」まで続いたら、発狂しそうだ。

「ねぇ、ルッツ。今からベンノさんに会いたいんだけど、お店にいた？」

「オレが出る時に帰ってきたから、今ならいるんじゃないか？　何かあったのか？」

心配そうなルッツに、わたしはふるふると首を振った。

「商業ギルドでお金を下ろして、神官長に寄付金を持って行かなくちゃいけないんだよね。早めが良いと思って……」

「ふぅん。じゃあ、行くか」

ルッツがそう言うと、何故か側仕え三人組がついて来ようとした。神殿の中ならともかく、外まで一緒に来られたくない。見張られたくない。

「……別に来なくていいよ？」

「そういうわけにはまいりません。私は側仕えですから」

「そうよ！　側仕えもなく、誰かに会うなんてあり得ないわ」

フランばかりかデリアまでが「あり得ない」と言うのだから、どうやら、青色神官が誰かと会う時には側仕えを連れて行くのが常識らしい。頭の中にメモしておく。

「ふぅん。行かなくていいんだったら、一抜けた。オレ、腹減ってるから」

やはり、側仕えとしての常識にも疎いらしいギルは恨めしそうにわたしを睨んでそう言うと、くるりと背を向けていなくなった。しかし、他の二人は神殿に戻ろうとしない。側仕えなんていない方が気楽だし、行く場所はいつも出入りしているギルベルタ商会だし、ルッツがいるから役に立たなそうな側仕えは必要ない。

……追い払っちゃっていいかなぁ？

「ねぇ、デリア。ベンノさんとの話がまとまったら、寄付金を持って戻って来ますって、神官長に伝えてくれない？　ちゃんと伝わらないと困るの。お願いね」

「ふぅん、困るの。わかったわ。ちゃんと伝えてくるわね」

ニヤァとデリアがわかりやすい笑みを浮かべた。握り潰すか、そのまま神殿長に報告に行くか、どちらかだろう。今日、わたしが見た中で一番楽しそうな笑顔でデリアが踵(きびす)を返して神殿へと入って行く。無事にデリアを追い払えたことに安堵の息を吐いていると、不満そうにフランが顔をしかめて、デリアの背中とわたしを見比べた。

「マイン様、神官長への伝言なら私が行きます。デリアを同行させてください」

「フラン、わたしはデリアに頼んだの。側仕えが付いてなきゃいけないって言うなら、フランが同行すればいいでしょ？」

フランはハッキリと不満を顔に出して、首を振った。

「しかし、あれでは神官長に伝わるかどうか……」

「今はルッツが一緒だから、フランもあっちに行って良いよ？　確かに、神官長に伝わってないと困るし」

そう言って、わたしはルッツと手を繋いで歩き始めた。しばらく神殿の出入口でうろうろしていたフランだったが、結局、神官長に報告する方を優先させたようだ。踵を返して、中へ入って行った。

「マイン、いいのか？　あれって体調管理を覚えるヤツじゃねぇの？」

ルッツが後ろを振り返り、誰もいなくなった神殿の入口を見て首を傾げる。そういえば、側仕えに体調管理をさせるという話があったなぁ、と思いながら、わたしは大きく息を吐き出した。

「……うーん。神殿側に付けられた候補その一だけど、難しいと思うよ。まず、本人にやる気がないから」

「はぁ？」

「神官長に仕えていたかったのに、多分、わたし付きになれって言われたんだと思う。何をしていても嫌々って雰囲気が出てるんだよね。わたしが神官長以上の主になれれば、変わるかもしれないけど、それって絶望的じゃない？」

「マインが主か……。威厳とか貫禄とか、全然ないもんな」

ルッツがからかうようにそう言って、ひひっと笑った。わたしも声を上げて一緒に笑う。居心地の良さにホッとした。

「マルクさん、こんにちは。ベンノさんはいますか？」

ルッツがドアを開けている途中で、マルクの姿が見えたのでいつものように手を振った。マルクがわたしを見た瞬間、顔色を変えた。

「マイン、早く中に入ってください」

「へ？」

いつになく焦った様子のマルクが急いでわたし達を店の中に招き入れた。店内で待たせてベンノの許可を得ることなく、血相を変えて奥の扉を開けながらベンノに向かって声をかける。

「旦那様、マインが店に来ました。すぐにこちらに通します」

「なんだ、マルク？　マインが来たくらいで、そんなに慌て……」

マルクが即座にドアを閉めるのを耳にしたのか、ベンノがからかうような口調で顔を上げる。ベンノの目が、わたしに固定された瞬間、目が見開かれて、吊り上がった。

「くぉらっ！　マイン！　このバカ！」

「ひゃんっ！」

突然の大声に飛び上がるほど驚いて、わたしは耳を押さえてその場に座り込んだ。ルッツも「ひっ⁉」と息を呑んで飛び上がる。

「え？　え？　ベンノさんまで何ですか⁉」

「この考え無し！　なんて恰好で来るんだ⁉　まさか神殿からここまでその恰好で歩いて来たの

か⁉」

「……そうですけど、何か問題ですか？」

わたしは自分の恰好を見下ろして首を傾げた。ルッツも一緒に首を傾げる。問題の根本が理解できていないわたしとルッツを見て、ベンノはガシガシと頭を掻いて、マルクはこめかみを押さえた。

「マイン、お前が着ているのは青い巫女服だ。普通、青い巫女や神官は貴族だ。貴族っていうのは、移動に馬車を使う。徒歩で街をブラブラすることはあり得ない。何故かわかるか？」

ベンノの質問にわたしは首を傾げた。数回乗った馬車を思い出す。ガクガク揺れて、乗り心地が悪い。けれど、平民が滅多に乗れるようなものではないので、憧れの目で見られるし、手っ取り早くステータスを見せつけることができる。車という移動手段を当たり前に持っていた麗乃時代に車を使うのは、買い物に行くので荷物が多くなるとわかっている時や長距離を移動する時、天気が悪くて歩くのが面倒な時だった。

「えーと……見栄っ張りで歩くのが面倒だから？」

「違うっ！　貴族がフラフラ外を歩いていたら、営利目的で誘拐されるからだ！　お前も誘拐されたくなかったら、神殿以外でそれを着るな！」

「は、ははは、はいぃっ！」

わたしはその場で青い巫女見習いの服を脱ぎ始めた。下にはここの見習い服を着ているので、帯を解いて、青い衣をペイッと脱いだら、終了だ。

……この青い服って制服みたいなものだと思ってたけど、他の人にとっては「わたしは貴族です。

お金持ってます」って札を首から下げて歩いているようなものだったんだ。営利目的の誘拐なんて考えたこともなかったよ。

　ベンノはわたしが丁寧に畳んで抱えた青い塊を、複雑そうな顔で見遣りながら、疲れきったような深い溜息を吐いた。

「それで一体何の用だ？　俺達を驚かせるためだけに来たわけじゃないだろう？」

「はい、お願いがあってきました。ベンノさん、これから一緒に商業ギルドへ行って、その後、神殿へ行ってくれませんか？」

「何のために？」

　わけがわからないと言わんばかりにベンノが首を傾げた。

「寄付金の小金貨五枚を下ろして、運ぶのに、ついて来てほしいんです。今まで高額取り引きって全部カードで済ませたけど、神官長はギルドカードなんて持ってないし、わたしはそんな金額を持ち歩くのって怖いし、神官長にそう訴えたら、側仕えに任せろ、なんてビックリするようなこと言うし」

　わたしの文句にベンノはぐぐっと眉根を寄せた。

「どこがビックリするんだ？　それは側仕えの仕事だろう？」

「……およそ、全く、完膚(かんぷ)なきまでに、信用できない他人に大金を任せるなんて怖いこと、いくらわたしだってできませんよ」

　わたしが唇を尖らせてそう言うと、ベンノは赤褐色の目を丸くして、何度か瞬いた。

「基本的に考え無しで、何でもかんでも、まぁ、いいやで済ませて、騙されても懲りずにギルド長のところに出入りするお前が信用できない？　どんな相手だ、それは？」

「えーと、側仕えとして付けられたうちの一人は神殿長の回し者で、一人は神官長の回し者。最後の一人は嫌がらせで付けられたって感じの問題児なんです。神殿内で周りをうろうろされるくらいならともかく、お金を預けるなんて無理です」

「お前、予測はしていたが……かなり嫌われているな」

　ベンノの的確な指摘にわたしは小さく呻いた。

「うっ……。前は、半年くらいの命だし、本さえ読めたら別に嫌われてても大して問題ないって思ってたんですけど、これがずっと続くと面倒ですよね」

「そういう意味では状況が変わったからな。回し者に関しては、表面上だけでも関係を改善していくしかない。完全に信用するんじゃなくていいから、ここは任せられるって部分を探せ。……問題児は獣と向き合う要領で躾けろ」

　ギルの見た目と獣という単語に、木の上の方で手を叩いてキャッキャッと騒ぐ貧相な子ザルが思い浮かんだ。

「獣と人間は違うでしょ？」

「大して変わらん。言うこと聞かなきゃ鞭で叩いて、言うことを聞けば餌を与える。誰が主か、叩き込めば良い」

　信頼関係云々ではなく、服従させろということらしい。

「……そんなのに時間を取られるくらいなら、本が読みたいんですけど」

「面倒くさがるな！　これから先、貴族社会で側仕えが使えない方が大変だぞ！」

「うぐぅ……。前向きに検討します」

ハァ、と溜息を吐いたベンノが頭の中をリセットするように軽く頭を振った。

「話が逸れたな。ところで、寄付金を持って行くのはいつの話だ？」

「ベンノさんの予定を聞いて決めるつもりですけど？　ベンノさんの都合が良かったら、お金を持って戻って来るって側仕えには神官長へ伝えてもらって……」

わたしの言葉と共にベンノの顔色が一瞬で変わった。

「……それは今すぐに持参しますと言っているに等しいっ！　マルク、すぐに準備しろ！　神殿に向かう！」

「かしこまりました！」

真っ青になったマルクが部屋を飛び出して行った。

「え、えと、じゃあ、すぐ商業ギルドに……」

「時間の無駄だ。わざわざ行く必要はない。カードを出せ」

カードを合わせた後、ベンノは「神殿に行くんだから、青い服を着ておけよ」と言い残して、奥の扉から上に駆け上がって行った。

わたしはついさっき脱いだばかりの青い衣を手に取って、もう一度着直す。帯を締めて、項垂れた。こんなことになるとは考えてもいなかった。わたしがただ側仕えを追い払いたいと思って言ったことで、とんでもない面倒事を持ち込んでしまった。

「……どうしよう、ルッツ」

約束の仕方も、ちょっとした言葉の意味合いも、所属する団体が変われば全く違うものになる。そんな簡単なことくらい知っていたのに、わかっていなかった。

ルッツはポンポンとわたしの頭を軽く叩いて慰(なぐさ)めてくれる。

「貴族のことなんて、オレ達にはわかんねぇからなぁ……。今回失敗したのは仕方ないけど、マインも悪いところを直せ」

「悪いところ?」

わたしが首を傾げると、ルッツは少し厳しい目でわたしを見ながら大きく頷いた。

「マインが何より本のことを好きで、ずっとずっと本を読んでいたいことは知ってるけどさ、それより先に、周りの人に色々聞いて少しでも早くそこでの生き方を覚えなきゃダメだ。……オレも商人の世界は知らないことだらけで、周りにとっては当たり前ってことが、オレにはわからない。だから、小さいことでも一々聞いてる。そうしたら、他の見習いにしても、マルクさんにしても、ちゃんと教えてくれる。マインも面倒がらずに聞かなきゃ、いつまでたっても覚えないぞ」

ルッツの言葉が胸に響く。職人の息子として生きてきて、自分の意思で商人の世界に飛び込んだルッツが、店に馴染むために全力で取り組んでいることを知っている。それなのに、本読みたさとはいえ、ルッツと同じように自分から神殿の世界に飛び込んだわたしは、神殿の常識に馴染むための努力を全くしていない。

「オレは、商人として生きたいから頑張ってるつもりだ。マインも神殿で本が読みたいなら、まず、神殿のやり方を覚えろよ。大丈夫。マインならできるって。頭良いんだからさ」

「良くないよ。考え無しだもん。ルッツの方がすごいって」

わたしの頭が良いはずがない。わたしはベンノの言うように考え無しなのだ。昔から、知識はあっても、その先に繋がらないと言われてきた。

「考え無しでも、マインはいつだって自分の目標に向かってまっしぐらだから、心置きなく本を読む目標のためなら、マインはどんなことでもできるだろ？　安心して本が読めるように頑張れ」

「うっ……。ルッツはわたしを理解しすぎだよ」

ちょっと前向きな気分になった時、階段を下りてくる足音が響いてきた。ギッと奥の扉が開いて、涼しげな素材ではあるが、長袖の衣装を着たマルクが出てくる。

「お待たせしました」

マルクは普段の執務服とは違い、着物かと言いたくなるくらい布を使った長い袖がひらひらする上着を着ていた。縁に青を基調とした刺繍（ししゅう）がされていて、上着の丈は膝くらいだ。その下は比較的ピッタリとした細身の白いズボンで、洗礼式の晴れ着をもっと豪華にした感じだ。布の質も上質のもので、明らかに貴族対応の服だとわかる。

「待たせたな」

マルクの後ろから出てきたベンノは、マルクの服より袖が長くて大きい白の上着を着ていて、その着丈が足首ほどまであった。刺繍の豪華さはマルクとは比べ物にならず、さらに、その上から薄手のマントを羽織っている。マントは肩に青い宝石のついた金細工のブローチで留められていて、手には花のような物を持っていた。少し癖のあるミルクティーのような色の髪は、ポマードのようなもので固められていて、まるで別人のように見える。

服装だけでもこれだけの準備をしなければならない貴族との対応に、ゴクリと息を呑んだ。全く知らない世界に飛び込んでしまったことに、わたしの方が怖気づいてしまう。他人を不用意に巻き込むような発言をするべきではなかった。

「ベンノさん、ごめんなさい。わたしが無知なせいで、巻き込んじゃって……」

わたしが駆け寄るとベンノは手に持っていた花の飾りを「新作だ」と言いながら、簪の側に挿し込んで、いつもと同じような不敵な笑みを浮かべた。

「そう気に病むな。窮地の中にこそ好機ありが俺の信条だ。貴族的なやり取りをこなしつつ、無事に寄付金を渡すことができれば、ギルベルタ商会の迅速で上質な対応を印象付けることができる。行くぞ」

自信のありそうなベンノの発言に嘘はなかった。店の中にどういう命令系統があるのか知らないが、ベンノとマルクが着替えて店へと出た時には、寄付金の小金貨が詰まっている両手に収まるくらいの宝石箱のような木箱と、くるくると巻かれた布と、小さい壺と、布に包まれた包みが三つずつ準備されていた。そして、店の外には大人が四人は乗れる大きな馬車がきっちりとした服を着た御者付きで待っている。

……いつの間に⁉

ポカーンとしているわたしをベンノがいつもと違って、恭しい態度で抱き上げて、馬車に運ぶ。

お金がかかっているとわかる馬車に座らされたわたしが、不安になってベンノを見上げると、ベンノはピンとわたしの額を弾いた。

「今のお前は貴族だ。慣れている俺が何とかするから、お前は何かあっても狼狽えずに笑え。堂々としていろ。絶対に俯くな。できるか？」

「……やります」

馬車の窓からルッツが見えた。頑張れ、と口が動いているのがわかって、わたしはルッツにわかるように大きく頷いた。

マルクが乗り込み、扉が閉められると、馬車はゆっくりと動き始める。ガタンガタンとわたしの心と同じように不安定に揺れながら、初めて見る貴族の社会へと進んで行った。

青い衣と異なる常識

馬車が神殿の入口に止まって、御者が台から降りたのがわかった。入口に立っている門番に声をかけているのが何となく聞こえてくる。外に出るために椅子から立ち上がろうとした途端、ベンノに無言で押さえつけられた。きょとんとしてベンノを見上げると、口を開かずにゆっくりと首が横に振られる。喋らずに座っていろということか、と判断して少し深く座り直せば、小さな頷きが返ってきた。

何が起こっているのか、これから先何が起こるのか全くわからなくて、身体が震える。グッと拳を握ったままで馬車の中を見回すと、マルクは馬車が止まった時間を利用して、何か書き物をしていた。わたしの視線に気が付いたのか、顔を上げたマルクが安心させるように笑みを見せてくれる。ちょっと顔が引きつっているのを自覚しつつ、わたしがへらっと笑い返してみたら、マルクは口元を押さえて笑いを堪え始めた。

沈黙を崩していいのかどうかがわからず、わたしが頬を膨らませて怒っていることを示すと、ベンノが横から頬をついてくる。何だか一人だけ緊張しているのがバカバカしくなってきた。

少しして、馬車が小さく揺れたことで、御者がまた乗り込んだのがわかった。マルクは素早くインクとペンを片付け、書き物をしていた紙をベンノに渡す。目を通したベンノがニヤリと笑った。何が書かれているのか、覗き込もうとした瞬間、馬車はまた動き出す。馬車が音を立て始めると同時にベンノが口を開いた。

「門で来訪者は名乗りを上げて、取り次ぎを頼み、馬車で通るための門を開けてもらう。馬車を降りる順番はマルク、俺、お前だ。俺の手を取ってゆっくり降りろ。間違っても飛び降りたり、段を踏み外したりするな」

以前、馬車に乗せてもらった時、ルッツと一緒に「とぉっ!」と掛け声付きで飛び降りたことを指しているらしい。緊張で段を踏み外しそうだと思っていたわたしはそっと視線を逸らす。

「取り次ぎを頼んだから、玄関前にはお前の側仕えもいるはずだ。神官長付きだったヤツを先頭にお前と俺、その後ろにマルクと残りの側仕えが続く形で神官長のところに向かう」

わたしは「はい、寄付金です」と、神官長にお金を渡すだけのつもりだったが、ずいぶんと大仰なことをしなければならなかったらしい。自分で持って行ったら、どのくらいの失礼をしたのか、全く想像もできない。

「寄付金の箱は俺が運ぶから、神官長室で一度中を確かめた後、俺に労いの言葉をかけろ」

「え？　どんな？　ありがとう、とか、お世話になりました、とか、そんなのでいいんですか？」

「もうちょっと貴族らしい言葉の方がそれらしいが、まぁ、そういうのでいい」

……貴族らしい労い言葉って「大儀であった」とか？　いくら何でも偉そうすぎるよ。

うーん、と、考えて、騎士物語や詩集を記憶から掘り出してみるが、あまりに芝居がかっている上に、相手に本と違う言葉を返されたら、一節を覚えているだけのわたしでは太刀打ちできない。

商人相手だし、ビジネスマナー系の本に良さそうなフレーズがないかと思ったけれど、貴族らしさからちょっと外れる気がする。

「わたくしの願いを快く聞き入れ、ご足労いただきましたこと、心より嬉しく存じます、とか？」

「どこで覚えるんだ、そんな言葉⁉」

ぎょっとしたようにベンノがわたしを見た。一応お嬢様言葉を記憶から掘り出して並べてみたのだが、何も言ってくれないので、合格なのか、ダメだったのか、判断できない。

「ダメだった？」

「……いや、十分だ。言葉遣いは馬車に戻って来るまで、それでやってみろ」

うぇっ⁉　と出かけた声をゴクンと呑み込んで、姿勢を正し、ゆっくりと深呼吸する。

「かしこまりました」

馬車はすぐに大きな門をくぐって、神殿の敷地内に入って止まった。御者によってドアが開けられ、マルクが一番に出て行く。次にベンノ。わたしは最後にドアの前に立った。

開かれたドアから見えた光景は、わたしが全く知らない神殿の入口だった。貴族や富豪専用の玄関のようで、手前に広がる前庭には、様々な素材を生かした彫刻や緑と花の溢れる花壇があり、玄関口は礼拝室の正面の壁のように色とりどりのタイルで装飾されている。

わたしが今まで使っていた大通りから真っ直ぐの小さ目の入口は、徒歩の平民専用らしく、この入口と比べるとまるで裏口だ。玄関だけで白黒の世界と色彩の世界にくっきりと分かれている。目に映る光景に自分が知らない明確な格差があることを思い知らされた。予想外の格差を目の当たりにして、心臓がぎゅっと縮む。

「マイン、手を……」

ベンノに声をかけられて、わたしはハッとしながら、手を差し伸べる。落ちないようにと思って、足元を覗き込もうとした途端、グッと手を引っ張られて抱き上げられた。

ニコリと笑いながら低い声で「下を向くな」と素早く囁(ささや)かれて、わたしは冷や汗をかく思いでニッコリと笑って頷いた。ベンノの注意事項を「自信がなくても俯くな」という意味だと解釈していたが、どうやら下を向く行為全般が禁止だったらしい。ベンノが普段では考えられないくらい丁寧な動作でわたしを下ろすと、フランが足早にやってくるのが見えた。

「マイン様」

「ベンノ様、わたくしの側仕えです。フラン、神官長にお目通りできるかしら？」

ほんの少しだけ首を傾げて、フランを見上げると驚いたように目を見張っていたフランがスッと両手を胸の前で交差させた。

「準備は整っております」

「マイン様、旦那様からの贈り物はどなたに任せればよろしいでしょうか？」

マルクの言葉にゆっくりと辺りを見回してみたけれど、ギルとデリアの姿はない。運び手がいなくて困るべきか、いなければ余計なことはされないので安堵するべきか、悩む。どうすれば正解なのか考えられないわたしはフランに丸投げすることにした。

「フラン、貴方が信用できる方にお願いしてくださる？」

丸投げされたのに、フランは「かしこまりました」と即座に頷いて、てきぱきと対応し始めた。不満そうな顔をすることもなければ、「しかし」と声を上げることもない。主の要求に応える優秀な側仕えの姿がそこにあって、あれ？　とわたしは首を傾げた。

……なんでいきなり態度が変わったんだろう？　午前中と今でわたしが変えたのは言葉遣いだけなのに……。

そこでハッとした。フランにとっては貴族らしい言葉遣いが大事なことだったに違いない。神官長しか見ていないフランの態度にわたしは苛立っていたが、それと同様に、フランは貴族らしさが欠片もないわたしに憤（いきどお）っていたのだろう。フランが気持ち良く仕事をするためには、主であるわたしの努力が足りない。ルッツに言われた通り、本腰を入れて貴族としての言動を身につけなければならないようだ。

フランは数人の灰色神官を呼ぶと、灰色神官が手分けして贈り物を持つように指示する。忘れ物なく贈り物を抱えたことを確認すると、「こちらへどうぞ」と先頭に立って歩き始めた。嫌々という雰囲気が漂っていた午前中と違って、今は水を得た魚のように生き生きとしている。

ベンノに視線で促され、わたしがフランについて歩き始めると、打ち合わせでもしていたように、ベンノの言葉通りの順番で隊列ができあがった。けれど、スタスタと大人の歩幅で歩くフランについて行くのは結構大変だ。わたしが必死に足を動かしていると、わたしの半歩後ろを歩くベンノが見兼ねたように口を開いた。

「君、少し速いようだが？」

フランが振り返って、何を言われたのかわからないというように目を瞬いた。

「側仕えになったばかりであることは重々承知だが、歩く速さに気を付けなければ、マイン様はそろそろ倒れる。差出口かもしれないが、もう少し気を配ってやってくれないか？」

「……申し訳ございません」

客人であるベンノに苦言を吐かせ、フランに恥をかかせてしまった。本来、主であるわたしが言わなければならないことだった。一瞬、謝罪の言葉が口をついて出そうになったけれど、ここでわたしがフランに謝るのは貴族として失格だ。

「ベンノ様、お気遣い恐れ入ります。フランは神官長に信頼されている優秀な神官ですから、すぐに覚えるでしょう。御心配には及びませんわ」

「では、今日のところは扱いに慣れているマルクに運ばせましょう。いつかのようにいきなり意識を失われては困ります」

廊下でぶっ倒れるようなヘマはするな、とベンノの顔に書いてある。布の包みを持っていたマルクはそれをフランに持たせ、「失礼いたします」と一言断った後、わたしを抱き上げた。

……うひーっ!? お姫様抱っこ!?

いつもと違う抱き方に叫びそうになった口を慌てて押さえた。優雅、優雅と自分に言い聞かせて、優雅らしい笑みを浮かべてみる。

「フラン、案内をお願い」

「かしこまりました」

神官長の部屋が見えてきた辺りでわたしは下ろされ、マルクはフランから包みを受け取ると、贈り物部隊の方へと戻って行く。すぐそこに見えている神官長の部屋の前までの距離なのに、フランは何度か振り返り、わたしの速度を気にかけながら歩を進めてくれる。「大丈夫だよ」という意味を込めて、わたしが笑って頷くと、フランは明らかにホッとした表情になった。

神殿長の部屋と違って、神官長の部屋の前に立つ神官はいない。誰もいない扉の前でフランが帯の内から小さなベルを取り出して鳴らした。いつもは声をかけて、応答があった後で灰色神官が開けている扉が、小さなベル一つで開いていく。開きかけた扉に向かって歩を進めようとしたら、ベンノに肩を押さえられた。そっと他の人を見回すと、全員が待機態勢だった。完全に扉が開くまで、動いてはいけないらしい。足を元の位置に戻して、何事もなかったかのように澄ました顔で、わたしも扉が開くのを待つ。

扉の向こうには灰色神官が二人並び、神官長は執務机の前にアルノーを従えて待っていた。部屋の中に入り、応接用のテーブルの前でフランが立ち止まる。わたしがそれを見て止まると、ベンノとマルクも止まり、贈り物部隊は壁際に整列した。

スッと一歩ベンノが前に出て、わたしが誓いの儀式をした時のように、左の膝を立てて跪き、軽く首を垂れる。

「火の神ライデンシャフトの威光輝く良き日、神々のお導きによる出会いに、祝福を賜らんことを。……お初にお目にかかります、神官長。ギルベルタ商会のベンノ、マイン様のご紹介により、この場に参上いたしました。以後、お見知り置きを」

ベンノが当たり前のように口にした神の名前だが、わたしはまだ神の名前を覚えていない。季節ごとに違う神の名前を覚えておかないと、貴族相手には挨拶もできないらしい。自分が実際に挨拶する側になることを考えて、血の気が引いていく。聖典を覚えることが仕事だと言った神官長の言葉が身に染みた。貴族のやり取りを覚えるのは、かなり大変そうだ。

「心よりの祝福を与えよう。火の神ライデンシャフトの導きがギルベルタ商会にもたらされんことを」

そう言いながら、神官長は左手で自分の心臓の辺りを押さえ、右手を斜め前、ベンノの頭の少し上に指を揃えて伸ばした。ぽわりと神官長の手のひらから青い光が出て、ベンノのミルクティーのような淡い色の髪が青く染まる。光はすぐに消えたけれど、ベンノに祝福が与えられたのは誰の目にも明らかだった。

予想外の神聖で荘厳な光景に息を呑んだ。あの青い光は魔力だろうか。わたしが感情的になって魔力を押し出すと、威圧にしかならないけれど、使い方を覚えたら、あんな祝福ができるのだろうか。むしろ、巫女見習いとして、できるようにならないといけないのだろうか。

脳内のやることリストがどんどん増えていく。「本を読むより先にやれ」と言っていたルッツの言葉がチクチク刺さる。

「マイン様。どうぞこちらに」

フランの声にハッと我に返ると、神官長が応接用のテーブルにすでに着いていた。ここでの身分を考えると、わたしが動かないと他の人が動けないに違いない。わたしはフランに導かれるまま、椅子の前に立つ。そこまではよかった。体格が四～五歳のわたしは、椅子に座る時、基本的によじ登らないと座れない。普段はそれで問題なかったけれど、さすがに今日はまずい。

……思わぬピンチ！　椅子が高すぎて優雅に座れないっ！　お嬢様はこんな時どうすればいい⁉

困ったわ、のポーズはここでも通用する⁉

椅子を見つめて途方に暮れていたわたしは、通じるか通じないかわからなかったけれど、右手の指先を揃えて頬に当て、左手は腕を組んだ時のように右手の肘に添え、フランを見上げると、少し首を傾げた。そして、そのまま三秒待機。

「……失礼いたします、マイン様」

フランがわたしの脇に手を入れて、椅子に座らせてくれた。

……おおぉぉ！　通じた⁉

ガタンと椅子の位置を調節してくれるフランにニッコリと笑うと、苦笑に近いような笑みが微かにフランの口元に浮かんだ。わたしが視線をフランからテーブルに戻した時には、ベンノはすでにわたしの隣に座っていて、神官長の後ろにアルノー、ベンノの後ろにマルクが控えて立っているのが目に入った。わたしの後ろにはフランが立っているに違いない。贈り物を持った神官は壁際に並んだままだ。

「では、マイン様。お預かりしていた物はこちらでお間違いございませんか？」

ベンノがずっと両手で持っていた、彫刻がなされた木の宝石箱のような箱を開けて、わたしに見せる。箱の中には小金貨が五枚入っていた。初めて見る小金貨だ。キラキラの輝きをまじまじと見つめた後、言われていた通りに、わたしはベンノに労いの言葉をかける。

「わたくしの願いを快く聞き入れ、ご足労いただきましたこと、心より嬉しく存じます」

「勿体ないお言葉です」

ベンノが蓋を開けたまま、テーブルの上に置き、神官長に差し出す。

「神官長、こちらがマイン様からの寄付金でございます。どうぞお納めください」

「……ふむ、確かに受け取った。マイン、それから、ベンノ。大儀であった」

神官長は箱の中を軽く確認した後、蓋を閉じてアルノーに渡す。アルノーがそれをどこかに持って行った。おそらく保管場所があるのだろう。

「そして、こちらは御挨拶とお礼の品でございます」

ベンノの言葉に壁際の灰色神官が進み出て、テーブルの横に並んだ。マルクが一種類ずつテーブルの上に置いて行く。置かれる品物を見ていた神官長が、くっと片方の眉を上げた。

「挨拶はわかるが、お礼とは？　君に礼を言われるようなことをした覚えはないが？」

「神官長の計らいにより、マイン工房の存続が決まったことに心より感謝をしています」

ベンノが両手を胸の前で交差させ、軽く目を伏せると、神官長は「なるほど」と軽く頷いた。ベンノが並んだ品物を神官長に紹介していく。

「こちらは当店が取り扱う中でも最高級の品質を誇る布でございます。そして、こちらはリンシャン。現在、権利は全て私が買い取っておりますが、元々マイン工房で作られていた品物です。そして、こちらもまたマイン工房で発明され、新しく販売された植物紙でございます」

神官長が一番興味を示したのは植物紙だった。手に取って手触りを確認している。

「こちらを神官長、それから、この場にはいらっしゃいませんが、神殿の最高位にいらっしゃる神殿長、そして、この出会いを授けてくださったマイン様のお三方にお納めしたく存じます」

……え？　わたし⁉

思わず目を見開いたが、声を上げるのは耐えきった。驚きをぐっと耐えるわたしに気付くことなく、二人はやり取りしている。

「ふむ。これは素晴らしい品だな。感謝する。この品物をその棚に並べてくれ」

「お気に召されたようで、恐悦至極に存じます」

神官長の言葉に灰色神官が動き出す。マルクはテーブルの上の物を神官に渡したり、紙を布で包み直したりと動き始めた。

……ハァ、終わった。

寄付金を渡して、贈り物を受け取ってもらえたので、本日の任務は無事終了だ。ホッと小さく息を吐いた瞬間、テーブルの下でベンノの手が素早く動いて、わたしを軽く叩いた。ベンノを見て首を傾げると、ベンノは呆れた目をした作り笑顔という器用な真似をして、視線を下げていく。なるべく俯かないように気を付けて、わたしも視線を下げていくと、ベンノの指先に小さな紙が挟まれているのが見えた。

授業中によくこういうことをしている子がいたなぁ、と懐かしくなりながら、そっと手を伸ばして紙片を受け取る。女の子とは交換したことがあるけれど、男の子とはなかった。男の子と言うにはベンノは年を食いすぎてるけど、異性相手のお手紙交換なんて初めてだ。ベンノが相手でもちょっとドキドキしながら、紙を開く。テーブルの下に隠すようにして目を通すと「気を抜くな、阿呆」と書かれていた。

……わたしのドキドキを返せ！

わたしが優雅さを忘れそうになったのを見計らったように、神官長がこちらを向いた。慌てて笑顔を取り繕ったのがバレたのか、神官長の顔つきが変わっていく。わたしが小さく息を呑んで姿勢を正すと、神官長がスッと手を横に振った。それを見た灰色神官が両手を交差させて、軽く腰を落として神官長に礼をすると、次々と部屋を出て行く。

「この機会にベンノから聞いておきたいことが、数点ある」

神官長の顔が引き締まり、嘘や誤魔化しを許さない鋭い目でベンノを見つめる。それと同時に隣のベンノの雰囲気も明らかに先程より堅くなった。どうやら、これから先が本題らしい。わたしもグッと背筋を伸ばし、「気を抜くな、阿呆」と書かれたベンノの注意事項の紙を握り締めた。

本題

灰色神官が神官長に一礼して、次々と部屋を退出していく中、アルノーがどこからかワゴンのような物を押してきた。そして、おそらく神官長の好みに合わせているのだろう、厚みのあるガラスの器でお茶を淹れ始めた。蒸(む)らし始めると同時に、アルノーが顔を上げて、お茶の葉が入ったガラス瓶をいくつも取り出しながら、種類やら、産地やらを説明しつつ並べていく。

「マイン様、どのようなお飲み物がお好みでしょうか?」

……正直、全くわかりません。

わたしがよくわからないまま、適当にそのうちの一つを指差して「これをいただきたいわ」と答えると、次はお茶に入れるミルクについて質問が並べたてられた。

……そんなこと聞かれても、全くわかりません。

しかし、身分的にわたしが選ばなければ、先に進まないので、ベンノを参考に「同じもので」と済ませることもできない。お貴族様というのはお茶一つ飲むのも大変だと思いながら、わたしはフランを振り返った。本日覚えた新技「丸投げ」の出番だ。

「フランはどんなミルクがこのお茶に一番良く合うと思って？」

「そうですね……。ホルガーのグラウヴァーシュ、三歳のものなら、ほのかな甘みがあって、ティーフガフトによく合うと思われます」

「そう。では、ホルガーのグラウヴァーシュでいただきたいわ」

今日飲むお茶はティーフガフト。ホルガーのグラウヴァーシュのミルクを入れる。何の呪文？と思うような音の羅列に首を傾げるしかない。

アルノーがベンノの好みを聞いているうちに、灰色神官は全員退室したようだ。

「どうぞ、マイン様」

音も立てないように丁寧な仕草で置かれたガラスのカップを手に取って、コクリと一口飲む。ブレンドされたお茶にまろやかなミルクが加わり、優しい甘みが口の中に広がっていく。素材も淹れ方も良いのだろう。うっとりするほどおいしい。

全員のお茶を準備し終えたアルノーはワゴンを押して、どこかに片付けに行った。姿が見えなくなったかと思えば、すぐさま戻って来て、扉をピッチリと閉める。全く無駄のないきびきびとした動きに、ほぅ、と感嘆の息を吐く。アルノーが自分の持ち場である神官長の背後に立つと同時に、神官長が口を開いた。

「ベンノ、君はマインを最初に引き立てた慧眼（けいがん）の持ち主であると報告を受けている。その目にマインはどのような人物だと映っている？　神殿において、マインは魔力を暴走させる危険人物という認識が神官の間にはある。そのため、マインがどのような人物なのか、付き合いの長い君から率直な意見が聞きたい」

「魔力の暴走……？　ほぅ、そんなことが？」

ベンノが全く笑っていない目で、ちらりとわたしを見た。ここでなかったら、「聞いてないぞ、くぉら！」と雷を落とされている目だ。すーっと視線をベンノとは反対の方へと向けて、カップを持ち上げて口に付ける。

「私はただの商人でございます。故に、魔力に関してはわかりかねますが、私が知っているマイン様についてなら、お話しできます」

「ふむ、話しなさい」

神官長が少しばかり身を乗り出すようにして、ベンノに先を促した。わたしの心境は、家庭訪問や三者面談で保護者と担任が自分の話をしている時と同じような居心地の悪いものだった。一応、神妙な顔で座っているが、本当は「やめて！　余計なこと喋らないで！　せめて、わたしのいない時にして！」と叫んで、この部屋から出て行きたい。

「マイン様は天才でございます。新しい商品を生み出すという一点においては。発想だけは他の追随を許しませんが、実際に品物を完成させるのは当店の見習いです。マイン様本人には天才の自覚が薄く、基本的にはおっとりとした寛容な性格だと当店では認識されております」

ぼんやりしているとか、考え無しとか、警戒心がないとか散々言われているわたしの性格も貴族向きに言い換えれば、おっとりとした寛容な性格になるらしい。ベンノの口から出てきたとは思えない評価だ。物は言い様、とはこのことか。

「待ちなさい。おっとりはともかく、寛容だと？」

ベンノの言葉に納得できなかったらしい神官長がものすごく疑わしい顔でわたしとベンノを見た。無理もないと思う。魔力を暴走させて、神殿長を失神させたことは多くの神官の間で有名だろうし、今日、フランが報告しているなら、読書の邪魔をしたギルに魔力をちょっとだけ放出したことも神官長は知っているはずだ。神官長から見たわたしは、とても寛容という言葉から遠い人物に違いない。怒りっぽくて、感情的に魔力を爆発させる危険人物だろう。

「自分にとって譲れない大事なもの……家族や友人、それから、本。これらに手を出さない限り、マイン様は呆れるくらい寛容です。警戒心も薄く、多少騙されても懲りません。寛容と言うよりは、無関心だとマイン様をよく知る当店の見習いは申しておりました」

ベンノの言葉に「無関心。なるほど」とフランの小さな呟きが頭上から降ってきた。午前中の自分の言動を思い返してみると、反論の余地など全くなかった。うーむ、と唸りながら神官長がわたしを見て、もう一度同じように唸る。

「他にはないか？　家族、友人、本以外に魔力が暴走しそうな要素があれば述べなさい」

「わたくしにとって大事なものは、今のところ他には思い浮かびません」

わたしがそう答えると、「ならば、よい」と少し安心したように神官長が頷いた。ベンノが考えを巡らせるように少し視線を上に向けた後、フランと神官長を交互に見る。

「そうですね。あと、私からマイン様について、神官長にご報告しておかなければならないのは、類稀な虚弱さでございましょうか」

「虚弱さ？　あぁ、体調管理する者が必要だと言っていたな」

神官長の視線がこちらを向いた瞬間、フランが少し動揺したように震えたのがわかった。さっき廊下でベンノに指摘されたことを思い出したのかもしれない。

「マイン様は驚くほど体力も腕力もございません。顔色、口数、歩く速さ、行動距離や内容をよく観察していなければ、元気そうにしていても突然意識を失って倒れます。そして、数日間熱を出して寝込みます。今のところ、当店の見習い以上に体調管理ができる者はおりません」

「その見習いはルッツという少年だな？……フランは体調管理ができそうか？」

神官長の言葉に全員の視線がフランに集まる。動揺したように濃い茶色の瞳を少し泳がせた後、フランは俯いて悔しそうな声を漏らした。

「いえ、私はまだ……。申し訳ございません」

少しばかり振り返ると、ちょうどわたしの目の高さにあるフランの拳が小刻みに震えているのが見えた。尊敬する神官長の期待に応えられていない自分が歯痒くて仕方ないという心情がビシビシと伝わってくる。

「フランは今朝、側仕えになったんですもの。いきなりは無理でしょう。ルッツも完全に見分けられるようになるには時間がかかりましたもの」

「あまり時間をかけられては困る」

せっかく入れたわたしのフォローを神官長が厳しい一言でつき崩した。

「秋にはまた騎士団からの招集があるかもしれない。それまでにマインの体調を管理できるようになれ。いいな、フラン?」

神官長にひたと見据えられたフランは、一度息を吸い込んだ後、しっかりと頷いた。

「……かしこまりました。秋までには必ず」

玄関口での采配やお茶の知識を見ればわかるように、フランは神官長のためならものすごい努力ができる人だ。神官長直々の御命令だし、わたしの体調管理に真剣に取り組んでくれると思う。何にせよ、側仕えが前向きに体調管理をする気になってくれたようでよかった。安堵するわたしを見ながら、ベンノが心配そうに視線を伏せる。

「神官長、マイン様はこの年の子供にしては大変利発でございます。けれど、社会経験は乏しく、神殿での常識、ひいては、貴族社会には疎くていらっしゃいます」

「あぁ、知っている。そのためにフランを付けてある。私の側仕えの中でも優秀だ。疑問点はフランに聞けば良い。もちろん、私自身もマインの教育には携わるつもりだ」

自分の背後に立っているフランが、ひゅっと息を呑んだのがわかった。思わず振り返ると信じられないと言わんばかりに目を見張って、神官長を見ていた。

……あれ？　もしかしたら、フランはわたしの側仕えに回されたの、自分に実力がないせいだって思ってたのかな？　だったら、一緒に神官長の役に立てるように頑張ろうねって言えば、案外簡単に味方になってもらえるかも？

コクリとお茶を飲みながら、フランの攻略方法を考えていると、神官長がわたしとベンノを見比べるようにして、目を細めた。

「ところで、ベンノ。君にとってマインが水の女神と言うのはどういう意味だ？」

「んなっ⁉」

ベンノが素っ頓狂な声を上げて、ガチャッと音を立てて、カップを取り落とした。わかりやすく動揺しているベンノを見て、疑いを深めたように神官長は息を吐き、足を組み直す。

「君が一体どのような目でマインを見ているのか、知っておきたい」

「どのような、と申されましても……。私自身、何故周囲がそのように言うのか、理解できない有様でございます」

しどろもどろで弁解するベンノというのはとても珍しくて面白いが、神官長が口にした水の女神の意味がわからない。そういえば、前にオットーが似たようなことを言っていてベンノが怒っていたなぁ、と思い出しながら、わたしは首を傾げた。

「あの、恐れ入りますが、水の女神ってどういう意味で使われているのでしょうか？」

くるりとわたしが見回すと、目が合った途端に全員が目を逸らした。自分には聞くな、という空気が全員から出ている。ものすごく気まずい雰囲気だ。困って首を傾げていると、ベンノから「静かにしろ」と書かれたメモが回ってきた。どうやら大きな声では聞いてはいけないことのようなので、小さい声でこっそりフランに聞いてみる。

「……神様のことだし、神殿に関係あることでしょう？　フラン、教えてくださる？」

「あ、えーと、その……」

フランが助けを求めるように神官長に視線を向ける。ベンノが額を押さえて溜息を吐き、苦り切った顔で神官長が仕方なさそうに口を開いた。

「想い人、恋人、心を動かす者。一般的にはそのような意味で使われる」

……想い人？　恋人？　ない、ない。ベンノさんは死んだ恋人一筋の独身主義者だ。それでなくとも、わたしとベンノさんを見て、そんなことを考える方がおかしい。

「そのようなことはあり得ません。ベンノ様とわたくしは親子ほど年が離れているんですよ？」

噴き出すのを堪えながら、わたしがそう言うとベンノもしっかり便乗して否定した。

「マイン様もおっしゃる通り、あり得ません」

「だが、親子くらいの年の差なら、さほど珍しくもあるまい？」

神官長はまだ疑いを捨てきれないと言いたげにベンノを見る。麗乃時代の日本ならば、芸能界でそんな話を聞いたことも多いけれど、マインとなってからは、聞いたことがない。何故ならば、再婚するにしても、親子ほど年が離れれば、その人は子の世代に世話になっていることが多く、扶養家族を増やすような真似は稼ぎ頭の子供世代に嫌われる。そして、年下の方の結婚相手一人だけの稼ぎで生活していけるほど、平民の世界は甘くないのだ。

「わたくしは伺ったことがありませんけれど……あぁ、そういえば、親子ほど年の離れた関係も神殿では珍しくありませんものね？　わたくしの側仕えの一人も、いつか神殿長と関係を持ちたいと願っているようですから。でも、平民ではあり得ないのです」

神殿にいる神官長には平民の事情がわからなくても仕方ないよね、とわたしがフォローすると、また妙な沈黙が広がった。同時に、ベンノから「頼む。黙れ」とメモが回ってくる。どうやらフォローにならなかったらしい。

ベンノのメモ通りにわたしがお口にチャックすると、今度は誰も口を開く者がいなくなり、部屋の中に満ちるのは重い沈黙になった。しきりにお茶を飲み、お互いを窺(うかが)うような視線だけが行き来する。気まずい。ものすごく居心地が悪い。

「……神官長、従僕の身で大変不躾ではございますが、発言をお許し願えますでしょうか？」

誰も口を開けない妙な雰囲気を破った救い主はマルクだった。バッと顔を上げて、マルクを見た神官長の顔には、誰でもいいからこの場を何とかしろ、と書いてあった。諸手を挙げる勢いで神官長が許可を出す。

「許す。何だ？」

「旦那様の名誉のために断言いたしますが、一般的な意味合いで使われる水の女神とは異なります。神官長もご存じのことでしょうが、マイン様が次々と作り出す商品から、旦那様は新しい事業を起こされています。長いこと服飾の商売のみを行ってきたギルベルタ商会に、次々と新しい事業の芽をもたらしてくださるマイン様は当店にとって水の女神なのでございます」

「ふむ、そういう意味か。納得した。では、最後に、マイン工房のことだが……」

自分が持ち出した話題で、あまり納得できていないように見えたけれど、それ以上を追及することはなく、あっさりと神官長が話題を変えた。

「一体どれだけの利益を上げる？　こちらは利益の一部を神殿にもたらすという約束で、存続を許したのだが？」

ベンノは、そうですね、と考える振りをしながら、膝の上に重ねられている長い袖の中で、すでに何か書かれている紙を小さく切っている。さっきからベンノがちょくちょく寄こしてくる紙片が、馬車の中でマルクが書いていた紙だと気付いて、わたしは頬を引きつらせた。

……ちょ、マルクさん⁉　もしかして、「阿呆」ってマルクさんが書いたんですか⁉　素敵紳士だと信じていたのに！　前もって準備しておく言葉があんなのばっかりなんて！

ベンノの代筆で「阿呆」とか「黙れ」と書いていることはわかっていても、ショックが大きい。あんないつも通りの笑顔で書かないでほしい。落ち込むわたしにまた小さな紙が回された。「口を開くな」と書かれている。

「……利益は何を作るかによります。ご存じでしょうが、事業に関しては、利益が定期的に定量入ることなどありません。そして、現在、新しい事業の準備中でございますが、これは利益どころか、初期投資にお金がかかる有様でございます。工房の維持、新事業の開拓を考えますと、純利益の一割程度が妥当だと考えます」

ベンノが一割という数字を出すと、神官長は不快そうに顔をしかめた。

「一割とはずいぶんと少ないのではないか？」

「……失礼ながら、多すぎるくらいでございます。流通にかかる費用や材料費、職人への給料は減らすことなどできません」

「しかし……」

「商売においては利益を少し削ってでも売らなければならないことがございます。ですが、マイン工房の事業が赤字の場合はご負担いただける……というわけではないのでしょう?」

神官長は押し黙った。負担などできるはずがない。神殿自体が赤字経営だと言っていたのだから。そして、神官長には反論も難しいだろう。神殿は孤児院の孤児から灰色神官という労働力を得て、領主や青色神官の実家から収入を得ている。神殿の収入や支出は商売をしている店と全く違う種類のものだ。多分、神官長には店の仕組みも給料の仕組みも理解できないと思う。

「マイン様が報酬として受け取られる分を神殿に寄付するのは個人の自由でございますが、工房の利益から、となると、商売が立ち行かなくなるほどの金額を寄付することはできかねます」

「……わかった。一割だ」

次々と畳みかけるベンノが主導権を握る形で、神殿への上納金が決定した。ベンノ自身は手数料で三割を平然と持って行くくせに、神殿の取り分は一割に抑えた。ベンノの手腕に、おぉ、と感心していると、さっとマルクが契約書を取り出して、テーブルに並べ始める。言質を取ったら、即契約。マルクの活躍はベンノに比べて一見地味だが、素晴らしい。正直なところ、貴族である青色神官の側仕えにも負けていないと思う。

貴族の集合体である神殿との契約なので、テーブルに広げられたのは契約魔術用の契約書だった。マイン工房の純利益の一割を神殿に納める旨を書き、神殿の代表として神官長、マイン工房の工房長であるわたし、そして、後見人として財務表を提出する義務を負ったベンノがサインして、血判を押していく。

……また血⁉　契約魔術、嫌い。

「マイン、何をぼんやりしている？　君の番だ」

刃物を指先とはいえ、自分に向けるのが未だに慣れない。神官長に促され、わたしは震える手でナイフを握る。すると、横からそっと手が伸ばされ、フランがナイフを取りあげた。

「目を瞑ってください、マイン様」

ギュッと目を閉じて手を出すと、指先にチクリとした痛みが襲ってきた。目を開けるとぷっくりと血が盛り上がっている。フランが差し出す契約書に指を押し付けると、いつものように契約書が金色の炎に包まれて消えて行った。

「私の疑問は以上だ。本日は実に有意義な時間を過ごせた。礼を言うぞ、ベンノ」

「勿体ないお言葉でございます」

神官長とベンノが挨拶を交わす間に、マルクはさっさと契約魔術に使った道具を片付け、フランはテーブルの上の茶器を端にまとめ、アルノーはカーペットを準備し始めた。

「では、神の導きによる出会いと契約に祈りと感謝を」

そう言いながら、神官長がベンノとわたしをカーペットの方へと招く。全員でぞろぞろと移動しながら、わたしはベンノとマルクを見上げて、笑うのを必死に堪えていた。

……これは、もしや、ベンノさんとマルクさんのグ◯コ⁉　見たい！　マジ見たい！　けど、絶対に腹筋崩壊する！

脳内ですでに繰り広げられている二人の揃ったグ○コの破壊力に口を押さえていると、いきなり身体から力が抜けて行った。「へわっ⁉」というお嬢様らしからぬ声が口をついて出る。わたしはガクンと膝が折れるように崩れ落ち、そのまま頭の重みで前に上半身が投げ出された。

「マイン様⁉」

後ろにいたフランが悲鳴のような声を上げると同時に、全員の視線がわたしの方へと向かう。べしゃりと崩れているわたしを見て、神官長は呆れたように溜息を吐いた。

「マイン、早く立ちなさい。みっともない」

神官長に言われるまでもなく、わたしは何度も立ち上がろうとしていたが、全く手が動かない。頭が持ち上がらない。

「あの、身体が変。全然力が入らないんです。でも、熱が上がってくる気配もなくて、手足は逆に冷たいくらい。……ベンノさん、これ、何でしょう?」

「知るか！　俺に聞くな！」

怒鳴るベンノに抱き上げられたので、いつものように服をつかもうとしたけれど、腕が全く動かない。だらんと肩から下がる腕が重たくて、まるで自分のものではないようだ。

「神官長、御前を騒がせたこと、幾重にもお詫び申し上げます。退出の挨拶を省略させていただき、帰途につきたく存じます」

「あ、あぁ、構わぬ。マインを任せる」

わたしを抱き上げた状態でベンノが、真っ青な顔でわたしを見ている神官長に暇乞いをする。その間もいつものように熱が上がってくるような気配が全くなかった。まだ比較的涼しいとはいえ、夏の初めなのに、どちらかというと身体がどんどん冷えていくような感じだ。

慌ただしくマルクが帰宅準備を終え、アルノーとフランがわたしを抱いて大股で歩くベンノのために扉を開ける。いつもの倒れる時とは違い、意識が途切れることもなく、ぶらんぶらん揺れる手足の感覚がおかしい。ガクンとなっている頭の重さを感じながら、わたしはベンノとマルクのグ〇コを見損ねたことを残念に思っていた。

「ベンノ様、お待ちください！」

ガクンと仰け反った視界にフランの胸元から顎が映った。けれど、ベンノは返事もせずにカツカツと大股で足早に歩き続ける。おかげで頭がガックンガックンと揺れて、脳味噌が掻き回される感じがする。もうちょっと揺れないように歩いてほしい。そんなことを考えていると、フランがベンノの半歩後ろについて歩きながらもう一度呼びかけた。

「ベンノ様！」

「何だ？　見ての通り、俺は急いでいる」

ベンノは丁寧さの欠片もない素の状態で言葉を返した。そのぶっきらぼうな態度に一瞬怯んだフランだが、グッと息を吸い込んで食い下がる。

「マイン様を運ばせてください」

「急いでいる。却下だ」

「お客様に運ばせるわけにはまいりません。私がマイン様の側仕えです」

無愛想な状態のベンノを相手にしても引こうとしないフランの言葉に、わたしは内心ハラハラしていたが、ベンノは足を止めた。

「力が入っていないヤツは小さくても重いぞ。絶対に落とすな」

その場にゆっくりと膝をついたベンノがわたしをフランに渡す。フランはわたしの頭の位置や腕の位置を微調整して、立ち上がった。頭の位置がフランの肩にもたれかかるようになったので、頭がガクンガクンと揺れることはなくなった。

「フランは抱き上げるのが上手だね」

わたしが感心してそう言うと、フランは少しだけ怒ったように声を尖らせる。

「マイン様、無理して喋る必要はございません」

「身体に力は入らないけど、頭は冷えてる感じだから、別に無理はしてないよ」

「……お言葉遣いに気が回せていらっしゃらないようなので」

フランの言葉遣いに心配の色がにじんでいて、わたしは小さく笑う。フランの心遣いがわかって、ちょっと気恥ずかしいけれど、ちょっと嬉しい。

「あのね、フラン。デリアやギルがいると、二人で話せる機会が次にいつあるかわからないから、言っておきたいの。いい？」

廊下には他の神官がいるかもしれないので、フランの耳元で内緒話をするように囁きかけると、視線だけは真っ直ぐ前に向いたまま、フランは小さく頷いた。

「お伺いします」

「わたし、まだ全然貴族のことがわからなくて、フランをすごく困らせると思うけど、なるべく早く覚えるように努力するから、協力してほしい。神官長の役に立てるように頑張るから、目的は同じってことで協力し合えないかな？」

グッとフランの腕に力が籠もり、フランの喉仏が上下して、息を呑むのが見えた。

「それが私の仕事ですから。……私の方こそ、神官長のお心を推し量れず、マイン様に不満をぶつけるような結果になったこと、お許しいただけたらと……」

「え？　推し量れず、って何？　神官長はちゃんと説明しなかったの？」

ポカーンとしてしまう。説明も無しに、わたしに付けられたらそれは不満だろう。神官長付きの側仕えから一介の青色巫女見習い、それも、貴族でもない平民の小娘の側仕えに替えられるのだ。左遷だとしか思えなくても仕方ない。

「周りに一体どれだけ敵に通じている者がいるかわかりませんから、言質を取られぬよう、神官長は普段から多くを語られません。人払いをしたとはいえ、今日のお言葉の多さには驚きました」

「いやいや、部下に意図が通じてないのは、問題だよ。フランは意図がわからないまま、わたしに付けられて辛かったんでしょ？」

神官長の立場が一体どういうものなのか、わたしには全くわからないが、こんな忠義者に悲しい思いをさせていたら、味方は減るばかりに違いない。

「神官長に必要ないと、デリアやギルと同程度だと、言われた心地がいたしました」

「それはないよ。神官長はね、フランをわたしに付けておきながら、フランを手放したつもりなんて欠片もない人なんだよ」

神官長への忠誠心を更に強くし、ついでに、わたしにも優しくしてくれるといいな、という下心満載のフォローのために、わたしはこっそりと囁いた。

「そうでございましょうか？」

疑問の形をとっているけれど、フランの声音には明らかに否定の色が強い。

「わたしに貸してるだけの気分だから、客人がいる前で新しい主であるはずのわたしに何の断りもなく、フランに命令しちゃえるんだよ。秋までに体調管理できるようになれって言ってたけど、普通の貴族に置き換えたら、かなり失礼じゃない？」

「……マイン様のおっしゃる通りですね」

フランが小さな笑いを漏らした時、玄関の扉が開いた。ちょうど馬車が前に入ってくるところで、タイミングを合わせていたのだろう御者が、わたし達のあまりに早い登場に目を白黒させているのが見える。

「フラン、マインを寄こせ」

先に馬車へと乗ったベンノが腕を広げる。フランが一瞬の躊躇（ためら）いを見せた後、ベンノにわたしを渡しながら、すがるような声を出した。

「私もお伴することはできませんか？」

「駄目だ。その服で神殿から出ると、つまらん問題が起こる」

わたしを受け取ったベンノからピシャリと却下の言葉が吐かれた。服を理由に断られると思っていなかったのだろう、フランは戸惑ったように自分の服を見下ろす。

「中古で良ければ、次回までに服を準備してやる。今日は諦めろ」

「恐れ入ります」

ベンノに礼を述べた後、馬車の前でフランが両手を交差させて跪いた。

「マイン様、ご無事のお帰りを心よりお待ちしております」

出かける主に向けられる挨拶だったが、予想外の言葉に狼狽した。どう答えて良いかわからない。わたしはフランの主は神官長だと思っていたし、フランにとって良い主ではない。待たれるような存在ではなかったはずだ。言葉を返すことができないわたしにベンノが耳元で低く囁く。

「留守を任せる。そう答えてやればいい」

留守って言われても、神殿はわたしの家ではないし、部屋もないし、まだ居場所と言えるほど思い入れのある場所でもない。そう反論するのは簡単なのに、フランに待っていると言われてしまえば、わたしはフランの主として、ここに戻って来なければならない気がして、むず痒いような気分になった。

軽く息を吸って、精一杯主らしく答える。

「フラン、留守を任せます」

馬車の中ではベンノの膝に頭を置いた状態で、座席にゴロンと横にされた。金のブローチを外したベンノのマントで包み込まれると、冷たくなっている身体が少し温まった気がする。ホッと安堵の息を吐くと同時に、自分の状況に気がついて、思わず叫び出したくなった。

……何これ!? 膝枕ってやつじゃないですか!

秘密の手紙交換に加えて、身内以外の異性との膝枕初体験までベンノとこなしてしまうことになるとは、想像もしていなかった。恋心の伴わないイベントはノーカウントでいいだろうか。ベンノの膝に全体重を預けた状態を自力で回避できるわけがないので、店に着くまで、この恥ずかしい体勢でいるしかない。逃げ出したい気分を少しでも霧散するため、わたしは少しばかり早口になりながらベンノに質問する。

「ベ、ベンノさん、神官って、普段着は持ってないんですか?」

「必要ないからな。持っていなくても不思議はない」

ベンノの説明によると神官が神殿から出て、下町の方に現れるのは、儀式の時だけらしい。青色神官ほどは目立たないが、基本的に神殿から出ることがない灰色神官がわたしに付き従って街の中をフラフラすると悪目立ちするらしい。

「そんなことはどうでもいいから、マイン、お前はもう黙ってろ」

静かに宥めるような口調でそう言ったベンノがゆるりと額を撫でた。そして、冷たい手に熱を与えるように軽くわたしの手を握る。それは、まるで大事な恋人が倒れたような仕草だった。前世においてさえ、こういう経験値は積んでないわたしとしては、気恥ずかしいを通り越して困惑した。どう反応すればいいのか、わからない。

……口調がぶっきらぼうなくせに、ベンノさんは無意識でこういうことをやっちゃうから、周囲から妙な誤解を受けるんだよ！

わたしの思考を読んだように、正面に座るマルクが悲しげに目を伏せる。

「旦那様、マインはリーゼ様ではありません。大丈夫ですよ」

「……わかっている。わかっているから、大丈夫だと、簡単に言うな」

ベンノは窓の外を眺めながらそう言ったけれど、わたしの手を離そうとしない。こちらを見ようとしないベンノの表情は全く見えない。けれど、何でもできて、完璧に見えるベンノの触れてはいけない場所に触れてしまった気がした。多分、ベンノを安心させるために「大丈夫だよ」と笑いながら、恋人は逝ったに違いない。

声をかけることもできず、熱を与えてくれる大きな手を握り返すこともできないまま、馬車はギルベルタ商会に着いた。

「ルッツ、奥の部屋へ来なさい。神殿でマインが倒れました」

店でわたしの帰りを待ちながら、仕事をしていたらしいルッツが、珍しいマルクの大声にバタバタと足音を立てて、駆け寄ってくるのが聞こえた。

マルクの指示で奥の部屋へ運び込まれた長椅子に、ベンノが一度マントを剥ぎ取って、わたしを横たえる。だらんと落ちた腕をお腹の上に置かれて、自分の腕が意外に重たいと感じた。上からふわりと布団代わりにマントがかけられる。

長椅子に転がされたわたしの顔をルッツが心配そうに覗き込んだ。額や首筋、手を触りながら、不思議そうに首を傾げた。

「疲れてるみたいで顔色が悪いけど、熱は出てないし、むしろ、手足が冷たいくらいだよな？　力が入らないだけって……今まで見たことがない。なぁ、マイン。今日は一日、何してた？」

ルッツの質問に、わたしは長かった今日一日を思い返した。

「えーと、神殿に行って、誓いの儀式をして、お祈りと奉納をして、側仕えを紹介されて、神官長からちょっとした説明を受けて、ルッツが迎えに来るまで図書室で聖典を読んでた。その後はルッツとベンノさんが知ってる通りだよ？」

「奉納って何だ？」

「えーと、神具に魔力を込めること。余分な熱が減って、すっきりするんだよ」

きゅるるる～と説明途中でお腹が鳴った。全員の視線がわたしのお腹に集中する。

……そういえば、わたし、お昼食べてなかったっけ。今頃思い出したよ。緊張が続いてすっかり忘れてたや。思い出すと急激に空いてくるよね。

「なんか、お腹が空いたみたい」

わたしがそう言うと、張りつめていた空気が少し緩んだ。マルクが小さな笑みを浮かべて、上の階へと繋がる奥の扉を開ける。

「熱がなくて、お腹が空くくらいなら、体調が急変することもないでしょう。着替えるついでに何か食べられそうな物を持って来ましょう、旦那様」

二人が奥の扉に姿を消すと、ルッツが長椅子の側に椅子を持って移動してきた。椅子に座って、眉根を寄せながら、ルッツは聞き足りない様子で口を開く。

「この時間に腹が空くって、昼は何を食べたんだよ？」

「本を読む時間が勿体ないから、食べてない。本を読んでる間は二日くらい食べなくても平気だし」

わたしの答えに、ルッツの翡翠（ひすい）のような目が怒りに冷たく光り、声が尖る。

「なぁ、それって、いつの話だ？　お前さ、マインになってから本がないから作ろうとしたんだよな？　本を読んでいたら二日も食べなくても平気だったのは、一体いつの話だ？　マインになる前の話じゃないだろうな？」

「あ……」

わたしが本当のマインではなく、麗乃（うらの）の記憶を持っていることを知っているルッツの言葉に、冷や汗が出てきた。ルッツの指摘通り、二日食べなくても平気だったのは、麗乃時代の話だ。病弱虚弱なマインになってから、体調不良で食べられないことはあっても、自分から抜いたことはなかった。

「それにさ、魔力を使うって、身食いの熱を自分の意思で動かすってことだろ？　身食いに食われそうになった時、体温が急上昇して急下降して辛いって言ってたじゃないか。魔力を使うって同じようなものだろ？」

「一箇所に向かって、一方的に魔力を吸い取られる奉納と、身体中に行き場のない熱がうごめいて暴走する身食いは違うんだよ」

「魔力を動かすってところは一緒だ。それなのに、虚弱な体力のない身体で、昼飯も食べずにこんな時間までうろうろしていたら倒れるに決まってるだろ！　バカ！」

叫んだ後、ルッツが力の抜けたような遣る瀬無い溜息を吐いた。そして、わたしの手を握り、自分の額にコツンと当てる。「夏なのに冷てぇ」と呟いて、泣きそうな目でわたしを見つめた。

「図書室に浮かれて、すっかり忘れてたんだよ。ごめんね、ルッツ」

涙がうっすらにじんだ目で、ルッツがわたしの手を握ったまま、激昂する。

「忘れるなよ！　自分の身体だろ⁉」

「何を騒いでいるんだ？　一応相手は病人だぞ。もうちょっと声を抑えろ」

急いで着替えたらしいベンノは奥の扉から出てくると、こちらに向かって歩いて来ながら、顔をしかめてルッツを注意した。ルッツはベンノのために、椅子から下りて、わたしの手を離す。場所を空けながら、持って行き場のない感情を吐き出した。

「だって、マインが本に夢中になって、昼飯を抜いたせいで倒れたって言うんだ。オレ……」

「こんの大馬鹿者‼」

「ひゃんっ⁉」

病人相手に騒ぐな、と注意したはずの本人から心臓が止まるかと思うほどの雷を落とされた。くわっと目を見開いてベンノが怒鳴っても、逃げることも耳を塞ぐこともできず、わたしはビックリ涙の浮かんだ目で仁王立ちのベンノを見ているしかない。

「身食いの成長が遅いのは、魔力に栄養を取られるせいだと言われている。それなのに、魔力を使って、飯を抜くとは何事だ⁉」

「そ、そんなこと知らなかったし……」

「自分の身体のことだろう！　ちょっとは気にかけて情報を集めろ、この阿呆！」

ベンノの言葉が正しいのはわかるけれど、身食いの情報なんて集め方がわからない。でも、余計なことを口にすれば、ベンノの怒りに油を注ぐ結果になりそうだ。

「マインが不注意なのは今に始まったことではありませんが、自分の体調をもう少し気にかけてくださいね。それから、旦那様も起き上がれない病人相手に怒鳴るのは、そろそろお止めください」

優しいけれど、甘やかすことはないマルクがカチャリと食器をテーブルに置き、わたしの身体を起こして支える。

「マイン、これくらいなら食べられるのではありませんか？」

カチカチの硬いパンを削って、ミルクに浸した病人食であるパン粥に蜂蜜がかかっているのが見えた。甘みがあっておいしいだろう。

「私が支えているので、ルッツ、食べさせてやれますか？」

「オレ、下手だから、多分、その服を汚すと思います」

わたしが着ている青の衣を指差して、ルッツが困ったように言った。青い衣は貴族が着るものなので高品質で高価だ。ミルクを零（こぼ）して臭くなったら困る。そして、脱がそうにも、ずっぽりと被るタイプの服なので、全く力が入らないわたしを支えながら脱がせるのは大変だ。

「なるほど、これは困りましたね」

「マルク、蜂蜜の固まった部分を持って来い。少しくらいは自分で動けるようになってもらわないと、脱がすのも大変だ」

ベンノの言葉に即座に動いたマルクが、蜜が結晶化した小さな塊を取って来てくれた。金平糖のようにガタガタの形の甘い物が、口の中に転がり込んでくる。じわりと溶けて、とろりとした甘みが身体中にじんわりと広がって行くのがわかる。蜜の塊が口の中で溶けてなくなる頃には、ほんのり身体に温もりが戻って来たような気がした。さらに数個、蜜の塊を口の中に放り込まれ、もごもごと舐めていると、ベンノがガシガシと頭を掻いた。

「マイン、神官長は魔力を使うことについて何か言っていなかったか？　気分が悪くなるとか、後でこういうことになるかもしれないとか……」

わたしは午前中の神官長の言葉を思い出す。

「えーと、負担にならない程度で奉納するように、とは言われました。身体が軽くなってすっきりしたので、全く負担じゃなかったんです」

「なるほど。だが、お前はずっと身食いで、魔力が身体に満ちているのが常だったわけだろう？　常にあるものがなくなったせいで、変調を来(きた)したという可能性は？」

「……あるかもしれません」

わたしは意識を集中して、魔力を押し込んでいる蓋を開けてみる。ほんの少し、じわじわと広がるくらいの熱をゆっくりと身体中に循環させていく。冷たい指先が温まって行くのがわかった。足りないところへ熱を流し込んだ後、また蓋を閉める。

「ベンノさんが正解みたいです。身体が温もってきたみたい」

「体温を上げすぎて倒れるのは止めてくれよ」

即座にルッツの注意が飛んで来た。わたしがやりそうなことを完全に把握されているようだ。

「……多分大丈夫と思う」

温かくなってきた手をゆっくりと握って開いてみる。まだ強張った感じはするが、自分の意思でちゃんと動くようになった。それを見ていたベンノが胸を撫で下ろして、息を吐く。

「……マイン、俺も身食いに関しては又聞きの情報が多い。魔力に関することは神官長にしっかりと確認しろ。まだ若いが、青色神官の割にはマシな目をしている」

「……え？　神官長って若いんですか？」

思わぬ言葉に瞬きの回数を増やすと、ベンノは「ガキのお前にとって若いがどれくらいを指すのか知らんが」と前置きしつつ、答えてくれた。

「見たところ二十二か二十三ってところだろう？　あんまり世間に揉まれてない不慣れな感じだから、もうちょっと若い可能性もあるが……」

「うそ⁉　三十歳くらいじゃないんですか？　ベンノさんとあまり変わらないと思ってました」

「マイン。お前、それ、絶対に本人には言うなよ？」

怖い顔で釘を刺された。

……でも、落ち着きがあるし、何となく貫禄というか、人を使い慣れているところもあるし、「長」なんて位についているんだから、そこそこのお年だと思うんだけど？

むーん、と考えながら、わたしは身体のあちこちを動かし、起き上がるために寝返りを打ってみる。まだ完全には動けるようになっていなかったわたしは、寝返りどころか、ボテッと長椅子から落ちた。

「マイン⁉」

「何をやってるんだ、この阿呆！」

「そろそろ起き上がれるかな、と思ったんだけど……」

わたしの言い訳に三人が揃って目を吊り上げた。

「全く動けなかったヤツが何を言っている？」

「あぁ、本当に目を離せない方ですね」

「頼むから、おとなしくしててくれよ」

わたしがちょっと回復したことで安心したらしい三人は、感情が心配から怒りに変わり始めたようだ。落ちたわたしを取り囲む三人の背後に怒りのオーラが見えた。

「ルッツ、マインの側仕えのフランにこれから毎回、その日の行動、魔力行使の有無、昼食の内容、全て細かく報告させろ」

「マインはきっちり管理しなければ、何が起こるのかわからないので、当然のことですね。見ていたつもりで、この有様ですから」

ベンノがテーブルをトントンと指先で叩きながら、苛立たしげにわたしを睨み、マルクは一見ニコニコしているのに目が全く笑ってない怖い笑顔になっている。反論もできずに、ベンノとマルクの言葉をしょぼんとしながら神妙に聞いていると、ルッツがぼそりと言った。

「そんな顔してもオレは誤魔化されないからな」

わたしのことを一番よく理解しているルッツはビシッとわたしを指差して宣言した。「本を前にしたマインが、側仕えなんて自分より下の立場のヤツの言うことを聞くはずがない。もし、側仕えからの報告に、本を読む邪魔されたって怒ったとか、ちゃんと昼飯を食わなかったなんて報告があったら……神殿の偉い人に頼んで、マインを図書室禁止にしてもらうからな！」

……そんな殺生なっ！

どうやら、わたし、皆様のおかげで、神殿でもきっちり管理された健康ライフが送れそうです。

古着購入

魔力が体内に満ちて動けるようになった後、マルクが準備してくれたパン粥（がゆ）を食べて、ようやく普通に動けるようになった。

「マイン、側仕えの普段着はこちらで準備した方が良いか？　それとも、お前が準備するか？　どうする？」

「普段着って、どこで買えばいいんでしょうか？　ウチが使ってる古着屋じゃダメですよね？」

貧しくて新しい服を作るのが難しい平民でも、わたしみたいな例外を除いて、子供はどんどん成長する。次々と大きい服が必要になるし、小さい服は必要なくなる。ただでさえ狭い家の中に不用品を溜めておくことはできないので、晴れ着のような高価な服を除いた普段着は、着られなくなった時点で古着屋に売りに行く。そして、その古着屋で次の普段着を買ってくるのだ。そうすれば、引き取り価格分だけ安く、次の服が手に入る。とりあえず着られれば良いという感じなので、汚れていて当たり前。継ぎ接ぎは飾りと思え。デザイン？　そんなものは存在しない。大事なのは生地の厚みと丈夫さである。全体的に生地が薄くなりすぎると引き取ってもらえなくて、赤子のおむつや雑巾となる。

「阿呆。そんな服で北をうろつかせるな」

わたしと一緒にギルベルタ商会と神殿に出入りする側仕えは、基本的に高級地域である街の北側をうろつくことになる。わたし達の普段着のようにあまりに貧しい恰好をさせるわけにはいかないらしい。

「わたし、上質な古着屋なんて知りませんし、側仕えに相応しい服が全くわからないので、全面的にベンノさんにお任せします」

「明日、熱が出なかったら古着屋へ連れて行ってやる。ついでに、レストランの進捗状況も確認に行かなきゃならんからな。お前も来い」

「わかりました」

わたしが頷くと、ベンノはルッツに視線を向ける。

「ルッツ、本来なら休みの日だが、お前も一緒だ」

「ごめんね、ルッツ。付き合わせて」

「いや、オレも仕事着以外の服が安く手に入ればいいと思っていたから、ちょうどいいんだ」

神殿に入ってからも、わたしに付き合うことになったルッツは、仕事が休みの日に北を歩ける服が欲しいらしい。普段着と違って、見習い服は毎回洗濯しなければならない。客商売のため、清潔な身なりが必須なのだ。しかし、洗濯回数が多くなると、当然、服が傷むのも早くなる。あまり傷めたくないけれど、ルッツには北を歩ける服が見習い服しかない。

「仕事以外の時に着られる服がないと、また見習い服を作らなきゃいけなくなるだろ？」

ルッツの言葉を聞いて、わたしも自分の服が欲しくなった。わたしもルッツと同様に、北を歩き回れるような服は、見習い服しかないのだ。

「ベンノさん、わたしにも一着見立ててください」

自分の服を探すために買い物をするなんて、ここではまずない。明日はお買い物だ、とうきうきしながら、わたしはルッツと一緒に家に帰った。

「じゃあ、ルッツ。また明日ね」

満面の笑みで別れようとしたら、「家族に今日の報告が済んでない」とルッツに睨まれた。わたしは、うっと怯んだけれど、もちろん、ルッツの報告を止められるわけがない。

「どうしてマインは自分を大事にしないのっ！」

「トゥーリ、泣かないで！」

「泣いてないっ！　怒ってるんだよっ！」

本当に神殿に行ったら身食いが大丈夫になるのか、いきなりいなくなっちゃうんじゃないか、トゥーリがずっと心配しているのを知っているので、トゥーリに泣きながら怒られるのが一番罪悪感を覚える。

「ごめん。ごめんなさい。もうしません」

「……ちゃんとお昼ご飯を食べる？」

「もちろん！」

わたしが大きく頷くと、吊り上がっていたトゥーリの眉が少し下がった。

「魔力のこと、偉い人にちゃんと相談できる？　本を読んでも、約束忘れない？」

「……う……」

「マイン？」

トゥーリはじっとりとした目でわたしを睨んだけれど、自分で守れないとわかっている約束はできない。本を前にすれば、理性なんて簡単に飛んで行ってしまう自信がある。

「……わ、忘れないように、側仕えに教えてもらう。真面目な人だから大丈夫！」

「ハア、自分で守る約束はできないんだね？」

やれやれ、とトゥーリは肩を竦めたけれど、約束を守れる自信はない。家族は呆れているようだけれど、怒りはある程度消えたようなので、話題を変える。

「ねぇ、トゥーリ。明日、お仕事がお休みなら、トゥーリも一緒にお出かけしない？　側仕えのために服を買いに行くことになったんだけど、北の方に住む人達の服選びだから、古着屋でも勉強になるでしょ？」

それに、服を見立ててくれるのはベンノだ。貴族向けの服飾を扱う店の旦那様なので、トゥーリにはとても良い経験になると思う。

「明日は色々行くところがあるから、そっちにも付き合ってもらうことになっちゃうけど、それでよかったら」

「うん、楽しみにしてる」

トゥーリがへにゃっと嬉しそうに笑った。わたしはいつものふわりとした笑顔にそっと胸を撫で下ろす。

……よかった。トゥーリのお怒りはとけたみたい。


「何だ、トゥーリも今日は森へ行かないのか？」

トゥーリとルッツと手を繋いで、井戸の広場から大通りに向かって出て行こうとした時、背後から少し咎めるような響きを持った声が聞こえてきた。

「あ、ラルフ」

くるりと振り返ると、ルッツの兄であるラルフが普段着に籠を背負って追いかけてきていた。ラルフは森に行く恰好だ。北に向かうために一番綺麗な服を着たトゥーリと、見習い服を着ているルッツとわたしを見て、ラルフはほんの少しだけ顔をしかめた。

「どこに行くんだ？」

「今日は服の勉強なの。ラルフは森でしょ？」

トゥーリは仕事を始めたお友達との情報交換を兼ねて、仕事が休みの日に森へ行くことが多いけれど、前と違って家計の面で考えると、絶対に森へ行かねばならない状況ではなくなった。わたしが寝込む回数が数年前に比べて格段に減ったことと、わたしとトゥーリが働き始めたことで、ウチの家計はぐっと楽になったからだ。

しかし、ルッツの家は食費がかかる食べ盛りの男の子四人兄弟の家庭で、子供たち全員が働きに出ても、それほど家計に違いはない。見習いの給料は安いので、下手したら森での収穫が減って、以前より食生活は苦しくなっている。そのため、休みの日は森で収穫してくるのが当然で、見習いであるはずのルッツが休みの日でも店へ行くことを、家族はよく思っていないらしい。「働いた分として、見習いの給料の倍、お金を渡すより、森で収穫してきてほしいんだってさ」とルッツが零していた。

大通りに出るまで、トゥーリはラルフと並んで歩き、気まずそうな顔をしたルッツが少し後ろを歩く。わたしはルッツと手を繋いで歩きながら、時折こちらに向けられるラルフの視線にルッツが軽く溜息を吐くのを見ていた。

「じゃあ、ラルフ。頑張ってね」

「あぁ」

大通りに出たところでラルフは南へ、わたし達は北へと向かうことになる。トゥーリがラルフに大きく手を振りながら、わたしの空いている手をつかんで、手を繋いだ。わたし達は大通りを街の北へ向かい始める。服の勉強をするんだ、と意気込んでいるトゥーリが話の中心で、ルッツはマルクに言われているように、聞き上手を目指して、トゥーリの話を聞いている。

　ふと視線を感じてわたしが振り返ると、ラルフが物言いたげな顔をして、別れた地点に立ったまま、こちらを見ていた。わたしと視線が合った瞬間、ラルフは疚しいことが見つかったような顔になり、慌てたように踵を返して南へと駆けていく。どんどん開いて行く距離が、ルッツと兄弟間の心の距離に思えて、わたしはそっと目を伏せた。


　ギルベルタ商会に着くとすでに出かける準備ができた状態で、ベンノが店で仕事をしているのが見えた。マルク他、数人の従業員に指示を出している。

「今日はトゥーリも一緒か？　この間、トゥーリはずいぶん腕が良い針子になりそう、とコリンナが言っていたぞ」

「本当ですか⁉　嬉しい」

　外面の良い愛想笑いで、ベンノはトゥーリを褒める。今日はマルクではなく、ベンノと一緒に出かけることになっている。午前中はイタリアンレストランの改装工事の見回りに行き、頼んだ通りにできているか、建築材料が勝手に安物に変えられていないか、確認しておかなければならないらしい。

「もう工事、始まってるんですね」

「予想以上に早く場所が決まったからな。今は厨房を拡張しているところだ」

　イタリアンレストランは、飲食店協会から北で元々食事処をしていた場所を買い取った。今は改装工事中で、最初にオーブンを入れて厨房を拡張して整え、その後で床板も全部張り替え、貴族の食事を出す店として内装は高価なものを入れる予定らしい。まるで貴族になった気分で食事ができる高級食事処というのがコンセプトだ。

「店が完成したら、貴族相手に商売をしている大店の旦那を招いて試食会をする予定だ」

「あぁ、ギルド長を見習って……」

「違う！　試食会はお前の提案だったから、ギルド長を見習うことにはならないんだ」

「……そうですか」

見たところ、材木や煉瓦、鉄などの材料にも、職人の仕事にも、特に問題はなさそうだ。まだオーブンが仕上がっていないけれど、オーブンができたら料理人を入れて、開店までの期間に練習をさせるらしい。

「順調でよかったですね」

わたしがベンノに抱き上げられたまま、工事中の店の中をぐるりと見て回ってそう言うと、ベンノは難しい顔になった。わたしくらいにしか聞こえない低い声で、小さく零す。

「いや、問題は山積みだ」

「へ？」

「……お前に言うことではないな。おい、次の店に行くぞ」

ルッツとトゥーリに声をかけて、その後はギルベルタ商会とも繋がりが深い古着屋に向かって歩き始めた。ちらちらと工事中の店を振り返りながら、トゥーリが三つ編みをぴょこぴょこと跳ねさせながら歩いている。

「貴族のような食事って、どんなのだろうね？　一度くらいは食べてみたいなぁ」

ルッツと一緒にベンノのやや後ろを歩くトゥーリをベンノの肩越しに見下ろしながら、わたしは構想しているレシピを思い浮かべた。

「うーん、ウチでトゥーリも食べたことがあるレシピが三割。五割はオーブンを使う新作料理やお菓子。後の二割はイルゼさんのレシピを応用した創作料理って感じかな？」

わたしの答えにトゥーリは微妙に顔を歪(ゆが)めた。

「……もしかして、あのお店で出す食事って、マインのへんてこ料理？」

「トゥーリ、へんてこ料理なんてひどいっ！　いつもおいしそうに食べてるのに！」

笑顔で食べてくれる家族の口から「へんてこ料理」と言われたショックにわたしが落ち込むと、トゥーリは慌てた様子で言葉を足した。

「おいしいよ！　すごくおいしいんだけどね。マインのレシピ、初めて作る人はビックリすると思うよ？　わたしはもう慣れたけど」

「うまければ何でもいいじゃん」

肩を竦めて「何でもいい」と言うルッツも、トゥーリの「へんてこ料理」という部分を訂正はしてくれない。確かに、ここの調理方法とはちょっと違うことが時々あるので、完全には否定できない。

「……何だ？　お前らはマインの料理を食べたことがあるのか？」

店が工事中で料理人が調理できる状態ではないので、この中ではベンノだけがまだわたしの料理を食べたことがない。ベンノの言葉に、ルッツとトゥーリがものすごく複雑そうに顔を見合わせた。

「うーん、レシピはマインだけど……ねぇ、ルッツ？」

「あぁ、作るのは自分達だからなぁ。マインの料理を食べた気はしねぇよな？」

……ごもっとも。

どんどん成長していく二人とほとんど成長しないわたしでは、もう体格が全然違う。麗乃時代の記憶で言うならば、幼稚園児と小学生の中学年くらいの差がある。それだけ体格が違えば、手が届く位置も違うし、腕力も違う。何に関してもできる範囲が全然違う。わたしにできることはほとんど増えていないのに、二人は親の補助がなくてもできることが増えている。

「わたしだって大きくなりたいよ……」

ポツリと零れてしまった本音が届いたのは、わたしを抱きかかえたまま歩いているベンノだけだったようだ。自分では声に出している自覚がなかったので、慰めるように軽く背中を叩かれて、ぎくりとした。

わたしが成長しないのは、身食いの症状としてどうしようもないことなのに、わたしの愚痴(ぐち)を聞いてしまったら、トゥーリやルッツはきっと心配して、気に病むに決まっている。そっと後ろを見て、二人に聞こえていなかったか、様子を窺う。二人がわたしのレシピでおいしかったものについて話をしている様子を見て、ホッと安堵の息を吐いた。

工事中の店も目的地である古着屋も街の北側にあるので、それほど時間はかからず到着した。やはり、街の北側にある古着屋はウチが使っている古着屋とは全く違った。籠に大体のサイズで分けられて、薄汚れた灰色や茶色の服が山積みにされているのが、わたしの知っている古着屋。ここは品が良いせいか、下着以外は一着ずつ十字のような形のハンガーにかかっているし、色鮮やかだ。それぞれがオーダーメイドで作られているものなので、サイズ違いや色違いはないけれど、店の雰囲気は麗乃時代の小さな町にある店の主人の趣味でやっている洋服屋に似ていた。

わたし達が店の中に入ると同時に店長らしい女性が目を見開いて、駆け寄ってくる。きっちりとまとめられた髪は焦げ茶色で、同色の目が好奇心でキラキラに輝いていた。

「あら、ベンノ。どうしたの？　いつの間にこんなにたくさんの子供……」

「何を言っているんだ、お前は？」

「だって、浮いた噂がないベンノが子供連れでウチに来たのよ？　こんなおいしいネタ、勝手に膨らませて、仲間内で楽しまなきゃ」

「いい加減にしろよ、こら」

ずいぶんと長い付き合いなのか、気安い言葉の応酬(おうしゅう)が続くのをわたし達がポカーンと見ていると、ベンノが女性の言葉を遮って用件を述べた。

「今日はこいつらの服を買いに来たんだ。ついでに、ウチの見習いに勉強させようと思ってな」

「見習いって、ルッツに何の勉強をさせるんですか？」

「あのな、マイン。ウチの見習いなら服の一つくらい見立てられなくてどうする？」

うぐっ、とルッツが言葉に詰まった。服なんて丈夫が一番という貧民生活で育ってきたルッツやトゥーリには、服を見る目が育ってない。それを自覚させ、勉強させるつもりなのだろう。

「マイン、お前の側仕えにはこの辺りの服がいいだろう。比較的新しいデザインで、袖も短く動きやすそうだ」

「その辺りなら、フランにはあそこの深緑か茶色が良いと思うんですけど、どうですか？　真面目でかっちりした雰囲気だし、髪や目の色ともあまりケンカしないと思うんですけど」

「……いいんじゃないか？　あとの二人に関しては、見てないからわからん。フランに見立てた雰囲気から考えても、それほど外れはないだろう。お前が適当に選べ」

「はーい」

わたしはベンノに下ろされて、子供が着る小さいサイズの服の中で、ギルとデリアに合いそうな服を探し始めた。選ぶとは言っても、同じようなサイズでそれほど多くの服はないので、選択肢はかなり限られている。当然、決まるのは早い。あとはルッツに合わせてみて、サイズが本当に大丈夫そうか確認するだけだ。

……あぁ、もうちょっと色んな服があったらなぁ。

選び甲斐がなくて、わたしはテンションを落とした。麗乃時代は何と贅沢な時代だったことか。周りに服が溢れていた。あの時には大して服に興味がなかったのに、周りになくなると欲しくなるなんて困ったものだ。

「ルッツ、ルッツ、ちょっといい？」

「どうした、マイン？」

「ギルはね、ちょうどルッツくらいの背恰好だから、ルッツに合わせてもらいたいの」

三つ抱えていた男の子向けの服をパッとルッツに当ててみる。大きさに問題はないようだ。そのうちの一つをルッツに向かって差し出した。

「これくらいのサイズの中では、これが一番ルッツに似合いそうだよ。ギルはこっちかなぁ？」

手に持っていたギル用の服を見比べていると、ベンノが軽く溜息を吐いた。

「マイン、お前は服の見立てをどこで学んだ？」

「どこって？……学んだことなんてないですよ？」

カラーコーディネイトに関する本や服飾に関する雑誌なら色々読んだが、改めて学んだことはない。強いて言うなら、学校の美術だろうか。

「お前に関しては考えるだけ無駄か」

「そうですね。そういうものだと納得しておいてください。ルッツ、次はこっちを当ててみて」

わたしがデリア用に選んだワンピースを見せると、ルッツはぶるぶると首を振った。赤を基調とした比較的可愛い感じのワンピースを前に、大きく手でバツを作る。

「それはトゥーリに頼めばいいだろ⁉　オレは嫌だ」

「だって、ルッツよりトゥーリの方が大きいじゃない。デリアはルッツより小さいんだよ。トゥーリじゃダメだよ」

ルッツは嫌がったけど、デリアの分もルッツの背中に当ててサイズを選んだ。だって、トゥーリもわたしもサイズが違うのだ。仕方がない。

「じゃあ、ルッツ。マインに合う色を探すところから始めろ。例えば、この緑とその緑じゃあ、一口に緑と言っても色が違う。マインに合うのはどっちだ？」

ルッツに服を当てていたように、今度はわたしに服が当てられる。ルッツとトゥーリが真剣な顔でわたしと服を見比べた後、ビシッと二人が同じ服を指差した。

「こっち！」

「そうだな。マインの肌の色にはこれが合う。これとこれなら？」

同一色、相似色、補色、中差色、彩度、明度などの色に関するベンノの説明が、実際に服をわたしに当てながら始められた。経験によって積み重ねられた知識をまとめると、わたしが読んだカラーコーディネイトの本になるのか、と感慨深く思いながら、わたしは椅子に座ったまま布を当てられ続ける。

「客に似合う色をいくつか頭に叩き込んだ上で、次はデザインを選ぶことになる。服は身分や立場を一番よく表すものだ。違う階級の服を着ると厄介事が起こることが多い。一番身近な例は、マインの洗礼式だ」

「あぅ……」

「今回、マインに選ぶ服は神殿に出入りするための服だ。側仕えを持つ者が着る服だが、これは袖の長さが重要になる」

そういえば、神殿に向かう時、ベンノが袖の長い衣装を着ていたことを思い出した。何をするにも邪魔そうな振り袖くらい長い袖の服だった。

「自分で動かなくても、側仕えが動いてくれるので、服の汚れを気にしなくても良い立場だと示す物だ。実際に働く者は袖をだらだらさせていられない」

「あれ？　でも、マルクさんも長い袖でしたよ？　ベンノさんの半分もなかったですけど」

「アレは貴族に会いに行く時の側仕えの服だ。向かう先に側仕えや下働きがいるのだから、マルクが働くことはほとんどない。逆に、貴族が来るなら、マルクは袖の短い服で歓待のために立ち回らなければならない。……ウチの店に貴族が来ることはないがな」

へぇ、とわたしは軽く頷いているが、ルッツとトゥーリは目をギラギラさせてベンノの話に聞き入っている。

「では、そういうことを含めて、マインに合う服を選べ。ルッツとトゥーリ、どちらが上手く選べるかな？」

キッとお互いに睨み合った直後、二人は店の中を歩き回り、服を選び始めた。その様子を見て、ベンノが楽しそうにクッと笑いを漏らす。

「マイン、お手柄だったな。競争相手がいると成長は驚くくらい早くなる」

「トゥーリにも良い勉強になってるから、良かったです」

一生懸命に服を見比べている勉強熱心な二人を見ながら、わたしはベンノに貴族社会で気を付けなければならないことを聞いてみたが、ベンノはふるりと頭を振った。

「お前と俺では立場が違う。貴族とやり取りする商人のことなら教えてやれても、貴族の中で立ち回ることに関しては、フランに聞いた方が確実だ。ルッツがやっているように、細かく何でも質問しろ。お前が何をわかっていないのか、相手は全く知らないんだからな」

ベンノの言葉に頷いていると、ルッツとトゥーリが服を抱えて、駆けてきた。

「どっちを選ぶの、マイン？」

「……え？　えーと……」

ルッツとトゥーリに迫られて、たじたじとなりながら、二人が選んだ服を見る。トゥーリが選んだ服は可愛いピンク色のワンピースで、ルッツが選んだのは青を基調としたワンピースだった。

「外をうろうろするだけなら、トゥーリの服の方が可愛いけれど、神殿に行くことを考えるなら、ルッツの服の方がしっくりくるんだよね。難しいなぁ……」

「一度着てみろ」

ベンノに言われて、わたしはトゥーリとルッツが選んできた服を持った店長と一緒に試着室へと向かった。トゥーリの選んだ服を店長さんに着せてもらった後、よく磨き込まれた金属鏡の前に立たされる。


「……うわぁ」

初めて自分の顔を見た。卵型の輪郭に抜けるような白い肌というよりは、病的で血色悪い白い肌をしていて、暗い紺色のストレートな髪が肌の青白さに一役買っているように見えた。

鏡には、大きくてパッチリとした金色のような黄土色のような黄色っぽい目が映っていて、驚いたように大きく見開かれていた。筋が通った形の良い鼻と下唇がぽってりとしているところは母さんに似ていて、トゥーリとは目元以外あまり似ていない。

　これで、子供らしい闊達（かったつ）さがあれば、麗乃時代なら文句なく可愛い幼女だ。ただ、この世界ではどう評されるかわからない。ルッツは可愛いと言っていたから、それほど美的感覚に違いはないのだろうか。うぬぅ、と悩みながら、着た服を見せに行く。

「わぁ！　マイン、可愛いよ！　すごく良く似合う」

　トゥーリは自分が選んだ服を着たわたしを大絶賛するが、ルッツはうーんと首を捻（ひね）った。でも、表情は悔しそうなので、文句を付けるのが難しい程度には似合うのだろう。ベンノが苦笑しながら、次に行けと言わんばかりに手を振った。

「やっぱり、こっちの方が似合うって！」

　ルッツの選んだ服に着替えて、見せに行くと、今度はルッツが満面の笑みで褒めてくれた。トゥーリがちょっと悔しそうに「わたしが選んだ服の方が似合うもん」と唇を尖らせて、どっちが似合うか言い争いを始めた。次第に白熱していく言い争いにわたしが助けを求めてベンノを振り返ると、ベンノは顎を撫でながら店内をぐるりと見回す。

「鏡で自分の容姿は確認したんだろう？　お前は、どれが一番自分に合うと思う？」

「えーと……用途も考えたら、これとこれとこれ、かなぁ？」

　最初にわたしが手に取ったのは白のブラウスだ。袖が長くて、襟元と袖にレース飾りがついているので、シンプルなのに貴族向きに見える。それから、神殿に穿いて行くにはちょうど良い青のスカート。花の刺繍がされているが、青の巫女服を着れば、見えなくなる。最後に、花の刺繍やレースのついた赤いボディスのような胴衣だ。

「これなら、どれか一つ買い足したり、買い替えたりするだけで、かなり雰囲気が変えられるし、今持っている見習い服とも合わせられると思うんですけど、どうでしょう？」

わたしがベンノを見上げると、ベンノは小さく笑いながら、ルッツとトゥーリを見ていた。二人は虚を衝かれたような顔で、わたしが選んだ服を見つめる。

「ルッツ、トゥーリ。ここにある服はワンピースだけじゃない。女の服はワンピースだという常識は捨てろ」

貧民の女の子の服はワンピースしか存在しない。上下に分けて縫えば、それだけ布が必要になるからだ。防寒のために重ね着することはあっても、オシャレのためにすることはない。ブラウスの襟だけ付け替えができたり、袖口のレースが付け替えできたりするような服が周りに存在しないのだ。

「次までにしっかり勉強しておけよ」

しょんぼりと落ち込んでいた二人が揃って顔を上げて、ライバル意識丸出しのやる気に満ちた顔で、何故かわたしを見た。

ルッツの怒りとギルの怒り

「今日は荷物がいっぱいだな」

朝、迎えに来てくれたルッツが籠の中に詰め込まれた布の包みを見て、軽く肩を竦めながらそう言った。森に行く時に使う籠の中には、布に包まれた服が大量に入っている。フランとデリアとギルの服に、わたしの青の衣と帯、それから、昨日買ったばかりのわたしの三点セットだ。

昨日買ったのは民族衣装っぽくて可愛いのだけれど、継ぎ接ぎもなくて、綺麗な刺繍までされていて、だらりと長い袖にレースまで付いている。この辺りの子供が着るような服ではない。そんな服を着てうろうろしていたら、どんな言いがかりを付けられるかわからない。

家族にも注意された結果、わたしはルッツと同じようにいつもの普段着でベンノの店まで行って、ルッツの倉庫で着替えさせてもらうことにした。北の方で活動していると、どうしても服装や持ち物一つ一つが高価になっていく。そこでは当たり前に使われている物だから仕方ない。けれど、よく気を付けないと、普段から高価なものを持っていると知られたら、家までの往復が危険になる。

洗礼式が済んだばかりの子供が着ている見習い服は、親が新しいものを準備するのが常なので、目を付けられることは少ないが、大きくなっても新しい服を着ていたら、多分、物取りに目を付けられる。ベンノに頼んでわたしのための荷物置き場も準備した方が良いかもしれない。

「そういうわけで、できれば格安のお部屋をわたしにも貸してくれませんか？」

ルッツが自分の部屋で着替えている間、わたしは奥の部屋で待たせてもらうことになり、ベンノに部屋を貸してほしいと頼んでみる。木札と格闘していたベンノは、ものすごく難しい顔になって、わたしを睨んだ。

「部屋を貸すのはいいが、格安となったら屋根裏部屋だぞ？……お前、荷物を置いたり、着替えたりするためだけに、毎回屋根裏まで上がれるのか？」

自分の家の五階でも息切れしている現実を思い出して、うっ、と怯んだ。

「ゆっくりゆっくり上がれば、大丈夫だと思います」

「全く大丈夫そうに見えんな。むしろ、神殿に部屋はないのか？　お前に客が来た時はどうするんだ？」

「客？」

魔力を込めるのと本を読むためだけに神殿へと通う予定だったわたしに来客の予定はない。理解できなくて首を傾げると、ベンノがペンを置いてこちらを見た。

「ルッツを迎えに出した時でも、本来なら、お前の部屋に通されるはずだろう？　前はどうだった？」

「……ルッツは門前で待たされて、灰色神官が図書室まで呼びに来ました。えーと、つまり、図書室をわたしの部屋にできないか交渉した方が良いってことですか？」

「どうしてそうなる⁉」

「そうなったらいいのにな、って願望が口からつるっと」

高価な本が並んだ図書室が自分の部屋になることがないことはわかっている。ただの願望だ。

「ハァ。もういい。……お前が部屋を持っていないなら、今日は神官長に申し出て、部屋を借りろ」

「へ？　今日？」

「お前の体調管理について、フランと話をするのが、今日のルッツの仕事だ」

「わかりました。神官長に相談してみます」

話が少し落ち着くと、ベンノは机の上のベルを手に取って鳴らした。すると、奥の扉から下働きの女性が顔を出す。

「お呼びですか？」

「着替えを手伝ってやれ。マイン、そこの衝立（ついたて）を使っていいから着替えろ。お前に屋根裏は無理だ」

……え？　ここで着替えろって言うんですか⁉

喉まで上がってきた言葉を、わたしは呑み込む。ベンノは女性に命じた後、ペンを取って仕事を始めてしまったし、女性はてきぱきと衝立を広げて着替える場所を確保し始めた。当たり前のように準備されて、戸惑うわたしの方がおかしいみたいな雰囲気に、どうにも上手い断り文句が思い浮かばない。

「……あの、ベンノさん。お気遣いいただかなくても、ゆっくり上がれば大丈夫ですよ？」

「出発前に、ただでさえ少ない体力を使うな」

わたしにとっての小さな抵抗は、ベンノの一言で粉砕されてしまった。

……一応心配されているわけだし、気遣いだし、幼女だし、恥ずかしくないと思えば恥ずかしくない……？　いやいや、恥ずかしいですから！

「あの……」

「着替えはどれですか？　これですか？……はい、準備できましたよ。こちらへどうぞ」

「ルッツが来る前に支度は終わらせろよ」

断る間もなく、着替えるための準備ができてしまった。わたしは諦めて衝立の方へと向かう。

「……じゃあ、ありがたく使わせていただきます」

恥ずかしい時間は早く終わらせてしまいたい。衝立の裏で下働きのおばさんに手伝ってもらいながら、さっさと着替える。バッとワンピースを脱いで、ブラウスを羽織ったら、太股まで長さがあるから、もう誰かに見られても平気。

おばさんには大量にある小さいボタンを留めるのを半分くらい手伝ってもらい、スカートの長さとウエストを調節してもらい、ボディスを締める紐をくってもらった。最後にベンノにもらった髪飾りを付けて、着替えは完了だ。

「ベンノさん、終わりました。ありがとうございました」

脱いだ普段着を畳んで手に抱えて、衝立から出ると、顔を上げたベンノが上から下までゆっくりとわたしを見る。

「……まぁ、それらしく見えるな」

「え？　え？　それらしいって、お嬢様っぽいですか？　可愛いですか？」

「黙っていたら、の話だ」

「ぬ？」

わたしが口を閉じて普段着を籠に入れていると、マルクがルッツを連れて入ってきた。

「失礼します、旦那様。おや、マイン。着替えは終わっていたのですね？」

「ベンノさんが手伝ってくれました」

「……旦那様？」

「マイン、この阿呆！　省略しすぎだ！　俺はマチルダを呼んだだけだ」

ベンノがガシガシと頭を掻きながら、衝立を片付けているマチルダを視線で示した。あぁ、とマルクが納得したように頷き、見習い服に着替えたルッツを前に押しやる。

ベンノはちらりとルッツを見て、ルッツの手に木札があるのを確認して軽く頷いた。

「では、ルッツの本日の仕事は、神殿に赴き、マインの側仕えであるフランとマインの体調管理についての話をすることだ。報告してもらうことについてのまとめは終わっているか？」

「はい、旦那様」

マルクと同じように一礼したルッツがわたしの籠を持って、部屋を出る。ちゃんと店員らしい言動になっているのを見て、ちょっとだけ授業参観の親の気持ちがわかった気がした。

……あぁ、ルッツも成長したなぁ。

「ルッツ、姿勢や言葉遣いがすごく良くなったね」

「まだまだだけど、これも仕事だからな」

フッとルッツは誇らしそうな笑みを浮かべた。頑張る自分を誇れるのはすごいことだと思う。わたしも見習わないといけない。

「ルッツが店で丁寧な言葉を使うように、わたしも神殿ではお嬢様っぽい言葉遣いしなきゃいけないんだよね」

「……できるのか？」

「ベンノさんも不合格とは言わなかったから、それほど変じゃないと思う。でも、馴染むように練習しなきゃダメなんだよ。……神殿で言葉遣い変えた時、似合わなくても笑わないでね」

ルッツに笑われたら、馴染んでいないわたしのお嬢様言葉なんて簡単に崩壊する。

「……オレも丁寧に喋らなきゃダメか？」

「ベンノさんはビックリするくらい貴族に対する言葉を使いこなしていたよ。丁寧くらいは心掛けた方が良いかも？」

「お、おぉ……」

わたしが神殿に行くと、側仕えが全員門の向こうの広場で待っていた。何の連絡もしてないのに、なんで？　と思っていたら、ギルベルタ商会から使いが出されたとルッツが教えてくれた。自宅に帰る時も先触れが必要らしい。貴族社会って面倒くさすぎる。

……さて、なんて挨拶すればいいんだろう？　「おはよう」？　「ただいま」？　うーん……。

「ふふん、困ったでしょ？」

「へ？」

神殿ではお嬢様言葉で対応する予定だったのに、デリアに出端を挫かれた。間の抜けた声を出して首を傾げるわたしの前へ、デリアを押し退けるようにしてフランが出てきた。

「お帰りなさいませ、マイン様。ご無事の御帰宅、心よりお待ちしておりました」

「フラン、ただ今戻りました。留守中、変わりはなかったかしら？」

気を取り直して、わたしはフランに声をかける。フランは両手を胸の前で交差させ、軽く腰を落とした。

「万事恙無く」

「何が恙無くよ！　客人を連れてくるのに、側仕えがいないなんて。すっごく恥をかいたでしょ？　ふふん、いい気味」

胸を張っているところ非常に残念かもしれないが、わたしは恥をかいた覚えはない。むしろ、フランの有能さがわかって、余計なことをしでかす子がいなくて助かったと思っている。

「……フランがいてくれたわ」

「フン！　たった一人でできることなんて、たかが知れてるわ。花を捧げることもできないじゃない。客人だって、さぞガッカリしたでしょうね」

……花を捧げるって何よ？　文脈から考えても知りたくないけど。ベンノさんは神官長と面識を得て、贈り物が気に入られて、マイン工房の利益配分について主導権を握ったから、大満足だったみたいだけど？

よくわからないが、デリアはわたしに困ったと言わせたいらしい。面倒なので、こんな会話はさっさと終わらせるに限る。

「あー、うん。困った。すごく困ってる」

「ふふん。でしょう?」

「マイン様、何に……」

「デリアが面倒で困ってる。まさに今」

フランはわたしの言葉に納得したように目を伏せた。わたしはルッツの背負っている籠の中に入ったままの服に視線を向けた後、デリアを見て、ゆっくりと首を傾げた。

「デリアは一体どうしたら真面目に働く気になるの?」

「あたしがあんたのために働くわけないでしょ!? バッカじゃないの! 頭悪すぎ」

デリアは勝ち誇った笑みを浮かべて、踵を返すと、どこかへ去って行く。挨拶の一つもなく、やりたい放題なので、これから先、追い払うことになっても罪悪感を覚えずにいられるし、いっそ清々しい感じだ。

「……なぁ、マイン。何だ、あれ?」

「一応側仕え」

「ハァ? 側仕えってあんなのでも務まるのか?」

呆然とした様子でルッツが去って行くデリアの背中を指差した。丁寧な言葉を使おうと思っていた決意が崩れたらしい。気持ちはわかる。わたしも一度気合い入れ直さないと、お嬢様言葉に戻れそうにない。

「失礼とは存じますが、彼女は例外でございます」

自分の仕事を侮辱されたと受け取ったのか、フランが即座に反論する。本来の側仕えがフランみたいな優秀な人の仕事なら、確かに、神殿長の愛人を目指すデリアは例外かもしれない。

「フランは優秀な側仕えなの。デリアは見た通り問題があるけど……」

「ふーん。あんなんばっかりじゃないんだな。よかった」

ルッツがそう言って納得してくれた直後、もう一人の問題児がしゃしゃり出てきた。ギルがビシッとルッツを指差して睨む。

「お前こそ、勝手に神殿へ入って来て、何だよ？」

ルッツは嫌そうに顔をしかめて、「……誰だよ？」と言った。けれど、自分と同じような背恰好でこの場にいることから、ギルが何者か見当はついているはずだ。

「側仕え」

「こちらも例外と考えてください」

「まともなの、お前だけってことか!?　何だ、それ!?」

フランがすぐさまギルも例外だと言ったけれど、フォローのしようがない。例外の方が多いわたしの側仕えしか見たことがないルッツにとっては、まともなのはフランだけになってしまう。頭を抱えるわたしとフランの前で、ギルがルッツに向かって吠えた。

「さっきから何だよ、お前！　部外者のくせに！」

「ギルベルタ商会のルッツだ。主にマインの体調管理をしている。今日はマインの側仕えと体調管理について話をしに来たんだけど、挨拶一つまともにできない側仕えって……」

貴族相手に挨拶をしなければ、と気負っていたルッツにはものすごい肩透かしだったようだ。

「ごめんね、ルッツ。わたしがまだ主として未熟だから」

「未熟なのを支えるのが側仕えの役目だろ？　与えられた仕事が満足にできないヤツは必要ないって。やる気がないヤツなんて切り捨てろよ。さっきの女なんて、マインを困らせることしか考えてなかったぞ」

ルッツの言う通りなのだが、向こうが指定して付けられた側仕えなので、そう簡単に辞めさせることもできないのだ。

「まぁ、おバカ加減に助けられている部分もあるから、今はいいよ」

「おバカ加減？」

「デリアは神殿長の回し者だから。何をしたのか、わざわざ報告してくれるだけ、隠れてこっそり何かされるよりはよっぽどマシなの」

手に負えない回し者が付けられるよりマシだ。ルッツは「面倒だな」と呟き、肩を竦める。

「……おい、チビ。お前、オレ達のこと、バカにしてるのか？」

ギルが目を三角にして、わたしとルッツを睨んだ。ギルがチビと言う以上、わたしのことを指しているのだろうと思うが、返事をしてやる義理はない。

「フラン、お願いがあるのだけれど」

「何でございましょう？」

「無視するな！　バカにするな！」

　ギルが叫びながら、わたしの腕を力任せに引っ張った。体格も違う、腕力も違うギルが力任せに引っ張れば、四～五歳の体格しかないわたしなんて簡単に振り回される。

「ひゃっ⁉」

　横に飛ばされかけたのを、そこにいたルッツが抱きしめる形で庇ってくれた。ルッツを下敷きに転んだわたしは、一瞬何が起こったのかわからなくて、しぱしぱと目を瞬く。

　ゆっくりと周りを見ると、わたしと向き合って話をしていたフランは息を呑んで、手を伸ばしたままこちらを見ている。手を伸ばしたが、届かなかったようだ。ギルはまさかわたしが簡単に飛ばされると思っていなかったのか、自分の手とわたしを驚いたように見比べていた。

「マイン、怪我はないか？」

「ルッツが庇ってくれたから平気。ルッツは？」

「ん。アレはお前の側仕えなんだよな？　躾が足りないんじゃないか？」

　いつも通りに声をかけたはずなのに、ルッツの目が怒りに燃えていた。少しだけ瞳の色が薄くなっている。ルッツがものすごく怒っているのがわかって、わたしは一瞬怯んだ。

「躾なんて全然足りてないけど、そんな時間も労力も愛情も勿体なくて……わたし、体力も腕力もないし」

「じゃあ、マインの代わりにオレがやる」

　静かにそう言いながら、ルッツはわたしを立たせて、怪我がないことを確認した上で、フランにわたしを預ける。直後、ルッツはギルに飛びかかり、ガッと思い切り拳で殴りつけた。

「このバカ！　マインが怪我したらどうするんだ⁉」

下町の子供同士の小競り合いはよくあることだが、相手をよく見てケンカしなければならないという暗黙のルールがある。何に関しても身体が資本の下町で、やりすぎは御法度なのである。今回、明らかにギルはやりすぎた。口で言う分には、ルッツも肩を竦めて言葉の応酬で終わっただろう。しかし、ウチの家族やベンノから「マインを守れ」と言われているルッツの前で手を出してしまった。それも、主であるはずのわたしに対して。

「いきなり何するんだよ⁉」

「それはこっちのセリフだ！　側仕えが主に手を上げるなんて何をするんだ、このバカ！」

下町ルールでは手を出したギルはやり返されて当然なので、わたしはルッツがギルを殴りつけるのを黙って見ていた。これでギルが大人しくなってくれたらいいなぁ、と思いながら。

「マイン様、あの、ルッツを止めなくては……」

「どうして？　ギルを躾けるのは主の役目なのでしょう？　ルッツが代わりにしてくれるんですって。助かるわ。わたくし、腕力も体力もないから」

やる気もないけれど、と心の中で付け加えていると、おろおろしたようにフランがわたしと平手でぶたれているギルを見比べた。

「躾ですよ？　反省室に入れるとか、神の恵みを一回禁じるとか……その、暴力はいけません」

どうやら、躾にも下町と神殿では大きな違いがあったようだ。

「ルッツ、それくらいにして」

「まだわかってないぞ、こいつ。なんで殴るんだって言ってるくらいなんだから」

「神殿では手を上げちゃいけないんだって」

「ハァ？　躾だろ？」

「ここでは違うらしいよ」

わたしの言葉にルッツはチッと舌打ちしながらパッと手を離した。最初にグーで殴られた以外は、平手だったようで、ギルに目立った怪我はない。

「ったく。やらなきゃいけないことをやってない上に、マインに怪我をさせるなんて最悪だ。こんな側仕え、危なくてマインの側に置いておけねぇよ。解雇しろ」

「やってないのはそのチビだって一緒だ！　与えるべきものを与えてないだろ！」

ギルが頬を押さえながら立ち上がって、わたしを睨んだ。どうやら、また何か、わたしの知らない常識があるらしい。

「ねぇ、フラン。わたくしが与えるべきものって何かしら？」

「何って、お前、そんなことも知らないのかよ⁉　この常識知らず！」

フランより先にギルが叫んだ。ギルがぎゃあぎゃあ叫ぶと全然話が進まない。わたしに神殿の常識がないことなんてわかりきっているのに、それしか叫べないなんて、頭が悪すぎる。

「ギルって、ホントにバカだよね。さっき自分で言ったじゃない。わたしには常識がないって。それなのに、なんでわたしが知っているって思うの？　平民出身のわたしが神殿の常識を知らないことなんて、最初からわかってたことでしょ？　今更何を期待しているの？」

「ぐっ……」

ギルは言葉に詰まったようで、わたしを睨んで歯ぎしりする。ルッツがギルからわたしを庇うように前に立って、ギルに向かった。

「お前、与えるべきものって、偉そうに何言ってるんだよ？　仕事もしてないヤツが何かもらえると思ってるのか⁉　何もしてないのに、何かもらえるなんて考える方がどうかしている」

「神様からの恵みは平等に与えられる物だろ！　階級が上がれば恵みを先にいただけるようになるけど、全ては平等だ！　仕事なんて関係ない！」

「ハァ⁉」

ギルの言っている意味がわからなくて、わたしはルッツと顔を見合わせた後、隣に立っているフランに声をかけた。

「フラン。教えてもらっていいかしら？　わたくしが与えるべきものというのは何？」

与えるべきもの

フランはギルとわたしを見比べた後、ゆっくりと口を開いた。

「青色神官や巫女には神からの恵みである衣食住を下の者に分け与える義務がございます。神殿に入った青色神官や巫女に引き立てられ、側仕えは部屋と衣を賜り、主と共に生活するようになるのでございます」

「わたくしは神殿に部屋を持っていないので、わたくしの側仕えとなっても孤児院にいるままということですか？」

フランは「さようでございます」とゆっくりと頷いた。

「そして、食事に関しては、主が食べ、その残りを側仕えと側仕え見習いが食べ、その残りが神からの恵みとして、孤児院にもたらされます。孤児院で与えられる神の恵みより、側仕えに与えられる恵みの方がより多くなるのは当然でしょう」

わたしは家族と離れたくなくて、自分が孤児院に入らずに済むことを第一に考え、青い衣をもらった上で通いになったことをただ喜んでいたが、神殿の慣習を破ったことによる皺寄せが側仕えに向かっていたとは思わなかった。

「フランはわたくし付きになって、神官長の部屋から孤児院へ逆戻りということですか？」

それなら、左遷だと嘆かれ、八つ当たりされるのは当然だ。フランに散々助けてもらっておきながら、全く報いていないことになる。週末のお給料は弾むつもりだったが、待遇改善もすぐさま神官長にお願いしなければならない。

「いえ、私は神官長の部屋から移動しておりませんし、デリアもおそらく部屋を移動していないでしょう。私はマイン様がいらっしゃらない間、神官長の執務の手伝いをしていますので、食事もそちらでいただいています」

そういえば、神官長は大量の仕事を抱えていて、人材不足を嘆いていたはずだ。わたしがいない間、優秀なフランを野放しにしておくはずがない。フランがひどい状況に陥っているわけではないとわかって、胸を撫で下ろす。

「つまり、困ってるのはギルだけということかしら？」

「待遇が良くなると期待していたのに、変わらなかったことに腹を立てているのではないか、と存じます。孤児院における神の恵みは仕事をしなくても、平等に与えられます。しかし、側仕えは仕事をしなければ、入れ替えられることがございます。仕事もせずに側仕えとしての恵みを享受できると安易に考えられるのは、少しばかり腹立たしく感じます」

自分の仕事に誇りを持っているフランは、ちらりとギルを見てそう言った。

「……フランにとって当面は何の問題もないのでしたら、しばらくは現状維持で、フランに不都合が出た時に考えようと思うのだけれど、どうかしら？」

「……かしこまりました」

わたしが部屋をもらった時と今の状況を比べたのだろうか、一瞬逡巡したけれど、フランは静かに頷いた。これで話は終わった、と思っていたら、またギルが吠え始めた。

「フラン、フランって、オレはどうなんだよ!? オレだって、そいつと同じ側仕えだぞ！」

「……おかしなことを言うのね？　ギルはわたくしのことを主と思っていないと、最初に言ったじゃありませんか。どうして主でもないわたくしに衣食住の準備をしてもらえると思うの？」

どう考えても、待遇改善してほしい側仕えの言動とは思えない。

「それが青色巫女の役目だろ！　だ、だいたい食事も部屋も与える気がないお前のためにオレが仕事したからって、何が変わるって言うんだよ⁉」

「お給料」

ベンノがマルクやルッツに払っているように、わたしの側仕えにはちゃんと給料を払わなければならないと思っていた。当然、仕事量や仕事の質によって給料額は変わる。フランとギルに同じ金額を払うわけがない。

ギルが何度か目を瞬いた後、「……お給料って何だよ？」と呟きながら首を傾げた。ルッツがフンと鼻で笑って、先程のギルと同じ言葉を返す。

「そんなことも知らねぇのかよ？　働いて給料をもらうなんて、常識だろ？」

「じょ、常識じゃねぇよ！」

「給料は働いた分に対する報酬。仕事をする側仕えにわたくしが支払うお金よ」

「お金？……あ、あぁ、お金な。ふーん」

どうやら、ギルはお金も知らないようだ。視線が泳いで首を傾げていたが、ルッツと目が合った瞬間、わかっているような顔をした。

「わたくしね、頑張ってくれているフランのためならともかく、仕事もしないギルのために神官長と交渉なんて面倒なことをするつもりは全くないの。本を読む時間が減るじゃない」

ただでさえ、午前中は神官長の手伝い、昼食は絶対、という風に、読書の時間が限られているのに、これ以上貴重な時間を削るわけにはいかない。

「では、フラン。神官長のところへ案内してくださる？　わたくし、午前中は神官長のところで書類仕事をすることになっているのです」

「かしこまりました」

フランを先頭にわたしとルッツ、ギルが様子を窺うようにしながら最後に付いてくる。

「なぁ、オレが仕事すれば、何か変わるのかよ？」

「当然でしょう。仕事には正当な報酬を払うつもりよ」


「失礼いたします、神官長。マイン様がお着きになりました」

「あぁ、来たか。体調はどうだ？」

執務机に向かっていた神官長が顔を上げた。

「ご心配おかけいたしました。今は大丈夫です。どうやら奉納をして倒れたようなんですが、身体の中に魔力が満ちていなければ、体調が悪くなることもあるのでしょうか？」

「完全に魔力が枯渇すると死ぬこともあるが、身体の中に魔力が満ちていなければ体調が悪くなるというのは聞いたことがない。身食い特有の症状か？」

わたしの質問を聞いた神官長はペンを置いて、記憶を探るように軽く目を伏せる。

「身食いという存在は発見されること自体が少ない。特に魔力が多い場合はすぐに死ぬので、あまり研究されていない。君のようにそれだけの魔力がありながら生きていることはまずない。一度よく見てみたいものだ」

わたしをじっと見つめる神官長の目が、絶好の研究対象を発見したマッドサイエンティストっぽく見えて、背筋をぞわぞわとしたものが走る。神官長の好奇心に満ちた視線から逃げたくて、わたしはすぐに話題を変えた。

「他にも質問がございます。青色神官のみが貴族街に呼ばれるような神事はございませんか？　特別な服の仕立てが必要か、伺いたくて……」

「一年を通して神事はあるが、見習いである君が出る神事はそう多くない。だが、儀式用の青い衣だけは仕立てておいた方が良いだろう。……そういえば、青の衣はどうした？」

神官長に指摘されて初めて、わたしはまだ青の衣を着ていなかったことを思い出した。

「神殿以外で着るのは危険だと言われたので、神殿に到着してから着るつもりだったんです」

「危険とは？」

「貴族の子供だと思われて誘拐されるそうです。ちょっと失礼しますね」

ルッツが足元に下ろしていた籠に、わたしは手を突っ込むと、包んでいた布を解いて青の衣と帯を取り出した。

「マイン？　何を……」

「青の衣を着るのです」

わたしは簪を衣にひっかけないように気を付けながら、いつも通り頭から被って、青の衣を着る。ぷはっと顔を出したら、いつの間にか跪いていたフランと目が合った。上げた手が行き場をなくして、フランが困った顔になっている。

「どうかしたの、フラン？」

「……着替えのお手伝いを」

「あ……えーと、帯を取っていただける？」

この場合、一人でできるけど、とは言わない方が良いのだろう。わたしは大人しく腕を上げてフランに帯を締めてもらっていると、頭を抱えた神官長と目が合った。

「マイン、着替えは自室で行いなさい。はしたない」

思わぬところで、自室に関する話が出てきた。毎日着替えることになるので、更衣室か物置くらいは借りたいと思っていたのだ。

「……自室っていただけるんですか？」

「いや、失言だったな。君に貴族区域へ部屋を与えるよりは通いの方が良いという意見が出て、神殿長より通いが許可されたのだから、君に部屋を与えることはできない」

通いの方が良いなんて、わたしに都合の良い意見を出してくれそうな神官は神官長しか心当たりがない。どうやら神官長はわたしがいないところで色々と骨を折ってくれたようだ。

「あの、神官長。貴族区域以外にお部屋はないんですか？」

神官長にとっては予想外の言葉だったようだ。理解できないと言わんばかりに眉根を寄せて目を細めた。懐疑的な表情になった神官長にわたしは慌てて説明を加える。

「ご存じのように、青の衣を賜っても、わたくしは貴族ではございません。ですから、貴族区域にお部屋が欲しいとは考えていません。自分の荷物を置く場所と着替えができて、来客があった時に応対できる場所があれば、それで十分なのです。物置のような場所でもお借りすることはできませんか？」

「君は物置に客を招くつもりか⁉　失礼にも程があるぞ！」

カッと目を見開いて神官長が声を上げた。確かに来客には失礼だが、今の状況もそれほど変わらないと思う。

「お言葉ですが、今は物置さえないのです。ルッツに迎えに来てもらっても、門前で待たされているのですよ？　門前で客人を待たせるのは、失礼に当たらないのでしょうか？」

「仮にも青色巫女見習いへの客人に何ということだ。……門番には、せめて、待合室まで案内するように通達しておこう」

こめかみを押さえた神官長によると、来訪理由がわからない平民と青色神官や巫女への来客は全く別の扱いになるらしい。神官長の中で、わたしはただの貧民ではなく、青色巫女見習いとして区分されていることがわかった。

「神官長、マイン様のお部屋として孤児院の院長室はいかがでしょう？　貴族区域から遠いですが、元々青色巫女が使っていた場所なので、来客に対して見栄えが悪いということはないと思われます」

アルノーの言葉に、部屋にいた神官達が一瞬ざわりと動揺を見せた。神官長は難しい顔でしばらく考えた後でゆっくりと頷く。

「よかろう。マインに孤児院の院長室を与える。以後、着替えや来客への対応はそちらで行うように。ここでの仕事を終えたら、フランに案内させる」

「大変不躾なお願いではございますが、先にいただけませんか？　今日はわたくしの体調管理についてルッツからフランにお話があるので、お話ができる場所が必要なのです」

ちょうどいいとわたしは思ったけれど、神官長は首を振った。

「院長室は長らく閉めきってあるので、すぐに使えるほど手入れをされていない。君がここで仕事をするのだから、ここで話せばいいだろう。フラン、そこのテーブルを使いなさい」

「恐れ入ります」

フランとルッツが神官長に示されたテーブルへと移動する。その様子を見ていたわたしの目に、一緒に移動しつつも手持ち無沙汰なギルの様子が映った。

「神官長、手入れができていないなら、尚更、先にいただけませんか？　わたくしの午前のお仕事をしている間、ギルに掃除してもらいますから」

「ハァ？　オレ？」

突然仕事を振られたギルが自分を指差して、動揺したように辺りを見回す。周りの神官も驚いたようにギルとわたしを交互に見た。「あれに仕事を任せるのか？」「礼拝室の掃除をせずに反省室に入れられたと聞いたぞ」とギルの仕事態度の評判が小さな声で囁かれる。

「……あら？　ギルは掃除ができないの？」

「それくらいできるさ！」

「そう。ギルがどれだけできるか、楽しみにしているわ。頑張ってね」

わたしが激励すると、神官長に鍵を預けられた灰色神官見習いの少年がギルを連れて退室する。

パタリと閉じた扉に視線を向けて、神官長が少し目を細めた。

「マイン、彼に任せて良かったのか？」

「仕事を与えてみないと、正当な評価は下せませんから」

その後、見習いの少年が鍵を持って戻って来た時には、ルッツはフランと体調管理について話をし、わたしは書類仕事の手伝いを始めていた。本日の仕事として神官長から預けられたのは帳簿だ。「商人なら得意だろう」と。計算だけなら得意だが、帳簿全てを預かることができると考えられても困る。特に、神殿はわたしの常識が全く通用しないところなのだから。

「計算の仕方は同じでも、色々なところが神殿は違ってそうですね。この神の御心という項目は何でしょうか？　支出で一番多いように見えますけれど」

その他の支出項目には、神への供物、神への花、神への水に加えて、神の慈愛がある。神に関する意味不明な項目ばかりで、こんな帳簿を預かるのは怖い。わたしの質問に、神官長は無表情でしばらくわたしを見つめた後、「無理だな」と小さく呟いて、帳簿の一部を指差した。

「……今日のところはここの計算をしてもらいたい」

「かしこまりました。……ルッツ、石板貸してくれない？　持って来るの、忘れちゃった」

「ん？　あぁ、ほら」

籠の中をごそりと漁って、ルッツが石板を取り出した。ルッツの見習いセットに入っている石板を借りて、わたしは指示された部分を筆算で計算していく。神官長が珍しそうに覗き込んでくるが、何も質問されないので無視して仕事だけを続けた。

「……ほぅ、速いな。そして、正確だ」

神官長が感心したような声を出した。門でも計算はしていたので、慣れているだけだ。こうしてひたすら計算していると、電卓が恋しくて仕方ない。


一心不乱に計算をしているうちに、お昼を示す四の鐘が鳴った。

「今日はここまでだ」

神官長の言葉と同時に、部屋の中にいた灰色神官がわらわらと動いて片付け始める。

「マイン、院長室の鍵は失くさぬように、普段はフランに預けておきなさい。それから、これは君が持って来た寄付金で、君の取り分だ」

神官長に手渡されたのは院長室の鍵と大銀貨一枚と小銀貨六枚だ。自分で出した寄付金を自分で貰うのは変な感じだが、青色神官全員に分けられるので取っておけと言われた。

「部屋ができたのならちょうど良い。あれも持って行きなさい」

視線で示された棚の上に積まれているのは、ベンノが持って来た贈り物だ。わたしが倒れたので、そのまま放置されていたらしい。上等の布とリンシャンの入った壺と植物紙の束を包んだ布が置かれたままになっている。

ルッツとフランに荷物を持ってもらって、わたしは部屋の鍵だけ持って、孤児院の院長室へと向かう。その道すがら、フランがこれから向かう院長室について説明してくれた。

「あちらの礼拝室の両脇にある三階建ての建物が孤児院でございます。礼拝室を挟んで男子棟と女子棟に分かれていまして、マイン様が賜った院長室があるのは男子棟です」

「え？　前に院長室を使っていたのって、青色巫女だったんでしょ？　なのに、なんで院長室が男子棟にあるの？」

　わたしの疑問にフランは困ったように視線を彷徨わせた後、フッと笑みを浮かべた。

「マイン様は詳しく知らなくて良いことです」

　隠されると気になるけれど、キュッと口元を一文字にしたフランの頑なな態度から察するに教えてくれることはなさそうだ。

「門から貴族区域に行くまでに孤児院があったんだな。入ってすぐに着替えられるから、マインにとっては良かったじゃないか」

「そうだね」

「マイン様、院長室の入口は門から見て裏側、貴族区域から真っ直ぐに歩いた方にございます。孤児達が間違って入り込むことがないように、院長室と孤児達が使う入口は分けられています。お間違えのないようお願いいたします」

　わたしはフランの言葉にそっと胸を押さえた。アルノーが院長室の存在を口にしたこと、部屋を与えることを渋っていた神官長が許可を出したこと、男子棟にあり、孤児院とは入口が分けられていることから考えても、かなり訳あり物件に違いない。

「こちらです、マイン様」

　ギルが掃除しているためだろう。入口が少し開いている。フランが扉を開けると正面でギルが胸を張って待ち構えていた。

「へへん、どうだ？」

ドアを開けたところは、待合室を兼ねた小さなホールのようで、少し奥に階段が見える。半分くらいは完璧に掃除されていて、もう半分はまだまだこれから、という感じだった。

「この辺りはすごく綺麗になってるね」

わたしはそう言いながら中に入って、右側にあったドアを開けようとしたら、「そこはまだ掃除が終わってない」とギルが止めた。ぐるりと一階を見回して、左にあったドアへ向かおうとしたら、「そっちもダメだ」と止められた。一階でパッと見えるドアは他にない。

「ギル、一体どこを掃除したの？」

「お前の部屋に決まってるだろ！　オレ達の部屋なんて後回しに決まってるじゃないか！　入口から階段までの通路があるホールの半分と二階が満足に掃除できた部分なのに、他ばっかり見るなよ」

ぷりぷり怒りながらギルが階段を上がって行く。どうやら、ギルは主であるわたしが使うところを優先して掃除してくれたようだ。意外と可愛いところがあるかもしれない。ピカピカに磨き上げられた階段を見て、わたしは小さく笑いを漏らした。

階段を上がったところは貴族の部屋だった。明らかに広くて、いくつかの調度品が置かれたままになっている。中央には応対用の豪奢な飾りが付いた丸テーブルと椅子が四脚あり、壁際にはクローゼットや棚、彫刻の見事な木箱があった。そして、部屋の端に、布団は入っていないけれど大きめのベッドがある。神官長の部屋と大差ない家具の配置と、手が込んだ豪奢（ごうしゃ）な造りの華やかな家具の数々から、確かに前の主が貴族の娘だったことがわかった。

「この家具、他の人は使わなかったの？　ずいぶん物は良さそうだけれど」

「前の持ち主が持ち主ですから」

「持ち主って……いえ、いいわ。聞きません。ありがたく使わせてもらいましょう」

自分で家具を入れ替えるなんて、無駄遣いをする気はないので、余計な情報は入れない方が良いだろう。綺麗に掃除された棚にベンノからの贈り物を置いて、クローゼットに青の衣や綺麗な服を置くことにする。

「ありがとう、ギル。とても綺麗になってる」

「え⁉　あ？　あぁ。オレが掃除したんだから当たり前だ」

ギルは偉そうに胸を張っている割に、ものすごく照れた顔になった。ちょっとそっぽを向いているのに、まるで初めて褒められたように顔がにやけている。チラチラとこちらを見ている目が「もっと褒めろ」と言っているようだ。褒められ慣れていないことが一目でわかった。嫌がらせでわたしに付けられるくらいだから、普段から問題児で叱られることはあっても、褒められたことがないのかもしれない。良いことをした時はいっぱい褒めてあげるのが、躾の基本だ。

「ギル、もっと褒めてあげるから、しゃがんで」

「え？　こうか？」

ギルが片膝を立てて、その場に跪く。祈りや誓いの言葉を述べる時の体勢を即座に取れるところに、育ちが出ていると思いながら、わたしは自分の視線より低い位置に来たギルの薄い金髪に手を伸ばす。何をされるのかわからない怪訝な顔でギルはわたしの手の行方を、じっと目で追っていく。

「よしよし、イイ子、イイ子。よくできました」

わしわしと頭を撫でるのは、ルッツなら子供扱いするな、と言って膨れっ面になりそうな褒め方だったけれど、ギルは一瞬目を丸くした後、泣きそうな顔になった。すぐさまギルが顔を伏せてしまったので、思わず手を引いたら、「もっと褒めろ」という小さな呟きが聞こえてきた。

「とっても綺麗になってるね。ギルは一人で良く頑張ったよ」

おとなしく撫でられるままになっているギルの耳は真っ赤だ。顔を覗き込んでみたい衝動に駆られたけれど、見るな！　と怒鳴られそうなのでグッと堪える。わたしがギルに与えるべきものは、孤児院で保障されている衣食住より先に、感謝と褒め言葉だと心に刻んだ。

初めてのお外

「それにしても広いよな」

ルッツがうきうきとした表情で院長室の探索を始めた。二階にあったのは主の部屋と身の回りの世話をする女性の側仕え用の部屋と物置だ。

まだ掃除が終わっていないことを理由に、ギルは入るのを嫌がったけれど、一階も探索してみた。院長室に入ってすぐ右のドアは側仕え用の部屋が四つと物置。ホールの左側の扉からは台所に繋がっていて、数人の料理人が使うくらいのかなり広い厨房と地下倉庫があった。

「ここを掃除すれば、来客時にお茶を淹れることができます。茶器を揃えましょう、マイン様」

フランは厨房を見て満足そうにそう言ったが、わたしの目は別のところに釘づけだった。厨房の中にはギルド長の家にあったオーブンとよく似たものが一番端にある。

「あれ、オーブンだよね？」

「厨房にオーブンがあるのは当然でございましょう？」

フランはそう言って、首を傾げた。青色神官や巫女の厨房しかない神殿では当然の設備でも、わたし達には珍しいもので、今欲しいと思っていた設備だ。

「ルッツ！　オーブン発見！　ベンノさんに報告しなきゃ！」

「おぅ！」

イタリアンレストラン開店のために、ベンノやマルクと行動しているルッツも目を輝かせて、貴族の厨房を見回す。

「ねぇ、フラン。ここを掃除して、料理人を入れても良いかしら？」

「はい。青の巫女見習いが料理人と下働きを入れるのは当たり前のことですから」

ここで料理人を育てつつ、側仕えや孤児院に食事を与える計画を脳内で立てていると、フランが首を傾げた。

「本日、マイン様は料理人を連れていらっしゃいませんが、昼食はいかがなさいますか？」

青色神官がそれぞれ連れている料理人が食事を作り、その残りを下げ渡していくというシステムの神殿で、料理人を連れていないわたしが昼食を摂るのは無理だ。

「外に食べに行きましょう。二人とも、着替えてちょうだい」

「着替え？」

わたしは二階に戻って、ルッツが運んでくれた籠から、布の包みを取り出した。テーブルの上に置いて、二人の前にそっと押しやる。

「これは、神様からのお恵みじゃなくて、頑張ってくれている二人に報いるためにわたくしが準備したご褒美よ。誰かと分け合うような物ではないから」

「恐れ入ります、マイン様」

「あ、え？　いいのか？」

フランとギルは戸惑いと喜びと期待に満ちた顔で、丁寧に包みを開ける。まるで、初めてプレゼントをもらった子供みたいだと思った次の瞬間、本当に初めてなのだと悟った。何事も平等の孤児院でプレゼントが配られることは多分ないだろう。わたしは、初めて森に出ることを許された時、洗礼式、貧しいとは言っても、それぞれの節目で親からプレゼントをもらってきた。フランやギルにはそれが全くないのだ。

「……なぁ。これって、服だよな？」

「そう。これに着替えて外に行くの」

「マジで!?　一度行ってみたかったんだ。すぐに着替えてくるからな」

服を抱きしめるように持ったギルの笑顔が今までの中で一番輝いた。大股で飛び跳ねるようにして一階へと駆け下りていく。ギルのわかりやすい喜び方に、服を贈ったわたしまで嬉しくなりながら、一言も発しないフランへと視線を向けた。

フランはまるで眩しい物を見るようにテーブルの上に広げた服を静かに見つめながら、縁取りの刺繍にそろりそろりと指を這わせていた。じっくりと幸せを噛み締めるような様子に、くすぐったい笑いが込み上げてくる。

「フラン、着替えて見せてくれない?」

「か、かしこまりました」

見られていたことに気付いたフランが恥ずかしそうに頬を染めて、一階へと足早に下りていく。普段冷静なフランには珍しい動揺っぷりに、ルッツと二人で小さく笑う。

「喜んでもらえてよかったな、マイン」

「うん」

ルッツがちらりと階下へと視線を投げた後、声を潜めた。

「……でも、一度外に出てみたいって何だよ?……ここ、変な場所だよな?」

「そうだね。でも、ここの人から見たら、きっと変なのはわたし達なんだよ」

外に出られるように、わたしも青の衣を脱いでクローゼットに畳んで入れた。変な畳み皺が付かないように、ハンガーが欲しい。ベンノに頼んで作ってもらおうか、と考えながら、本日の行動費として寄付金の一部を握る。

下町に続く門をくぐるのに躊躇を見せる二人を連れて、わたしは神殿を出た。

「フラン、そんなに気にしなくても、大丈夫だよ?」

灰色神官の服以外を初めて着たらしく、フランは袖口や裾をしきりに気にしているが、焦げ茶に近い落ち着いた色合いの服はフランの雰囲気によく似合っている。そして、若葉のような緑色は元気に走り回るギルにピッタリだった。

「うおぉ、外だ! これだけで、オレ、お前の側仕えになって良かったと思えるぜ!」

「では、誠心誠意お仕えし、その言葉遣いを改めるようにしてください。マイン様に恥をかかせることになります」

「……おぉ、そのうちな」

キョロキョロと忙しく首を動かし、興味を引く物を見つけたら駆け出していくギルが、ゆっくりしか歩けないわたしの速度に合わせられるわけがない。勝手に走って行こうとするギルをルッツが押さえ、フランがわたしを抱き上げて動くことになった。

「神殿の外を自分が歩くとは、不思議な感じがいたします」

「……こっちがわたしの世界だからね。フランも外に出た時はもうちょっと言葉を崩した方が良いよ。丁寧すぎて目立つから」

「言葉を切り替えるというのは、存外難しいものですね」

ルッツが案内してくれたのは中央広場に近い食堂だった。比較的高級なところで、商人が良く利用している場所だという。店内に大きなテーブルはなく、少人数ずつが座れるようになっている珍しい店で、商談をしているように見える客が何組か見えた。

来店したことがあるルッツが手早くお勧め料理を注文してくれる。腸詰の塩茹でとチーズの盛り合わせがテーブルの中央に置かれ、薄く切ってもらったパンが籠に載って運ばれてくる。そして、それぞれの前には野菜スープが置かれた。

「いただきます」

「は？　それだけ？」

わたしとルッツがパンに手を伸ばそうとしたら、ギルが咎めるような声を出した。手を伸ばしたまま止まって、わたしはルッツと顔を見合わせる。

「他になんか言うことあった？」

「二人とも食前のお祈りしてねぇだろ？　幾千幾万の命を我々の糧としてお恵み下さる高く亭亭たる大空を司る最高神、広く浩浩たる大地を司る五柱の大神、神々の御心に感謝と祈りを捧げ、この食事をいただきます」

両手を胸の前で交差して、つらつらと祈りの文句が出てくるギルの様子から、神殿での食事では当たり前に全員が唱えるものだとわかる。

「……知らねぇな。聞いたことないぜ」

「わたし、それを覚えなきゃダメだってことだね」

ギルとフランに教えてもらい、一通り食前の祈りを復唱してみた。すぐに覚えられる気がしない。今度メモ帳に書かなきゃダメだ。気を取り直してわたしとルッツは食べ始めたけれど、フランとギルは食事に手を付けようとしない。食事を前にじっと座っている。

「あれ？　食べないの？　お腹、空いてない？」

不思議に思って、わたしが声をかけるとフランはゆっくりと首を振った。

「……我々は側仕えですので、マイン様が終わるまではいただけません」

「一緒に食べなきゃ冷めちゃうのに？」

ギルは手を出したそうだが、隣に座るフランを見て自制しているらしい。そわそわと身体が動いているのが音に反応して動くおもちゃみたいだ。

「じゃあ、命令。温かくておいしいうちに食べなさい」

命令と言われれば、従わざるを得ないようで、渋々といった表情でフランがパンに手を付けた。それを見たギルが嬉々として手を伸ばし始める。フランはこの辺りでは見かけないほど綺麗な姿勢で食事していた。孤児院育ちのギルもどちらかというと食べ方が綺麗だ。兄弟喧嘩をしながら食べるルッツの方が、よほどガツガツ食べている。これは平等に分けられて、他と奪い合うことのない環境が作り上げるものだろうか。

「フランもギルも食べ方が綺麗だね。教えられるの？」

「青色神官にとって見苦しい者は孤児院を出ることができませんから、食べ方、歩き方も年長者に教えられます」

「そうそう。オレは孤児院から出る前の清めが一番苦手。今はいいけど、冬なんて死ぬって」

「側仕えになると湯が使えるようになりますからね」

見苦しいものは出さないというのはひどい環境だと思う。だが、そのおかげでギルも見た目がそこそこ綺麗だったようだ。孤児院と側仕えの違いを聞きながら食べていると、フランの眉が少し動いたことに気が付いた。残り物とはいえ、貴族料理に慣れているフランにとって、ここの味は不満足だったようだ。食べながらほんの少し眉根が寄っている。

「フラン、普段の食事とは違うでしょ？」

わたしが小さく笑ってトントンと自分の眉間を指先で叩いて指摘すると、フランは自分の眉間を押さえながら、困ったように笑った。

「そうですね。ずいぶん違います。……ただ、スープは温かいとおいしいものだと思いました」

貴族である主から下げ渡される食事はおいしいけれど、常に残り物なので、温かい料理は初めてだったようだ。

「オレは腹いっぱいになったら、味はどうでもいいや。青色神官が少なくなったから、神の恵みはすっげぇ減ったのに、孤児院に戻って来た灰色神官の数は増えたからな」

ギルも満足するまで食べたようだが、同じ年頃のルッツに比べると食べた量がかなり少なかった。普段の食事量が少なくて、たくさん食べられなくなっているのかもしれない。

「じゃあ、ギルやフランの夕飯と孤児院へのお土産を買って帰る？　わたしは家に帰るから、夕飯、困るでしょ？」

「いいのか⁉　よっしゃぁ！　神に祈りを！」

ギルは腹いっぱいに食べられるのは久し振りだと感激しながら、ガタッと立ち上がり、店の中で突然グ○コポーズをビシッと決めた。食事と商談でざわめいていた店内がシンと静まって、全ての視線がこちらのテーブルに集中する。

「ちょ、ちょっと待って！　ここでお祈りは止めて！」

ルッツが急いでギルを店の外へ連れ出し、わたしは店を騒がせたことを店長に謝罪して精算に少し色を付けると、逃げるように外へと飛び出した。

「お祈りは神殿でやるの。ここでやる人はいないから。いい？　神殿に行ったわたし達が常識知らずなのと同じで、ここに来たギルやフランは常識がわからないんだから」

わたしが溜息混じりに注意すると、わかりやすくギルがしょぼんと肩を落とした。

「……その、悪かったな」

「これから気を付けてくれればいいよ」

「今のことじゃなくて！……お前に常識知らずって言ったことだよ」

神殿での色々を思い返したらしい。律儀に謝るギルの肩をルッツが笑いながらパンパンと叩く。

「常識知らずはお互い様だ。おかしいと思ったら、マインにすぐに教えてやってくれ。今日の食前の祈りみたいにさ。オレはお前が変なことしないように気を付けるから」

「ギル、あっちに旅人向けに露店が出ているから、夕飯とお土産を買おうね」

東門は街道に面しているので、旅人が多く、活気がある。けれど、余所者が多い分、治安はあまり良くない。なるべく中央広場に近い方で用を済ませようと露店を見て回る。薄切りパンにハムとチーズを挟んだサンドイッチのような食べ物を夕飯用にいくつか買って、自分が持っていた布に包んでトートバッグに入れた。

「フラン、孤児院って何人くらいいるの？　お土産って何を買ったらいい？」

「……今は八十〜九十名ほどでしょうか。甘味が配られることはないので、切り分けやすい果物やあのように小粒の果物でよいのではありませんか？」

フランに抱き上げられたまま、わたしは高い位置から露店を眺めた。果物を扱っている露店は三つ見える。どこが安いか、と見比べながら移動する。

「お、神の恵みだ」

ギルの声に思わずフランと一緒に振り返った。視界には露店に積まれていた果物を勝手に取って、もしゃもしゃと食べているギルの姿が映る。ギルに勝手な行動をさせないように手を繋いでいるルッツも目を見開いて信じられないと固まっていた。

「ちょ、ちょっと、ギル⁉」

「こら、アンタ！　金も払わず、堂々と店の前で泥棒かい⁉」

店のおばさんに問答無用の拳骨を食らって、ブラーレという桃に似た果物を食べていたギルが呆然とした顔でわたしを見た。わたしは即座にフランに下ろしてもらって、お金を取り出す。

「ごめんなさい、おばさん。その子、箱入りの世間知らずでお金の存在さえ知らないの。わたしが払うから、兵士を呼ぶのは待って」

「ごめん、おばさん。オレもこいつのこと、見てるつもりだったんだ」

お金を払ってルッツと二人で謝ると、おばさんは呆れたようにギルを見て肩を竦めた。

「まったく、どこのおぼっちゃんだか知らないけど、外を歩く時は気を付けた方が良いよ」

「本当にごめんなさい。ほら、ギルも謝って」

「あ？　あ、ご、ごめんなさい」

促されたギルはどうしていいかわからないという表情のまま、カクカクとした動きで謝った。

「ギル、そのブラーレ、おいしい？」

「あ、あぁ……」

食べかけのブラーレを見て、ギルが困ったように視線を彷徨わせる。「その分はお金払ったから食べていいよ」と言った後、わたしはトートバッグから布を二つ取り出して、風呂敷で袋を作る要領で端を結んで布バッグを二つ作った。

「おばさん、ブラーレをこの入れ物に五個ずつ入れて」

「はいよ」

お詫び代わりにおばさんの店で、孤児院用のお土産を買い込んで、中央広場まで戻る。荷物は罰としてギルに運んでもらう。両手が塞がっていたら、思わぬ行動に出ることもないはずだ。

「今度、お給料を渡した時にお金の使い方も教えるから、それまでは店の商品に触っちゃダメだからね」

「……わかった」

神殿に向かって大通りを北上していると、ルッツがフランに抱き上げられたままのわたしを見上げた。

「なぁ、マイン。神殿に戻る前に、旦那様に報告してきていいか？」

「うん。ベンノさんには茶器や調理用品を揃えてもらうつもりだし、報告した方が良いと思う」

昼休みが終わったばかりらしく、慌ただしく準備している店へルッツが駆けて行く。わたしはフランに下ろしてもらい、わたしのスピードでゆっくりと店に向かった。両手に荷物を持ったギルはわたしの後ろをついて来る。

「マルクさん、こんにちは」

「こんにちは、マイン。旦那様がお待ちです」

店の外へと出てきて迎えてくれたマルクに挨拶して、わたしは二人を連れて奥の部屋へと向かった。ベンノの執務机の前にルッツが立ち、報告しているのが見える。わたしの姿を見つけた途端、ベンノが立ち上がって大股でやって来て、わたしをグイッと抱き上げた。

「マイン、でかした！　お貴族様が実際に使っていた厨房なら、見るだけでもイタリアンレストランの参考になる」

ガクガク揺れるほどの力強さでわたしの頭を撫でるベンノのテンションの高さに、神殿でのベンノを知っているフランが一歩後ろに引いた。ベンノの手をペイッと払い退けて、わたしはベンノに下ろしてもらい、いつものテーブルに着く。

「院長室の厨房はわたしが料理人を入れても良いようなので、早速料理人に練習させられないかな、と思って相談に来ました。練習した料理はわたしの側仕えの食事になって、余った分は孤児院に回されるので、材料が無駄になることはないし、わたしが材料費を払えば、ベンノさんの懐も痛まないし、良い話だと思いませんか？」

食事を孤児院に回すのが青色神官の義務なら、わたしもできるだけ提供しなければならないし、孤児院がギルのような欠食児童の集まりだと思うと、個人的にもできるだけのことはしてあげたい。

しかし、木札に次々とメモしていたベンノはしばらく考え込んだ後、ゆっくりと首を横に振った。

「いや、待て。材料費は料理人を育てるための費用だから俺が払う。全部をお前任せにすれば、そのまま料理人を取り込まれても文句が言えん」

商人らしい言葉にわたしは軽く肩を竦めた。材料費を持ってくれるというなら、こちらはお任せしてしまった方がいい。今はマイン工房が開店休業中で、入ってくる収入がないのだから。

「……じゃあ、厨房の設備や調理器具を揃えるお金はわたしが出すので、練習用の材料費はベンノさんが持つということでいいですか？」

「あぁ、練習場所を借りるだけという状態にしておきたい。よし、これから、見に行くぞ」

オーブンが見たくて仕方がないのか、ベンノがさっさと話を切り上げて立ち上がる。街に出られると知ったギルと同じような表情に、何となく頭を抱えたい心境になった。

「ベンノさん、厨房はまだ掃除もできてないからダメですよ」

「マイン様のおっしゃる通りでございます。満足にお茶も出せないような場所にお客様をお招きするわけにはまいりません」

フランとギルがわたしの意見に大きく頷いた。しかし、イタリアンレストランの参考になるという実益と好奇心と興味が剥き出しになっているベンノは、ちっともわたし達の意見を聞こうとはしない。普段着の上に神殿に向かうのに問題ないような上着を羽織りながら、ニヤリと笑った。

「俺は客じゃない。商人だ。部屋を得たばかりの青色巫女見習いから、部屋を整えるのに足りない物の発注を受けるだけだ。整っていなくて当たり前だろ？　むしろ、お前が妙にいじる前の部屋が見たい」

「それって、掃除を手伝ってくれるってことですか？」

「んあ？　俺だって掃除はできるぞ。見習いの最初の仕事は店の掃除だからな」

……ダメだ。これは何を言っても止まりそうにないね。

貴族について知りたくて仕方がないベンノが絶好の機会を逃すはずがないだろう。

「……フラン、諦めよう。掃除が終わったところで茶器は準備できてないんだし、いっそ開き直って、ベンノさんにも掃除を手伝ってもらえばいいよ」

「マイン様!?」

ベンノを止める方法を考えるのが面倒になってきた。こんなくだらない言い合いをしている間にもわたしの貴重な午後の読書タイムが刻一刻と減っているのだ。

「フランは知らないかもしれないけど、立っている人は親でも使えって意味の言葉があるんだよ。本人が行きたい、掃除もできるって言ってるんだから、こき使えばいいと思う。わたし、その間に本が読みたい」

わたしの訴えにフランは目を丸くした後、笑いを堪えるように口元に手を当てた。

「……大変恐れ入りますが、マイン様は私がいない状態で図書室には入れません。ベンノ様がこの状態では神殿に戻っても本は読めないと思われます」

「のおぉっ⁉」

結局、何を言っても聞き入れてくれないベンノに掻っ攫われるように抱き上げられて、わたしは本も読めない神殿へ連れ戻されることになった。

ベンノは自分で言っていた通り、院長室に到着するなり上着を脱いで掃除を始めた。ベンノにつられて、皆がどんどん動く。ベンノとフランは基本的に高いところや腕力の必要なところの担当で、ギルとルッツは低いところや細かいところが担当だ。腕力なし、体力なしのわたしは、皆に邪魔者扱いされ、二階のテーブルで本恋しさにしくしく泣きながら、ルッツが届けてくれる必要な物の一覧に合わせて発注書を書き続けることになった。

料理人教育

食材を扱う厨房は側仕え達に数日間かけて徹底的に掃除してもらった。それと並行して、調理道具や食器が厨房に運び込まれ、薪や食材が次々と地下倉庫に入って行く。そして、ベンノを通して、料理人にウチの厨房で仕事をしてもらう算段がついた。

厨房を見つけた日から、わたしはおうちで天然酵母作りを始めた。プロの料理人に焼いてもらえるなら、ふわふわパンが食べたい。ベンノに教えてもらって、ガラスを扱っているお店で、蓋ができる保存用のガラス容器を買ってきた。今回は今が旬のルトレーベで天然酵母を作ってみたいと思う。

ガラス瓶を煮沸消毒して、洗ってヘタを切ったルトレーベと水と砂糖を入れて蓋をする。後は一日に何度かビンを振ったり、蓋を開けて空気と触れ合わせたりしながら、酵母液ができるのを待つ。だいたい五日くらいかかるが、完全に発酵させて、最終的に濾したら、酵母液のできあがりだ。できあがった酵母液に全粒粉と水を加えて混ぜて、寝かせて、かけ継ぎしながら、パン種を作った。

貴族の家でもふわふわパンは珍しい。ギルド長の家で小麦だけで作られた白パンを食べたことはあるけれど、あの白パンもわたしが望むようなふわふわではなかった。天然酵母でしっかりと発酵させて、ふわふわパンを作ることができれば、強いアピールになる。そして、天然酵母とパン種をわたしが作って管理すれば、パンだけはすぐに真似できない強みになるはずだ。

……まぁ、そんな計算通りに行くかどうかはわからないけどね。

パン種ができあがったことをベンノに知らせると、早速ベンノは料理人を連れて、院長室へやってきた。まだ若い二十歳前後の男の人と明らかに見習いと思われる十代前半の女の子だ。この二人がある程度覚えたら、次の人を入れることになっている。

「マイン様、こちらは当店の料理人でフーゴ。それから、フーゴの助手をする見習いのエラでございます。フーゴ、こちらで貴族のレシピを教えていただくことになる。よく学ぶように」

ベンノに料理人を紹介されたので、挨拶くらいはしたかったけれど、わたしは黙って頷くだけで、受け答えは全てフランが行う。わたしは青色巫女なので、貴族らしく振る舞うため、というのがその理由だ。

「フーゴとエラでございますね。では、早速厨房を案内しましょう」

料理人に指示を出す時も必ずフランを通すように言われていて、調理方法はわたしが木札に書きとめたレシピをフランが読み上げるという形になる。ギルはまだ字が読めないので、料理人とのやり取りは全てフランに任せるしかない。

「最初に覚えてほしいのは、衛生管理でございます。調理器具や食器を綺麗に清潔に保つこと。厨房も今の状態を保ち、磨き上げること。こちらに来る前に必ず身体を清め、服は必ず洗濯し、汚れた服や身体で厨房に出入りしないこと。よろしいですか？」

「は、はい！」

ここで衛生観念を叩き込んでおけば、イタリアンレストランで同じことをするように言われてもすんなり受け入れられるだろう。わたしはこれから作るイタリアンレストランを、カチカチの硬いパンを皿代わりにして、いらなくなった食べ物は床に落として、犬に食べさせるような店にするつもりはない。ここの文化だと言ってしまえばそれまでだが、貴族の食事を出す高級食事処にそんな文化は必要ないと思う。

本当はコンソメ作りから始めたかったが、ベンノができあがったお昼を食べたいと言うので、時間がかかりすぎるコンソメ作りは明日だ。今日は初めてオーブンを使うということもあり、ピザ作りから始めたい。というか、わたしが食べたい。

「では、本日はピザを作っていただきましょう。まず、オーブンに火を入れます」

フランの指示の元、二人は地下から薪を運び込み、オーブンに火を入れる。薪のオーブンは温まるまでに時間がかかるので、火を入れるのが最初の仕事になる。竈（かまど）に火を入れるのと要領は変わらないので、手早くできた。

「食材に触る前に手を洗ってください」

使用人用のテーブルにベンノとわたしが座って見守る中、ピザの生地作りが始まった。使う材料はわたしとフランが準備して、前もって台の上に並べてあるので、一見料理番組のようになっている。わたしが持って来た天然酵母と塩や砂糖、ぬるま湯を順番に小麦粉の入ったボウルに入れて、ぐにぐにとこねて発酵させる。フーゴが顔を上げて、軽く息を吐いた。

「これはパンを作る時のように力がいりますね」

「同じようなものだと考えていただいて結構です。よくこねたら、しばらくこのまま置いて発酵させておきます。その間にポメでソースを作って、ピザやスープの具材にする野菜を刻んでいただきます」

湯剥きした黄色いトマトもどきのポメを適当に刻んで、弱めの火でぐつぐつと煮込んでもらい、具材にする野菜をどんどん刻んでもらう。

「フーゴさん、アタシがリーガの処理をしますね」

わたしにはまだ持てない大きな包丁をエラは難なく使いこなし、ニンニクっぽい風味の白いラディッシュであるリーガの下処理を手早くこなす。フーゴはベーコンや玉ねぎっぽいラニーエ、人参っぽいメーレン、茸類を次々と指示通りに刻んでいく。野菜を切る手つきはさすが本職と称賛できるスピードで、わたしは感嘆の息を吐いた。

「ベンノ様、予想以上に素晴らしい料理人ですね」

わたしが発言した瞬間、フーゴとエラがビクッとしてこちらを振り返った。褒めたはずなのに、空気が凍ってしまった。二人の顔が強張っているのを見て、わたしは自分の発言が失敗だったことを悟る。どうしよう、とベンノを見れば、ベンノは優しげに見える笑顔を作った。

「勿体ないお言葉でございます、マイン様。二人とも、お褒めの言葉をいただいたぞ」

ピキリと凍った空気をベンノのフォローが溶かしていく。フーゴとエラがホッとしたように表情を緩めて、「勿体ないお言葉です」と言った後、また真剣な目で野菜を刻み始めた。

ベンノに軽く睨まれて「口を閉じていろ」とこっそりジェスチャーで示されて、わたしは深く頷いた。

……ごめんなさい。だって、褒め言葉であんな風に固まるとは思わなかったんだもん。

野菜を切った後は、フーゴに鶏肉の下処理をしてもらい、薄く削ぎ切りにした胸肉に塩と酒を振ってもらう。エラにはお肉と合わせるとおいしいハーブの準備をしてもらった。

「これから、スープを作っていただきます」

わたしが書いたレシピは腸詰をスライスして煮込んで旨みを出した塩味の野菜スープだ。ちゃんと煮込めば野菜から旨みが出ることを知ってほしい。

「スープはそのまま煮込んでくださいね。茹で汁を捨てないように」

「このまま煮込むんですか？」

フランの指示に、料理人二人は怪訝な顔になった。それでも、貴族に逆らうことはできないのか、困ったような、気持ち悪そうな顔のまま、料理を続ける。わたしのスープ作りを横で見ていた昔の母さんと同じような顔だ。

「エラ、スープの灰汁取りをお願いします。フーゴ、ポメソースが煮詰まってきたので、リーガとそこの油を加えてよく混ぜてください。それでソースは完成です。あぁ、そろそろ生地が良い頃合いですね」

次々と飛んで来る指示に対応し、フーゴは発酵して膨らんだピザ生地のガス抜きをして、生地を半分に分けて、伸ばす作業に移る。

「丸く広げた生地の上に、できあがったポメソースを塗り、ここの具材を載せてください」

フランに言われるまま、フーゴはポメソースを塗って、ベーコン、ラニーエ、茸を載せた。もう一つの生地にはポメソースを塗って、胸肉とラニーエ、ハーブを載せる。そして、両方にチーズをたっぷりとかけたら、オーブンに入れる。

その様子を盗み見るようにエラがじっと見ていることに気が付いた。コリンナと裁縫の話をしていたトゥーリや新しいレシピを前にしたイルゼと同じような向上心に溢れた強い目に、わたしは心の中でこっそりとエールを送る。

時間があれば、マヨネーズを作ってポテトサラダならぬカルフェサラダまで作りたかったが、初めての厨房で、作ったことがない料理を貴族に見られながら作るという緊張する状態では、予定通りにいかなくても仕方がない。フランにこっそりと料理の品数を減らすサインを出すと、フランは小さく頷いた。

「スープがよく煮込めたようなので、少し味を見て、塩の味を調節してください」

フランの言葉にフーゴが小皿にスープを少し取って、恐る恐る口を付けた。口に入った瞬間、目を見開いて固まる。ゆっくりと味わうように舌の上で転がしていたのか、ゴクリと嚥下(えんげ)するまでに少し時間がかかった。

「……何だ、これ？」

小さな呟きと共にもう一度すくって味見。さらにもう一度。その勢いで味見をされたら、スープがかなり減りそうだ、と思った瞬間、バシッとフーゴの背中をエラが叩いた。

「フーゴさん、食べすぎです！　塩加減はどうなんですか？」

「んぉっ⁉……あ、あぁ」

小皿とスープの鍋を見比べながら、フーゴがギュッときつく目を閉じた。多分初めて食べる味だったはずだ。それに味を足すのは難しいと思う。

「あと少し。ほんの少しでいい」

緊張して震える指先で塩を一つまみ入れて、ぐるりと掻き回し、フーゴはもう一度味を見た。

「よし」

「アタシも味見させてください」

餌を待つ犬のような顔で小皿を持って味見をねだるエラの姿に、わたしは口元を押さえて笑いを堪えた。ここで笑ったら、また空気が凍るに違いない。

小皿に少しスープを入れてもらったエラは一口飲んで、顔を輝かせた。

「うわぁ！　何これ⁉　すごくおいしい！　野菜の味、ですよね？　甘みがあって、腸詰の肉の味もスープに溶け出して……少しの塩味でここまでおいしいなんて、信じられない！」

「落ち着け、エラ」

興奮して早口でフーゴにおいしさを訴えるエラの肩をフーゴが押さえる。一瞬ちらりとわたしの方を見て、視線でエラに注意を促そうとしたようだが、新しい味の発見に歓喜しているエラには通じなかった。

「落ち着いていられませんよ！　大発見じゃないですか！」

「頼むから落ち着いてくれ。貴族様の御前だ」

「……あ……」

ざっと青ざめたエラがわたしを見た。わたしは何も言ってないのに、また空気が凍った。「仕事熱心でいいじゃない。これからも頑張ってね」って言いたいけど、貴族はこういう時どうするのが正解なのだろうか。フランが近寄ってきたので、「仕事熱心な料理人で感心いたしました。これからの食事を楽しみにしています、と伝えてくださる？」と囁く。

「かしこまりました。マイン様、ベンノ様、そろそろ食事の支度ができます。お部屋の方でお待ちくださいませ」

フランがそう言って、ドアを示した。すると、そこに立っていたギルがさっとドアを開けてくれる。半ば強制的に退場させられることになり、わたしは内心しょんぼりしながら椅子から下りると、ベンノがエスコートするように手を差し出した。

料理の指示を出すフランは厨房から離れられないので、部屋についてくるのはギルの役目だ。厨房のドアを閉め、わたしの後ろをついて歩く。オレ、仕事してるぜ、と言わんばかりの得意そうな顔に思わず笑いそうになった。

部屋のテーブルには、わたしが指定したように花が活けられた花瓶とランチョンマット、カトラリーが並べられ、喉を潤すためのジュースが準備されている。これらは全て、わたし達が厨房で調理の見学をしている間にギルが準備してくれたものだ。

「ありがとう、ギル」

へへっと笑いながら、ギルがその場に片膝をつく。ここ数日で暗黙の了解となってしまったのが、この褒めてほしい時の体勢だ。「よくできました。頑張ったね」と頭を撫でれば、満足そうにギルが笑う。外から料理人が来るということで、昨日リンシャンを使ったギルの髪はさらさらのつるつるになっている。手触りが実に良い。

わたしはテーブルに着いて、飲み物を飲んで、ホッと息を吐いた。自分の素性を知っている、いわば身内に囲まれたことで、かくんと肩を落として愚痴を零す。

「お嬢様は疲れる。お喋りしたい。わたしも一緒にお料理したいよ」

「諦めろ。あいつらにとって、貴族の厨房、貴族の料理、貴族がいる環境、全てが勉強であり、訓練であるのと同様、お前が貴族らしい振る舞いを身につけるための訓練の場でもあるんだ。神殿内で隙を見せるな、阿呆」

「うぅ……。頑張ります」

ゆっくりと深呼吸して背筋を伸ばす。お嬢様として気合いを入れ直した頃、下の厨房のドアが開いた音がした。フランが食事を運んで来たようで、ギルがさっと部屋の端に寄って立った。

「フラン、わたくし、デザートにはルトレーベをいただきたいわ」

ここの厨房にある砂糖はわたしが自宅から持ってきたもので、ベンノはまだ砂糖を手に入れていない。ベンノが砂糖のルートを確保するまで、お菓子はお預けだ。冬と違って今は果物がおいしい時期だからいいけれど、レストランができあがるまでに砂糖を仕入れてほしいものだ。

フランがテーブルの上にピザを二種類とスープを並べてくれる。少し焼きすぎたかな？　というくらいで、ピザができあがっていた。生地のところどころに焦げ目が付き、ふわりと揺れる湯気と共に焼けたチーズの匂いが広がった。ベーコンはまだピチピチと小さな音を立てていて、鶏肉は表面に油が出ているのが見えた。どちらのピザもおいしそうである。焼けたチーズの匂いにうっとりしているわたしの隣でベンノも期待に目を輝かせていた。

「幾千幾万の命を我々の糧としてお恵み下さる高く亭亭たる大空を司る最高神、広く浩浩たる大地を司る五柱の大神、神々の御心に感謝と祈りを捧げ、この食事をいただきます」

数日かけて覚えた食前の祈りを口にして、わたしとベンノだけができたてを食べる。他の人は神の恵みとして下げ渡さなくてはならないのだ。どうせなら一緒に食べたいし、下げ渡すというのが、わたしにとってあまり気分の良いものではないけれど、それが青色巫女の立場だから仕方ない。フランが側に付き、給仕されて、わたしはスープを飲んだ。肉の旨みと野菜の甘みが塩味でまとめられた優しい味で、家で食べるスープと同じ感じに仕上がっていた。もうちょっと塩味が効いている方が好みだけれど、それは次回に期待しよう。

「……うまいな」

「野菜の味がよく出ているでしょう？　イルゼも興味を示していらっしゃったわ」

「ほぉ？　それは珍しいことではございませんか？」

遠回しに貴族のレシピにもないスープだと伝えてみれば、ベンノには正確に伝わったようで、じっとスープを見つめる。

「これがピザで、パンのようなものだとお考えくださいな」

わたしは切り分けられたピザを手に取って、とろりととろけるチーズをフォークで軽く切って、食べて見せる。ベンノも同じようにベーコンのピザを口に入れた。

「お口に合いまして？」

「……想像以上の味に驚きました」

わたしは一切れずつ、ベンノの皿には二切れずつ入れてもらうと、フランを見上げた。

「フラン、神の恵みを与えます。それから、デザートまで人払いをお願いね」

「かしこまりました」

こう言っておけば、温かいうちに料理人や側仕えも食べられるだろう。フランとギルが料理の残りを持って、一階へと下りていって、ドアが閉まった音がした。次の瞬間、きゃあ！　とエラの弾んだ声が響いてきた。どうやら、早速試食会が始まったようだ。ガヤガヤとした楽しそうな声がうっすらと聞こえてくる。向こうが料理に熱中している間は内緒話に最適だ。

「ベンノさん、このピザやスープは商品になりそうですか？」

もぐもぐと食べながら問いかけると、ベンノもピザをかじりながら頷いた。

「なる。初めて食べる味だったが、うまいな。……ピザは貴族の会食で食べたパンより柔らかいような気がするぞ」

「天然酵母ちゃんのおかげですね」

「何だ、それは？」

「他の店に出し抜かれないための……たとえ、レシピを教え込んだ料理人が引き抜かれたとしても、こちらが優位に立つための秘密です」

イタリアンレストランにはわたしも出資している。利益を出してもらわなければ困るのだ。

「スープは野菜の旨みを利かせただけですから、真似しようと思えば、他の人もすぐに真似できるようになります。真似され始めたら、色々な味のスープを用意して多様性で勝負です」

「ほぉ……。色々な、というが、料理人は少ないぞ。大丈夫か？」

「旬に合わせたコース料理の形にすれば、料理人の人数が少なくても大丈夫だと思いますよ」

わたしが答えると、ベンノが呻き声をあげてガシガシと頭を掻いた。

「……俺一人で悩んでいるのがバカバカしくなってきた。山積みの問題解決にはお前を使うのが簡単そうだ」

「何ですか、それ？」

「ここで話すことじゃない。また店に来い」

二人とも食事が終わったので、テーブルに準備されていたベルを鳴らす。すると、フランとギルがデザートを持って上がってきた。食べ終わった食器を片付け、代わりにデザートが盛られた皿を置いてくれる。

「フラン、味には満足できたかしら？」

わたし達の中で一番貴族料理に詳しいのはフランだ。わたしは自分が食べたい物を作ってもらっているだけで、実際の貴族料理とはまた違う。

「……とてもおいしくいただきました。伝統的な貴族料理ではありませんが、新しい物を好む貴族の方にも興味を持っていただける味だと思われます」

「そう。貴族の料理を食べ慣れているフランが言うのならば、間違いないわね」

「料理人も興味深く食べていた上、これから復習を兼ねてもう一度作りたいと意欲を燃やしていました。明日からも十分に働いてくれると思われます」

何もかも順調だな、と嬉しく思う反面、何かを忘れている気がしてならない。

「どうかなさいましたか、マイン様？」

「何か忘れているような気がするのだけれど、フランには思い当たることがないかしら？」

「忘れていること、でございますか？」

「えぇ、神殿に関することで、何か忘れているような……」

ベンノがデザートを食べている横で、フランと二人で考え込んでいると、バーンと大きな音を立てて、入口の扉が開いた。

「何もかもあんたのせいよっ！」

……あ、思い出した。デリアのこと、忘れてたんだ。

デリアの仕事

「あんたのせいで、あたしが神殿長の部屋を追い出されたのよ！　どうしてくれるのっ！」

そう叫びながら、デリアが憤然とした様子で階段を駆け上がってくる。どこから走ってきたのか知らないが、深紅の髪を振り乱し、ぜいぜいと息を切らせながら、デリアがわたしの前に立った。

ここ数日は厨房整備のために忙しい日を過ごしていたので、ものすごく久し振りに顔を見たような気がする。

「あんたのせいよ！　勝手に部屋を賜ったくせに、あたしに何にも言わないから、神殿長にあたしが能無し扱いされたじゃない！　もー！」

部屋をもらったのは着替える場所が欲しかっただけだし、神官長からちゃんともらったから勝手に部屋を分捕ったわけでもないし、デリアがいつもどこかに行ってしまうから連絡なんてできるわけないし、神殿長に無能扱いされたところでわたしには何の関係もないと思う。

「デリアは一体わたくしにどうしろと言うの？」

「あたしをここに置きなさいよ。側仕えだから当然でしょ？」

「身分をわきまえろ！」

あ、と思った時には止める間もなく、ゴン！　とベンノの拳骨が落ちた。デリアは何が起こったのかわからないような顔で、頭を押さえて辺りを見回す。

「デリア、お客様の前で、その態度は良くないわ。叱られて当たり前でしょう？」

「な、なんで平民のあんたにそんなこと言われなきゃいけないのよ⁉」

「まだわからないようだな？」

目を細めたベンノが拳を見せると、デリアがぐっと口を噤んだ。ギルもルッツに殴られたことを思い出したのか、一緒にビクッとする。

「マイン、与えられた仕事が満足にできないヤツは必要ない。やる気がないヤツを雇っておくのは金の無駄だ。即刻切り捨てろ」

不機嫌に吐き捨てたベンノの言葉は、ギルに向かってルッツが言った言葉と一緒で、ルッツがいかにベンノの影響を受けているのかよくわかった。

「フラン、わたくしにはデリアの置かれた状況がよくわからないのだけれど、部屋を追い出されたということは、神殿長に切り捨てられたということかしら？」

わたしの言葉が核心を突いてしまったのか、デリアは今にも泣きそうなほど目に涙をいっぱい溜めて、わたしを睨んで、掠れた声で反論した。

「……まだ切られてないもん」

「切られたと断言することはできませんが……」

「そうよね？　あたしみたいな可愛い子を切るなんてないわよね？」

デリアが光明を見つけたようにフランの言葉に顔を輝かせた。しかし、フランは表情を変えることなく、デリアに現実を突きつけていく。

「マイン様が部屋を賜ったことを知らず、部屋の場所がわからないためマイン様に仕えることもできず、神殿長にとって必要な情報を全く持ち帰ることができなかったデリアが不興を買ったとしても、何の不思議もございません」

信じられないと言わんばかりに見開かれたデリアの目を歯牙にもかけぬように、フランは淡々と説明を続けた。真面目なフランは、側仕えとしての仕事をしていないばかりか、仮にも主であるわたしを困らせるだけのデリアに相当腹を立てているようだ。表情が変わらないのが、逆に怒りの深さを感じさせる。

「デリアがマイン様に付けられたのは、同じ年頃の少女ならば、マイン様と仲良くして情報をたくさん手に入れることができるのではないか、という神殿長の思惑があったと伺っております。ここまでわかりやすく敵意を剥き出しにし、マイン様に警戒されているデリアが神殿長にとって期待外れであることは間違いないでしょう」

「そ、そんな……」

デリアが表情を失くした。部屋まで追い出されるなんて、神殿長に切られた線が濃厚になってきた、と思った次の瞬間、デリアはフランに媚びるような笑みを見せた。

「でもでも、あたしはここの側仕えだし、巫女見習いに女の側仕えがいないなんてあり得ないもの。そうよね？」

次の居場所を確保するために、主であるわたしではなく、側仕えの中で一番発言力がある成人のフランをターゲットにするところがあざとい。感情を表情に出すことが少ないフランが嫌悪感を剥き出しにしてデリアを睨んだ後、フッと冷たい笑みを浮かべた。

「マイン様は神殿に通っていらっしゃるので、身の回りの世話がほとんど必要ありません。この数日、デリアがいなくても全く問題なかったことが、それを証明しています。それに、どうしても必要であれば、孤児院から新しい側仕えを選ぶことが可能です」

神殿長に付けられた側仕えだから、デリアを外すことはできないと考えていたが、新しく増やすことはできるようだ。わたしが「それは良い考えですね」とフランに賛同すると、ギュッと唇を噛み締めて、デリアがほたほたと涙を零し始めた。

「……あたしを追い出すの？」

その綺麗すぎる涙を見て、デリアは本当に男に可愛がられるためにしか生きてきてないのだと理解した。自分が不利な状態になれば、甘えてすがって、涙を見せる。見上げる角度まで完璧だ。幼くても女を武器にすることを知っている。可愛いことを自覚しているというのはすごい。麗乃時代にわたしがやったら「気持ち悪い」と足蹴にされかねない技だ。

正直なところ、わたしを今まで散々罵っておきながら、いきなり哀れな雰囲気を出されても困るし、苛立つけれど、泣いている幼女を追い出すのもかなり鬼畜ではないのか。

何とも言えないやりにくさを感じ、重い沈黙が漂う。けれど、それはたった数秒のことだった。

「追い出すも何も、最初からデリアは数に入ってないから心配するな」

デリアが作り上げた同情せざるを得ない空気を、ギルがとてもイイ笑顔で吹き飛ばした。

「な、ななっ⁉」

「ここでは仕事をしないヤツには部屋もないし、ご飯も食べちゃダメなんだ。働かざる者食うべからずって言うんだぜ！　なぁ、マイン様？」

ちゃんと覚えたんだ、とギルが得意そうな顔で胸を張る。空気を読んでいないのか、むしろ、読んだのかわからないが、よくやってくれた。後でいっぱい褒めてやらなければならないだろう。

「体力がなくて働けないお前が言うな」と呟くベンノは無視だ。

「ギルは頑張ってお仕事したから、お部屋もあるし、お腹いっぱい食べたんですもの。自分のお仕事もしない子にわたくしが与えるものは何もないの」

「わかったわ。仕事をすればいいのね？」

デリアはそう言うと、ベンノの膝にするりと滑らかな動きで座って、にっこりと笑いながら身体を寄せた。何が起こったのか全くわからず、わたしが目を瞬いていると、ベンノがものすごく嫌そうに顔を引きつらせて、手を振った。

「悪いが、君のような子供に興味はない。下りてくれ」

「ほら、ここには灰色巫女がいないから、お客様の不興を買うのよ」

ベンノの膝から下りながら、デリアはわたしに勝ち誇った笑みを見せる。神殿長の側仕えをしている灰色巫女の仕事を見せつけられたわたしは頭を抱えたくなった。それは、ベンノも同じだったようで、こめかみを押さえながら不愉快な表情を隠さずにデリアを睨んだ。

「俺は花自体必要ない。ここに花を愛でに来る貴族と一緒にしないでくれ」

「え？　そんな、まさか……」

今までのデリアの仕事は、神殿長の愛人となっている側仕えの身の回りの世話と次代の愛人となるために美と教養を磨くこと。そして、神殿長に客が来た時は甘えて笑顔を振りまくことだったらしい。

「わたくしの側仕えには全く必要ないですね」

「あたしだって掃除と洗濯はできるわ。神殿長の衣を整える仕事もあったし、この部屋だってちゃんと整えられるもの」

そう言いながら、ギュッとわたしの袖をつかむデリアの手に力が籠もった。今まで自分がしてきたことが他では通用しないと知ったことで、自分の中の価値観が揺らいでいるのだと思う。媚びた笑顔でもなく、綺麗な嘘泣きでもなく、戸惑ったようにデリアは顔を強張らせて、周りを見回し始めた。しかし、可愛いデリアを助けてあげようとする者はこの場にいない。

部屋を追い出されたデリアが困っているのは本当なのだろう。どうしようか、と助けを求めて、わたしはフランを見上げた。フランが仕方なさそうに息を吐いた。

「反省室で一晩反省させれば良いと思います。マイン様に不敬を働いたことは事実ですから」

「反省はするわ。これからは、きちんと仕事をする。だから……追い出さないで。あたしのこと、いらないって言わないで」

うぅ～っ、と泣くのを堪えながらデリアが必死の顔で言い募る。胸を突く切実な響きにわたしが軽く目を見張って周りを見ると、フランとギルもまるで自分がいらないと言われたように痛そうな顔になっていた。ギルは日常的に反省室に入れられていた問題児だった。フランは神官長付きから外された時に、自分が必要とされていないと思って、傷つき苦しんだ。多分、その記憶が蘇っている。

「フラン。わたくしはデリアがお仕事を真面目にしてくれれば、それでいいのだけれど」

「……マイン様がそうおっしゃるなら」

少しホッとしたようにフランが息を吐いた後、厳しい顔になってデリアに言った。

「ここで受け入れてほしければ、まず、言葉遣いを改めるように。マイン様を主と考えられないような側仕えは必要ありません」

「かしこまりました」

デリアが仕事をすると宣言してくれたことで、泣いている幼女を追い出さずに済んだ。わたしは胸を撫で下ろしながら、デリアに尋ねる。

「それで、デリアはどんなお仕事ができるの？」

「この部屋を青色巫女の部屋として整えます。最初はここ！」

デリアがビシッと指差したのは、わたしが二階の物置だと思っていた場所だった。実は、物置ではなく、お風呂場兼トイレとして使う場所だったらしい。それらしい道具がなかったので、全く気付かなかった。

「数日の間、時間があったというのに、道具も準備できていないというのはどういうことですの？お風呂はともかく、トイレはどうしていたんですか？」

「え？　一階にあるから、そこで道具を借りて、自分で片付けて……」

「何ですって!?　信じられない！　もー！　一階って、側仕えの、しかも、殿方が使うところじゃありませんか。恥を知りなさい！」

……うーん、言葉遣いが多少変わっても、態度はあんまり変わってない気がするのは、わたしの気のせい？

デリアはお風呂、トイレの道具に加えて、鏡台や執務机がないと、この部屋に足りない物を次々と指摘し始めた。食事も書き物も全部中央の丸テーブルで済ませているのだが、青色巫女としては失格らしい。わたしにはここでお風呂に入る予定はないと言っても、入ることがあるかもしれないし、自分のために二階にも準備しろと言う。

「ベンノさん、お願いします」

「任せておけ。これだけ不足しているんだったら、確かに、巫女の生活を知っている側仕えも必要だな。それに、あの調子で怒られたら、マインももう少し貴族の娘らしくなるだろう」

「うぐぅ……」

そして、デリアは二階の水瓶に水を運び始めた。ここに水を運んでおかないと洗顔や手洗い、トイレの片付けにも困るらしい。愛人を目指していたのだから、か弱いお姫様系かと思えば、熱心に仕事をしていたようで、デリアは水を運ぶ腕力も体力もやる気もしっかりあった。

「二階に水さえ準備していないなんて、もー！」

デリアが口やかましく独り言に近い文句を言いながら仕事を始めたのを見届けて、フランは厨房へと戻り、ギルは一階の掃除を始めた。わたしは手を付けずに放置されていたデザートに手を伸ばし、もしゃもしゃと食べながら、ベンノに相談を持ちかける。

「そういえば、先日、神官長に儀式用の青い衣を作るようにと命じられたのですけれど、儀式用って何か特別なのでしょうか？」

「神殿外の者の目に留まる、いわば、晴れ着のようなものなので、見栄えを考えても普段使いの衣とは全く違うものになります。縁取りの刺繍やそれぞれの家の紋章が……」

途中で言葉を止めて、ハッとしたようにベンノがわたしを見た。

「お前が儀式に出るのはいつだ？　貴族の儀式用なんてどれだけ日数がかかるか、わからんぞ」

いきなり崩れた言葉遣いから、相当焦っているのがわかる。確かに、機械でパパーッと仕立てられるわけがないので、時間は必須だろう。

「見習いだから多くないとは言われたけど、いつ、どんな儀式があるか、わかりません。フランなら知ってるかな？　フラ……ふがっ⁉」

フランを呼ぼうとしたら、ベンノに口を塞がれ、視線でベルを示された。そうだった。人を呼ぶにはベルを使うのだ。わたしがベルを鳴らすと、フランが階段を上がってきた。

「何か御用でしょうか、マイン様？」

「わたくし、神官長から儀式用の衣を仕立てるように言われているのだけれど、その儀式がいつあるのか、フランはご存じかしら？」

「秋に騎士団の要請があれば、それが一番近い儀式になると思われます」

「秋か。一から仕立てるとなると厳しいな……」

貴族の晴れ着を仕立てるとなれば、糸から選ぶのが当然らしい。難しい顔をしたベンノに、フランは視線を壁際にある木箱へと向けた。

「儀式用の衣を仕立てるのは、ベンノ様にいただいた布を使うのはいかがでしょうか？　とても品が良いので、染めればそのまま使用できると思われます」

「なるほど。それならば、日数は問題ないな。マインには紋章がないが、それは？」

「工房の紋章のようなものはないのでしょうか？」

「これから作ります！」

ベンノに採寸され、儀式用の衣のデザインをベンノとフランが話し合う間、わたしは一人でニコニコと笑いながら自分の工房の紋章を考えていた。本とペンとインクからデザインしたが、フランとベンノに簡素すぎると却下され、添削される。結果的に、紙を作るための木や髪飾りの花も加えられ、ごてごてした印象の紋章に決定した。女性らしい華やかさがあって大変結構、とフランが満足しているので、それで良いことにする。

「マイン様、料理人が我々の夕食も作り終わったと申しております」

「そう。では、片付けが終わっているか、よく確認してもらっていいかしら？」

わたしの指示を受けたフランは、厨房のチェックと明日の予定について話をし、料理人を見送った。通いの料理人が帰ると、わたしも帰宅時間である。

「今日はわたくしも帰ります。二人とも着替えてきてちょうだい」

ギルとフランがそそくさと各自の部屋へ着替えに行く。近いうちにルッツがベンノと一緒に仕事で街の外に行くので、側仕えがわたしの送り迎えをできるように練習中なのだ。

わたしも帰宅準備のために青の衣を脱ぐ。帯を解こうとしたら、デリアが憤怒(ふんぬ)の表情でわたしの前に仁王立ちした。

「マイン様は一体何をしていらっしゃるの？」

「見ての通り、着替えですけれど？」

あぁ、一人で脱ぐのはダメだったか、と思いながら、帯からそっと手を離す。お願いしますと腕を上げて、手伝ってくれるのを待とうとしたら、デリアが目を三角にした。

「殿方の前で何ですか⁉　はしたないっ！」

テーブルに着いたままのベンノをちらりと見て、デリアが怒鳴った。下に服を着ているし、青の衣を脱ぐだけでそんな怒られ方をすると思っていなかったわたしは首を竦める。

「ご、ごめんなさい？　でも、この青いのを脱ぐだけで……」

「自ら脱ぐという行為は狙った殿方を誘惑する時だけ！　他に見せるなんて女の価値が下がりま

す。それくらい知らないとこれから困りますよ。もー！」

「は、はぁ。そうですか……」

どうしよう。怒られポイントがずれている気がする。でも、真剣に怒っているようなので、どうにも指摘しにくい。

「ベンノ様はホールでお待ちくださいな。幼いとはいえ、女性の着替えです。ご遠慮ください」

「あぁ、そうだな」

笑いを堪えるように口元を押さえながら、ベンノが下に降りていく。完全に一階に行ったのを確認した後、デリアがわたしの帯を解き、衣を脱がせてくれる。灰色巫女の身の回りの世話をしていたと言うだけあって、デリアはてきぱきと青の衣を片付け、少しずれた髪飾りを整えてくれた。

「マイン様のお支度が終わりました」

デリアが階下を覗き込んで、そう声をかける。と、同時に下を見たまま固まった。

「何、その服……？」

「マイン様からのご褒美だ」

ギルの声だけで自慢したくて仕方ないのがわかる。胸を張って得意そうにしているのだろう。

「ずるいわよ！　平等じゃないわ！」

「これは仕事のご褒美さ。仕事もしてないヤツはもらえねぇよ」

「あんた、何の仕事をしたのよ⁉」

「ここの掃除。一人で頑張って掃除したから、ご褒美を貰ったんだ。へへん、いいだろう？」

「別に悔しくなんてないわよ！」

しばらくの応酬の後、悔しくて羨ましくて仕方ない顔をしたデリアが涙目の捨て台詞で話を切り上げる。キッとわたしを睨みながら、階段を指差した。

「下で皆がお待ちですわよ。早く行って差し上げたら？」

「一応デリアの分も準備してあるけれど……いらない？」

デリアは目玉が零れ落ちそうな程目を見開いて、わたしを見た。

「あたし、一言もいらないなんて言ってないわ」

わたしはクローゼットに一つだけ残っている布の包みを取り出して、デリアに渡す。触れようとした手を一度引っ込めて、デリアはわたしをちらりと見た。

「……いいんですか？」

「これからはお仕事、頑張ってくれるんでしょう？」

「あたしがいないと何もわかっていないんですもの。仕方がないでしょう」

真っ赤な顔で、つーん、と視線を逸らしたデリアは、乱暴な仕草で包みを抱えて、側仕えの部屋へと駆け込んで行った。

「おーい、まだかよ？」

「デリアが着替えているから、もう少し待っててちょうだい」

焦れた様子のギルに声を返しながら、わたしはデリアの部屋のドアを見つめた。着替えるだけにしてはずいぶんと時間がかかっている。いつまでたっても出てこない。

「デリア、まだ？」

ドアを開けると、服を着たデリアが満面の笑みで、何か歌いながらくるくる回っていた。目が合った瞬間、デリアはスカートの部分をギュッと握って、ふるふると震える。耳まで真っ赤に染めて、わたしを睨んだ。

「か、勝手に開けるんじゃないわよ！　もー！」

孤児院の実情

デリアが側仕えの仕事を始めて数日がたった。休息日と定められていて、母さんもトゥーリも休みになる土の日以外、毎日わたしは神殿に通っていた。ベンノを通じて注文していた品物が届くし、料理人に新しいレシピを教えるため、木札にレシピを書かなければならなかったし、本を読む時間が少しでも欲しかったからだ。

その数日の間に、それぞれ側仕えの間で仕事の分担が何となく決まってきた。風呂、トイレや高価な衣装の洗濯などを始めとした、わたしの身の回りの世話と二階の掃除をデリアがする。最近はフランからお茶の淹れ方を習っているようで、お茶の準備もデリアがするようになった。

ギルは一階と外回りの掃除、それから、料理人の見張りが主な仕事で、言葉遣いと礼儀作法をフランに叩き込まれている最中だ。わたしが、ルッツが冬の間に文字や計算の練習をしたことを話したら、対抗心を燃やして「オレもやる！」と言い出したのである。けれど、フランによると先に覚えなければならないことが山積みらしい。

ちなみに、フランは二人の仕事の確認を含めた、それ以外の仕事全部である。わたしと一緒に午前中は神官長の部屋に行って書類仕事をし、昼食の残りを孤児院に運んだ後は、料理人に午後からのメニューの説明と材料の確認をして、わたしと一緒に図書室に行く。わたしの体調管理も、ベンノが来る時の先触れなどに応対するのも、見習いの二人への教育も、貴族としての知識が全くないわたしへの教育も全てフランに任せているのが現状だ。料理人にレシピを読み上げるのも、食材や備品を持ち出されたりしないように在庫の確認をするのもそうだ。

フランの過剰労働を心配して、「仕事量が多すぎるのではないかしら？」と聞いたところ、「夜中に突然呼びつけられることがないので、楽なものです」と言っていた。フランは優秀すぎる。フランへの感謝と信頼度と給料額はうなぎ登りで、わたしへのフォローにフランを付けてくれた神官長には足を向けて寝られないレベルで感謝している。

今日も本来ならばお休みの日だが、わたしは神殿に来ていた。二階の物置だと思っていた部屋に、最近の貴族の間で流行していると言われている大理石のお風呂が取りつけられるので、お金を払わなければならないのだ。

台所でお湯を沸かして部屋まで運ぶのも大変そうだし、わたしは家でトゥーリと洗いっこしているし、この部屋にお風呂は特に必要がない。けれど、「盥（たらい）で十分じゃ？」と言ったら、「もー！　何を言っているんですか!?　神殿長の側仕えだって、もっとまともなお風呂に入っています！」とデリアに怒られた。

　取りつけられたばかりのお風呂をデリアが早速使いたがったので、「好きに使えば？」と言ったら、「主を差し置いて使えるわけがないでしょ！　もー！」と怒られた。青色巫女のためなら水も薪も使えるが、灰色巫女は水しか使ってはならないらしい。

「じゃあ、準備してもらえる？」

　厨房からお湯を運ばなくてはならないので、準備がすごく大変そうだが、いつもぷりぷり怒っているデリアが嬉々として動いていたので、まぁ、いいや、と好きにやらせることにした。

　デリアはわたしをリンシャンで洗って、服を着せて、髪を拭って、うっとりとした顔で髪の艶を確認した後、「残り湯を使わせていただきますね」と言って、うきうきしながらお風呂に入ってしまった。多分、自分磨きに力を入れているのだと思う。

「マイン様、あまりデリアを信用しないようにしてください。まだ神殿長と繋がっています」

　デリアがお風呂を使っている間に飲み物を持って来てくれたフランが、不快そうな顔でそんな忠告を寄こしてきた。深刻そうなフランの様子にわたしは、くすっと小さく笑う。

「知っています。神殿長の側仕えと話をした、とデリアが上機嫌で言っていましたから」

　やっぱり可愛いあたしを切り捨てるわけないわよね、とデリアは誇らしそうに胸を張っていた。でも、神殿長のところに戻るわけではなく、生活の基盤はこちらに移すらしい。わたしからの情報をいっぱい得るため、そして、仕事が楽で待遇が良いから、というのが理由だ。

　神殿長の部屋には成人した灰色神官が二人と灰色巫女が三人、そして、見習いはデリアを含めて三人いるらしい。つまり、三人の見習いで、神殿長を含めた六人の世話をしなければならない。けれど、ここにいれば世話をする相手は基本的にわたし一人だけ。しかも、わたしは通いで、他の青色神官に比べて世話の仕事自体が少ない。おまけに、見習いを使える立場であるフランがデリアを警戒しているので、仕事を言いつけることが神殿長の灰色神官と違って極端に少ない。そのため、まだ愛人への道を諦めていないデリアは思う存分、自分磨きに精を出せるのだそうだ。側仕えとして誰かに仕えるより、誰かを使う側になりたいと言っていた。方向性はともかく、努力家だとは思う。

「デリアが神殿長と通じていようが、いまいが、真面目に仕事をしてくれれば、わたくしはそれでいいの。デリアに与える情報にだけ気を付けてくれれば。……ただ、隠さなければならない情報が一体何か、わたくしにはよくわからないのだけれど」

「マイン様、それでは筒抜けでございます」

フランが溜息を吐いて、家族やルッツについてはあまり話をしないように、と言った。わたしにとっての一番の弱みだから、と。

デリアが風呂から出たら、昼食だった。今日の昼食は、ふわふわロールパンと野菜とベーコンのコンソメスープと鶏のハーブ焼きだ。ギルとデリアが交代で給仕をしていて、給仕以外の人はわたしと同じ時間帯で昼食を摂ることになっている。フランが給仕から外れているのは、昼食後に孤児院へ神の恵みを届けに行ったり、午後からわたしの図書室に付き合ったりしなければならないからだ。

「では、マイン様。神の恵みを孤児院に運んでまいります」

「えぇ、お願いね」

外に準備されたワゴンにはまだ温かいスープとパンとハーブ焼きの残りが載せられている。重たいワゴンを押して孤児院に運ぶには、デリアもギルもまだ力が足りないので、総じてフランの仕事になっている。

「あれ？　フランはもう行っちゃったのか？」

フランが行ってしまった後、ギルがいくつかパンの入った籠を持って、厨房から出てきた。ドアの外にワゴンがないのを見て、自分が持っている籠に視線を落とす。

「どうかしたの、ギル？」

「デリアが、こんなにたくさん食べられるわけないでしょ！　って言ったから、今なら間に合うかな、と思ったんだ。夕飯に残しても良いかと思ったけど、料理人が午後から別のパンを焼くって言ってたし……」

「今は神の恵みが少ないんでしょう？　持って行ってあげればいいんじゃないかしら？」

「そうする」

ギルがへへっと笑って、籠を抱え直した。ロールパンが四つでも、孤児院の皆は数増えれば喜んでくれるはずだ。

「ねぇ、ギル。わたくしも一緒に行っていいかしら？　孤児院がどんなところか、一度も見たことがないもの」

入口が違うとはいえ、孤児院が近いのだから、子供達の姿を見てもおかしくないはずなのに、わたしはまだ孤児院の子供達の姿を見たことがない。すでに洗礼式を終えて、見習い仕事をしているデリアやギルのような見習いならば、回廊や礼拝室の掃除をしていたり、井戸の近くで洗濯をしていたり、家畜小屋へ世話をしに行く姿を見るけれど、洗礼前の孤児達は見ていない。

「じゃあ、案内してやるよ。オレ、近道を知ってるんだ。こっち」

ギルは秘密を打ち明けるように、ちょっと得意そうにそう言いながら門の方へ回って行く。近道ができるのは、体力のないわたしにはちょうどいい。建物をくるりと回って、礼拝室前の広くて大きな階段を下りていると、初夏の太陽で白い石の階段がさらに眩しく見えた。朝夕の涼しい時間帯しか外を歩くことがなかったけれど、昼の外は夏の暑さだ。

「孤児院の食事は女子棟で食べるんだ。女子棟には洗礼前の子供と側仕えじゃない灰色巫女や見習いがいて、男は洗礼式が終わると男子棟に移る。神の恵みを平等に分けるには、チビを連れて女が移動するより、あちこちで仕事をしている男が女子棟に行く方が楽だろ？」

ギルから孤児院の話を聞きながら階段を下りて女子棟に向かえば、階段の脇に孤児院の裏口が隠れるようにあった。閂（かんぬき）が外側に付いていて、まるで外からの侵入者を警戒しているわけではなく、中のものを出さないようにしているように見える。

「ここが開くなんて、ほとんどのヤツが知らないんだ。あっちからは壁の一部にしか見えないし、開けられることもないからな」

「どうしてギルは知っているの？」

「オレが小さい時に一回だけ、夜中に開いたことがあったんだ。誰かが手招きして、灰色巫女が一人、駆け出して行った。すぐに戸は閉められて動かなくなったけど、あの時からすごく外に行きたくて、誰かがオレのことも迎えに来てくれないかって思ってた」

懐かしそうに目を細めながら、ギルがパンの籠を一度下に置いて閂を外す。そして、蝶番(ちょうつがい)が錆びているのか、なかなか動かない扉に全体重をかけるようにして引っ張って開けた。

次の瞬間、むわっとした熱気と共に異臭が流れ出てきて、わたしは思わず鼻を押さえた。うぐっ、と呻いたギルも同じように鼻を押さえる。街の匂いに慣れていても耐えられない悪臭だ。

扉を開け放ったことで、中の様子がはっきりと見えた。蒸れてすえた臭いがする糞尿まみれの藁(わら)の中、服を着ていない裸の幼児が何人も生気のない顔で寝転がっている。閉めきられた部屋のようで、部屋の中はよく晴れた初夏の昼間だというのに暗かった。

「……神の恵み？」

パンの匂いに気付いたのか、掠れた声と共に突然目をギラギラと光らせて、黒いものがこびりついた幼児がこちらに向かって這い出てくる。写真や映像でしか見たことがない、飢えたアフリカ難民の子供達のようなガリガリの幼児がずりずりと近付いてくる姿に、可哀想と思うより先にぞっとした。何とも言えない恐怖を感じて、その場を動けず、ガチガチと歯が鳴る。

「……い、や」

わたしの声に我に返ったのか、呆然としていたギルが慌てたように扉を閉めて、閂をかける。何とか出てこようとドン、ドンと扉を叩く音が響くけれど、あまり力が籠もっていない叩き方だった。

とても、扉を破って出て来られるような力はない。

恐怖から逃れた安堵と、孤児院とは思えない光景が脳裏に蘇った嫌悪感と混ざり合って、頭が真っ白になったと同時にわたしの身体はその場に崩れ落ちた。


気付いたら、自分の部屋だった。下が硬いな、と思って手を少し動かせば、貴族らしい綿を詰め込んだ布団も、家で使用している藁を詰め込んだ布団もない、板張りのまま放置されている自分の部屋の寝台に寝かせられていることがわかった。首と視線を少し動かせば、ベッドの脇には椅子の上で体育座りをして、膝を抱え込んで、小さくなっているギルの姿が見える。

「……ギル？」

「気付いた？……よかった。ごめんなさい、オレ……」

今にも泣きそうな顔で覗き込んできたギルが何か言うより早く、デリアの声がギルの向こうから響いてきた。

「マイン様を女子棟の、よりによって裏口に連れて行くなんて、バカよ、バカ！」

「しょうがないだろ！　あんなことになってるなんて知らなかったんだ！」

ギルの口から出てきた「あんなこと」という単語に引っ張られ、孤児院で見たものが次々と浮かんできた。閉めきられた部屋、糞尿にまみれた藁、ガリガリで服も着ていない飢えた子供。どう考えても人を育てる環境ではない。風通しが良い分、家畜小屋の方がマシなくらいだ。

思い出すと同時に、全身に鳥肌が立って身体の奥から酸っぱいものがせり上がってきた。飛び起きるようにして、その場で身体を起こすと噓下して耐える。突然起き上がって口元を押さえたわたしを見て、おろおろするギルを押し退けるようにしてフランが顔を出した。

「申し訳ございませんでした、マイン様。見苦しいものをお見せしてしまったこと、心よりお詫び申し上げます。どうぞ、お忘れください」

フランが孤児院の惨状を見苦しいものと言ったことと、忘れろと言ったことに違和感を覚えながら、わたしはギルに視線を向ける。

「あれが孤児院なの？　ギルの話とずいぶん違うけれど」

「洗礼式が終わったら、オレは男子棟に移ったから、今の女子棟は食堂しか知らなくて……。マイン様が見たところは洗礼式前のヤツらがいるところなんだけど、オレがいた時はあんなじゃなかったんだ」

俯いて、力なくそう呟くギルをデリアが軽く睨んで、フン、と言った。

「青色神官がいなくなって、灰色巫女が減らされたからよ。小さい子供達の面倒を見る人がいなくなった途端、小さい子がどんどん死んで行ったわ。洗礼式を迎えれば、一階で生活できるから、洗礼式が来るのをじっと待ってた。……あたしが知っているのは一年前だから、今はもっとひどいんでしょうね。考えたくないわ」

デリアが俯いて小さく震えた。ギルが十歳だから、ギルが洗礼式を迎えた三年前はもっとマシだったが、デリアは八歳になったばかりで、デリアが洗礼式の頃にはひどい状態だったらしい。デリアの重い口から聞き出した情報によると、一年半ほど前からどんどん世話をする女がいなくなって、一日に二回、食事が運ばれてくるだけで、放置された状態になっているようだ。

「洗礼式の日に連れ出されて、青色神官の前に出るのに見苦しい、汚いって言う灰色巫女に全身を痛いくらいゴシゴシ洗われたわ。汚れを落とした途端、可愛いとか、美人になるとか言われて、洗礼式の後すぐに神殿長のところに連れて行かれたの。一緒に連れて行かれた子は三人いた。あたしは側仕え見習いになったけど、他の子は選ばれなかったから孤児院に戻ったのよ」

デリアの可愛さに対する執着と孤児院を頑なに忌避する理由がわかって、気が重くなった。

「マイン様、あいつらを助けてやって。頼むよ」

「止めなさい、ギル。関わり合いになってはいけません、マイン様」

ギルの頼みをフランが厳しい顔で切り捨てた。わたしだって、あの光景を思い出すだけで気持ちが悪くて、あまり進んで関わり合いになりたいとは思えないが、孤児院出身のフランに関わり合いになるなと言われるとは思わなかった。

「なんでだよ⁉」

わたしの心の声を代弁したギルに、きっぱりとフランが言った。

「危険すぎます。マイン様は自分の内に置いたものは殊更大事にする傾向がございます。神殿長に魔力を向けてでも家族を守ろうとしたように。もし、孤児院に深く関わり、孤児院を内側に置いてしまったら、孤児達を守るために青色神官と対立するかもしれません。無意識の魔力を放出する可能性は少しでも減らしておいた方がよろしいかと存じます」

ギルには助けてほしいと懇願(こんがん)され、フランには逆に反対されたわたしは、何となくデリアの意見も欲しくて視線を向ける。

「……助けられるなら、助ければいいと思います。けど、あたしは関わりたくないし、思い出したくないわ。忘れたいの」

デリアは硬い表情でそう言って、ふいっと顔を背ける。孤児達を助けたいと思ってくれる仲間がいないことに、ギルが傷ついたように顔を歪めた。歯を食いしばって、揺れる目でわたしをじっと見つめ、ギルはその場にゆっくりと片膝を立てて跪き、両手を胸の前で交差させた。

「マイン様、お願いだから、あいつらを助けてやってください」

ギルの心からの懇願にわたしは唇を引き結んだ。わたしの中にも助けられるものならば助けたいという思いはある。例えば、誰かにこうしてほしいと具体的に言われて、それが自分でできる範囲のことならば、手伝うくらいのことはできる。ただ、それを継続してずっとやれ、とか、誰かの助言もなくやれ、と言われたら、途方にくれるしかないのだ。

麗乃時代は募金くらいならしたことがあっても、ボランティア活動なんて学校で強制される範囲しかしたことがないし、そもそも本を読む以外に興味を持つものがなかった。そして、マインになってからは、虚弱さと病弱さから、わたしが世話をされ、常に助けられる方だ。わたしの知識で何とかできることならば助言はするが、実際身体を動かすのは他の人になるというのが常である。わたしに何かができるとは思えない。

「今のオレはマイン様が褒めてくれるから仕事をするのが楽しいし、頑張ったらお給料が増えるのも嬉しい。食べ物もうまくて、腹いっぱい食べられて、自分の部屋があって手足を伸ばして寝られる。なのに、あいつらは、あんな……」

「ごめんなさい、ギル。わたくしにできることはほとんどないわ。貴族ではない青色巫女だし、フランの言ったことも軽視できないと思うの」

傷ついた顔でギルが顔を上げた。わたしはもともと本が読みたくて、魔力とお金を引き換えに、その権利を勝ち取っただけの平民だ。何もわからないまま、孤児達を助けるなんて安易には約束できないし、ずっと面倒を見るなんて責任は持てない。

「でも、せめて、神官長にお願いしてみます。灰色神官が余っているなら、世話してくれる人を付けてもらうとか、もうちょっと予算を回してもらうとか……。少しでも孤児院の状況が改善されるように神官長に頼んでみます」

「ありがとう、マイン様」

実務を一手に担っている神官長なら、現状を話してお願いすれば、予算を増やすなり、小さい子供達の面倒を見られる人を探すなり、何かしてくれるはずだ。相談する先を見つけて、ホッと安堵の息を吐くわたしに、フランは目を伏せて首を振った。

「マイン様が関わる必要はございません」

「神官長に頼んでみるだけです。神官長とお話しできるように、取り計らってください」

神官長に頼んで駄目だと言われれば、わたしにできることはないし、こうすればいいと助言を受ければ、それを実行すればいい。少なくとも、自分にできることがあるのかないのか、わからないままで悩むよりはよほどマシな結果になるはずだ。渋るフランに重ねてお願いして、わたしは神官長と話ができる時間を作ってもらうことにした。

神官長の言い分とわたしの決意

五の鐘が鳴る頃に面会の許可が下りて、わたしはフランと二人で神官長の部屋へと向かう。フランから話を聞いていたらしい神官長はわたしの顔を見るなり、ハッキリと言った。

「君の要求は却下する。改善する理由がない」

一言も口にできないまま却下され、わたしは神官長が何を言っているのか、全く理解できなかった。あの孤児院の惨状を知った上で「改善する理由がない」と言われるとは、全く考えていなかったのだ。

「改善する理由がない、というのはどういうことですか？　幼い子供が飢えて今にも死にそうな状態なのです。とても人を育てる環境ではない場所で……」

ちゃんと状態が伝わっていないのではないか。わたしは不安になって、神官長に今日見た光景を説明しようとした。しかし、神官長は軽く手を上げて、わたしの説明を遮る。

「働いている灰色神官や巫女、見習いならばともかく、洗礼前の孤児に使う余計な金はない。君はあのような両親のもとで生まれ育ったから知らないのかもしれないが、神殿は洗礼前の子供を人とは認めていない。洗礼式を受けて初めて、人として扱われる」

洗礼式が終わるまで仕事に就けないこと、神殿に入れないことから、そういう事情があるのは理解できる。けれど、人とは認めないからといって、あの扱いで良いわけはないと思う。

「……では、あの子達は死んでも構わない、ということですか？」

「あぁ、それもまた神のお導きだろう。忌憚ない話をすれば、人数は減る方が助かる」

否定してほしかったのに、あっさりと肯定されてしまった。わたしが唖然としているうちに、神官長は今の孤児院に残っている灰色神官や巫女について説明を始めた。

「以前、青の衣をまとう者は今の倍以上の人数がいた。側仕えや側仕え見習いも単純に計算して倍だ。青の衣一人に平均五～六人の側仕えがいるとして、彼らが貴族社会へと戻って行った時、どれだけの側仕えが残されたかわかるか？」

十数人の青色がいなくなれば、一気に六十～七十人の側仕えが神殿に残されることになる。青色神官の寄付や生活費で側仕えを養ってきた神殿の構造では、経営的に破たんしてもおかしくはない。

「貴族の下働きに三十人ほどの灰色巫女や神官を売ったが、灰色神官はまだ多いくらいだ」

「その余っている神官が小さい子達の面倒を見るというわけにはいかないのでしょうか？」

「面倒を見させて人数が増えたら困る。何のために神殿長が灰色巫女を処分したと思っている？君は私の言っていることが理解できていないようだな」

今が一番青色神官や巫女が少ない時で、数年後にはまた増えてくるだろうから、完全に余りがいない状態は困ることになるのが目に見えている。しかし、すでに神の恵みが足りていない状態で、人数がこれ以上増えるのは避けたいと神官長は言う。

「……せめて、掃除だけでも、何とかなりませんか？　あれほど不潔な状態では疫病が流行ってもおかしくありません」

「ふむ。見苦しいので、いっそ、全てを葬(ほうむ)ってしまえということか？　一考の余地はあるが、外聞はあまり良くないな」

「違いますっ！　そんな意味じゃなくて……」

どうしてそうなる⁉　と怒鳴りたいのを呑み込んだ。わたしと神官長では立場も考え方の基本になる常識も全く違う。言葉は通じるのに、お互いの考え方が理解し合えない。

「神官長、孤児院って何のためにあるのですか？　親がいない子供を育てるための場所ではないのですか？」

「少し違うな。誰も面倒を見ない子供を貴族の施しにより、貴族に仕える者に育てるところだ」

孤児院に対する認識が違いすぎた。可哀想とか、助けてあげたいとか、そんな気持ちすら神官長には通じない。自分の言い分を理解してもらえないことに神官長も苛立ちを感じてきたようで、軽く溜息を吐いた。

「死に行く者に対して何かしたいなら、君がすれば良い。誰もなりたがらない孤児院の院長になり、君が孤児院に関して全責任を負うか？」

予想外の言葉にわたしはぐっと息を呑んだ。孤児達を助けてあげたい気持ちはあるが、孤児院を預かって全てに関して責任を負う覚悟なんてしてない。そんな怖いことはできない。

「……負えません」

ギュッと拳をきつく握って、わたしはゆっくりと頭を振った。神官長は「ふむ」と一つ頷いた後、わたしを見据えて、さらに言い募る。

「では、今までの青と灰色の比率から考えて、神の恵みで満足させられる孤児院の人数はおよそ四十人だ。この神殿にいる青の衣の中で自由になるお金を一番持っているのは君だが、残り四十人以上いる孤児院の食事を君が全て準備できると言うのか？」

「できません。工房のお金がほとんどで、わたくし個人が自由にできるお金はもうないんです」

部屋の改修や側仕えへの給料などを考えても、わたしはすでにお金を使いすぎている。レシピを売ったお金で、何とかセーフというレベルだ。まだイタリアンレストランも始まっていないし、これから先、収入が入ってくる目途が立っていない。今の状況で孤児達を抱え込むなんてできるわけがない。

「責任が持てない、お金も出せない、何もできないなら黙っていなさい。中途半端な正義感で口出しすることではない。余計なことを考えず、おとなしく自分の好む本を読んでいれば良い」

神官長の言い分が正当すぎて、何も言い返せなかった。何もできないわたしに文句を言う権利などない。中途半端なことをするくらいなら、何もしない方がマシであることも多い。

「……お時間を取らせてしまい、申し訳ありませんでした」

わたしは項垂れたまま神官長の部屋を退室した。神官長に頼んでみて却下されたのだから、わたしにこれ以上できることはない。おとなしくしているしかないのだ。そう自分に言い聞かせてみても、鉛を呑み込んだように胃が重くて、ぐるぐるしている。

「マイン様、図書室に寄られませんか？　少しは気が晴れるかもしれません」

フランがスッと跪いてわたしの顔を覗き込んだ。神官長に会うことを渋っていた時と違って、気遣う言葉はとても優しく耳に届く。

「……フランは、こうなることを知っていたのね？」

「神官長のお心を推し量るのが仕事でございました。故に、マイン様が気落ちする結果になるだろうとは思っておりました。孤児院のことはもうお忘れくださいませ」

フランに手を引かれ、わたしはのっそりとした足取りで図書室へ向かった。本を読んでいる間は、余計なことを考えず、本に没頭できる。

しかし、あっという間に六の鐘が鳴り、ルッツが迎えに来る時間になった。図書室を出て、自室に戻って着替えなければならない。部屋に戻る途中では、嫌でも回廊から孤児院が見える。その瞬間、脳裏にあの光景が広がって、吐き気が込み上げてきた。

「うぐっ……」

えずいた瞬間、わたしは口元を手で押さえた。吐き出すまいと必死に耐える。慌てたフランがわたしを抱えて走り、清掃用のバケツを差し出した。バケツに向かって嘔吐しながら、わたしはそのまま泣き出したくなった。

あの強烈な光景を忘れられるわけがない。ずっと本を読んでいられれば考えずにすむかもしれない。けれど、読んでいない時間にはきっと思い浮かんでしまう。麗乃時代は日本とアフリカくらい距離が離れていて、自分の日常生活に全く関係がなかったから、百円や二百円の募金で平然としていられた。テレビ画面で見ただけなら、可哀想だねって、ご飯でも食べながら話題にして、すぐに忘れられた。でも、自分の部屋が孤児院と繋がっていて、壁を隔てたところにあんな状態の孤児がいるとわかっていて、平然と生活なんてできない。

「マイン様、どうだった？」

無邪気にギルが結果を聞きに駆け寄ってくる。期待に満ちた黒に近い紫の瞳が痛くて、そっと目を伏せた。

「ごめんなさい、ギル。神官長には却下されました」

「な、なんでだよ⁉」

信じられないと言うように、ギルが狼狽してわたしを見つめる。あの状態の孤児を助けるどころか、ギルの期待に応えられなかったことも辛くて、わたしは床をじっと睨んだまま、これから先のギルの言葉に対して身構えた。

「ギル、控えなさい」

「もー、バッカねぇ。期待するだけ無駄って言ったでしょ？」

フランとデリアがギルに対して制止の言葉をかけた。ギルは何か言いたかっただろうが、ぐっと唇を噛み締めて、わたしと同じように俯いた。デリアはわたしの着替えを準備しながら、訳知り顔で肩を竦める。

「あの状況を引き起こしたのはね、子供を産んだ巫女を仕事ができない、役立たず、と言って一番に処分したのは神殿長ですもの。神官長に何かできるわけがないのよ」

「デリア」

「本当のことだもん。お腹の大きくなった巫女や子供を産んだばかりの巫女があそこの世話をしていたのに、これ以上増えたら困るってことで、一番に処分されたのよ？　でも、客人が来た時に花を捧げる灰色巫女は必要だし、お腹が大きくなったら交換しなきゃいけないから、灰色巫女は余分に残しておかなきゃいけないんですって」

今、洗濯や掃除の下働きとして孤児院に残されている灰色巫女や見習い巫女は全員年若くて、そこそこ見目も良い者ばかりだとデリアは言う。妊娠出産した巫女は処分され、可愛くないのは貴族の下働きに売られ、花候補だけが余裕を持って残されているらしい。それが青色神官に必要な者を残した結果だそうだ。

男は妊娠出産をしなくて長く働けるため、よく教育された灰色神官は貴族の側仕えとして今まで高く売れていたらしい。しかし、貴族自体の数が減っているため、需要が少なくなり、売れなくなったため、今は巫女より余っているという。

「それって、孤児院の子供が青色神官の子ってこと？　貴族の血を引いているんじゃ？」

「……半分くらいはそうだと思いますよ？　あたしもそうですから」

デリアはさらりとそう言った。

「え？　では、デリアも魔力があるの？」

「魔力に差がありすぎると、子供ができにくいんですって。だから、ここで子供ができるのは青色神官でも魔力がものすごく低い人ばかりで、神殿で子供ができると貴族社会には戻れないと聞いたことがあります」

　そして、今、神殿に残っているのは魔力が低い青色神官ばかり、と。あまりにも自分本位な運営に頭も胃も痛くなった。

「神殿のことを決めるのは神殿長なんだから、神殿長に逆らうよりは神殿長に気に入られた方がいいのよ。さぁ、殿方は出て行って。マイン様を着替えさせるんだから」

　パッパッと手を振って、フランとギルを追い出すと、デリアは着替えに手を伸ばした。

「もー！　マイン様も自分の方が死にそうな顔をしてないで、忘れたらいいでしょ？　悩んだところで、どうせ、何もできないんですから」

　デリアはそう言いながら、手早くわたしを着替えさせる。

　何もできないわけではない。マイン工房の資金を全部つぎ込めば、改善はできるはずだ。しかし、神殿長や神官長が孤児達の改善を求めていないことと、資金が切れた時に元の木阿弥になること、そして、自分が孤児達の命に対して全責任を負わなければならないことに、わたしが怖気づいて資金をつぎ込むだけの決心ができないだけだ。

「ルッツ！　ルッツ！」

　門に迎えに来たルッツにわたしはぎゅーっとしがみつく。わたしの常識が通じるところに戻って来たことに安堵したせいだろう。堰（せき）を切ったように涙が溢れてきた。ルッツは条件反射のようにわたしの頭を撫でながら、本日の送迎係であるフランに視線を向ける。

「フラン、何があったんだ？」

「歩きながら説明いたします」

フランは門番に少しだけ視線を向けて、歩を進め始めた。帰路を急ぐ街並みを歩きながら、フランが今日起こったことを説明する。

「神官長にお願いするだけだ。通らなかったら諦めるとおっしゃっていましたが、マイン様のお心は割り切れないようですね」

「……チビが死にかけているのは、きついよなぁ。でもさ、マインにできることなんてないんだろ？　気にするな。もう忘れろ」

貧しくても比較的穏やかに生きてきたわたしにとって、あの光景は強烈すぎて、割り切れるわけがない。

「忘れられたらいいって、わたしも思ってる。知らないままなら、それでよかった。でも、自分の部屋と壁を隔てただけの向こうで、あんなことになっているとわかっていて忘れるなんて、できるわけがないよ」

べそべそと泣きながらそう言うと、ルッツは足を止めて、わたしの顔を覗き込んだ。

「マインは孤児院の惨状が嫌なんだよな？　どうなってほしいんだ？」

今日の光景を思い浮かべ、自分の中で孤児院とはどうあるべきか考えて、口を開いた。

「……あの子達もお腹いっぱいご飯を食べて、成長してほしい。あんな病気になりそうな汚い、臭い、剥き出しの藁の中で寝るんじゃなくて、せめて、綺麗な布団で寝てほしいよ」

「はぁ？　お腹いっぱい食べるなんて、金持ちじゃなきゃ無理だろ？　普通に、元気に動けるくらいのご飯で十分じゃないか。オレだって家じゃ腹いっぱいのご飯なんて食べられねぇよ」

ルッツはわたしの言葉を聞いて「高望みしすぎだ」と言った。わたしも自分の家での生活を思い出して、神殿の貴族生活を中心に孤児院の運営を考えていたことにハッとする。最近、自分が神殿でおいしい料理をお腹いっぱい食べていて、家でも家計に余裕が出てきたから忘れていたが、下町の子供だってお腹いっぱいに食べられる子供はそれほど多くない。ルッツだって、ずっとひもじい思いをしてきたし、今もお兄ちゃん達との食事戦争には負けているのだ。

「そっか。お腹いっぱいじゃなくていいんだ……」

「その食事だって、全部マインが出そうとするのがおかしいだろ？　まずは、自分で採ってくればいいじゃないか。腹が減っているのに、じーっと待ってて、どうするんだよ？」

神殿が特殊な施設だから、すっかり自分の常識と切り離して考えていたが、下町の子供達と同じ水準を目指せば、金銭的な負担はぐっと低くなる。買えない分の食料は森に行って、自分で採ってくればいい。

「残念ですが、孤児は神殿から出られません」

フランが困ったようにそう意見を出した。孤児は基本的に孤児院に閉じ込められている。洗礼式までは見苦しいのを貴族の目に触れさせないように。洗礼式後は多分、余計な知識や常識が入り込まないように。フランの意見に思わず押し黙ったわたしと違い、神殿の常識にほとんど触れていないルッツは首を傾げた。

「そのさ、孤児が外に出ちゃいけないって誰が決めたんだ？　いらない子扱いされてるなら、森に行ったところで大して問題にされないんじゃないのか？　フランやギルだって、神殿の外に出てるわけだし」

「フランやギルは、わたしの側仕えだから、特別なんだよ」

わたしが通いで神殿に入っているから、その送り迎えが仕事になっているだけだ。青色神官のお伴で貴族街に行く灰色神官と同じ仕事という扱いで、自由に出ているわけではない。

「じゃあ、残ってるヤツら、全員をマインの側仕えにすれば？　そうしたら、全員が外に出られるんだろ？」

予想外の提案にわたしは何度も目を瞬いて、ルッツを見上げた。

「ちょっとお待ちください。それはいくら何でも……。マイン様が全員分の衣食住を賄(まかな)うことは無理でしょう？」

「外に出そうと思ったら、全員の服を買わなきゃいけないけどさ、森に行く服なんて、ウチが使ってる古着屋で安く買える分で十分じゃん」

全員分の安い古着と、何人かが森に行くためのナイフや籠の購入費を頭の中で計算してみた。さすがに、神殿の雑務を全部放り出して全員で森に行けるわけがないので、班分けしてローテーションを組ませれば、必要な道具は少なくて済む。

「……安い古着五十～六十着と何人かが森に行くためのナイフや籠なら、フラン達に買った服三着より安いね」

わたしの言葉にフランはぎょっと目を見開いて、自分が着ている服を見下ろした。わたしが側仕えに買った服は、上質な物だ。家で使っているわたしの普段着とは比べ物にならない。

「森に連れて行って、食べられる物を採らせて、自分のことは自分でさせればいい。金がない孤児院ってことは、つまり、貧乏なんだからさ」

ルッツの言い方は身も蓋もないが、その通りだ。与えられるのを待つだけではなく、自分のことは自分で何とかできるようにすればいい。

「今まで何度かギルやフランにはギルベルタ商会に行ってもらったことがあるから、側仕えをお使いに出すことはできるわよね？」

「……さようでございます」

「だったら、わたしの側仕えにフォリンを採りに行ってもらうことができるんじゃない？」

わたしの言葉に、ルッツがキラリと目を輝かせた。

「マイン工房孤児院支店か」

「そう。孤児院をマイン工房の支店にして、何か作らせて自分達の食い扶持を稼がせることができれば、最悪、わたしがいなくなっても飢える子供は出なくなるかもしれない」

むしろ、森へ行って、食料を採ってきて、料理できるようにする方が先だ。わたしとルッツが、どうすれば効率的か、どこから改革を始めればいいか話し合っていると、フランが言いにくそうに口を挟んできた。

「とてもいい考えだと存じます。……ですが、マイン様。それは、今までの神殿のやり方と全く違うものでございます。それだけの人数に対する責任を担うことができるのか、神官長には問われます。大丈夫なのでしょうか？」

ざっと血の気が引いて行く。フランの言う通りだ。わたしという異分子がいきなり慣習を無視して、孤児院を引っかき回して、良い結果だけが得られるとは思えない。神殿長や神官長を始めとした青色神官と軋轢が生まれるだろうし、工房の仕事をさせて稼ぐとなれば、どう考えても皆平等にはならないのだから。

「ごめん、ルッツ。わたし、責任を持つのが、怖い……」

「じゃあ、マイン。何もせずに孤児が死んでいくのを待っているのとどっちが怖い？」

どっちも怖い。あの孤児を見捨ててしまったら、ずっとこの鉛を詰め込んだような胃の重さを抱えていくことになると思う。しかし、命に対する責任を持つなんて、わたしにできるわけがない。

そっと胃の辺りを押さえたわたしにルッツは軽く肩を竦めた。

「あのさ、マイン。難しく考えずに、やってみてダメなら、止めればいいじゃん」

「ルッツ、止めればいいって……孤児達の命がかかっているんだよ？」

わたしがむぅっと睨むと、ルッツはまるでベンノのように、フンと鼻を鳴らした。

「仕事がなくなった工房や売れ行きが悪い店が潰れることは普通にあるんだぜ？　でも、孤児院でやれば、工房が潰れても、工員が路頭に迷うことがないだろ？」

「……住むところは孤児院だし、少なくとも神の恵みはあるもんね？」

「ダメだったからって、路頭に迷うヤツがいないのに、マインが責任を持たなきゃいけないようなことなんて何があるんだよ？　だいたい、マイン工房を動かす時はオレもいるんだぜ？」

多分、色々と責任を持たなければならない時があると思う。ベンノに言わせれば、工房長としての責任について、もっと違う意見が出てくるかもしれない。でも、何だろう。ルッツと一緒なら大丈夫だ、と思えた。一人でやるのは怖いけど、ずっと一緒にやってきたルッツがいてくれるなら、何とかなると無条件に思えた。

「一緒にやろうぜ、マイン。助けてやりたいんだろ？」

「うん！」

ルッツが差し出してくれた手に飛び付くわたしを見て、フランが仕方なさそうに笑った。

「私もご協力いたします、マイン様」

神官長との密談

子供達を助けたいと決めたものの、帰宅中のわたしにできることはほとんどない。ルッツやフランと話し合い、今日はとりあえず、「命を大事に」を合言葉に、こっそり動くことにした。

あそこにいる子供達がどれだけ消化できるかわからなかったので、スープの上澄みにパンをちぎって入れてふやかしたパン粥を作って、ギルに裏口から差し入れてもらうことにする。表からフランが神の恵みを持って行って、裏からギルがこっそり持って行けば、多分気付かれずに小さい子達にご飯を食べさせることができるはずだとフランは言った。

「ギルが一番気にかけていましたから、率先して動いてくれるはずです」

「オレの服を一つ、ギルにやるから汚れ仕事に使えって言ってやれ」

今日できるのはこれだけだが、今夜のうちにあの子達が飢えて死ぬことはないだろう、と思えるだけで少し気が軽くなった。ホッと表情を緩めるわたしと違って、フランは表情を引き締めて、わたしを見つめる。

「マイン様、神殿長は孤児を救うことに難色を示す可能性が高いので、デリアには十分お気を付けください」

「……神官長はいいの？」

神殿長だけではなく、神官長もかなり難色を示すと思うが、それについてフランはどう思っているのか。わたしの言葉にフランは少し驚いたように目を見張った後、静かに言った。

「神官長には私からお話ししておきます。孤児院の処置や灰色神官や巫女に対する扱いに、歯痒い思いをしていたのは神官長も同じですから」

「え？　とてもそうは思えなかったけれど？」

わたしが首を傾げると、フランは仕方なさそうな顔で目を伏せる。

「デリアの言葉を聞いていらっしゃいましたか？　神殿においては神殿長の方が強いのです。そして、神官長は揚げ足を取られぬように、本音を深く隠してしまわれますから、大変わかりにくいですが、今の神殿に苛立ちを感じておられます」

「……わたしには全然わからないけど」

あの話し合いのどこをどのように聞けば、神官長が苛立ちを感じているのがわかるのだろうか。

フランは神官長の心の声も聞き取れるというのだろうか。わけがわからず頭を捻っていると、ルッツが軽く肩を竦めた。

「マインには通じてないって、神官長に報告がいるな」

「そのようです。貴族特有の婉曲（えんきょく）さをマイン様も勉強しなければなりませんね」

できが悪い子を見る、生温かい二人の視線がとても痛かった。

数日の間、ギルにこっそり差し入れをしてもらいながら、わたしはフランと二人で神官長にどう報告すれば要求が通りやすいか話し合う。ルッツの意見も聞いたし、マイン工房の話になるので、「また面倒なことを」と嫌な顔をするベンノも巻き込んだ。わたしとしては一刻も早く神官長から許可を取りつけて、孤児院の改革に挑みたかったのだが、「この考え無し！」とベンノにしこたま怒られた。

「目的に向かって一直線にぶつかるな！　貴族相手の時は回り道で面倒に思えても、事前準備と根回しが必須だ！　むしろ、それで全てが決まる。いきなり行っても会ってくれるかどうかさえ定かではないんだぞ」

「ベンノ様のおっしゃる通りでございます。マイン様はいつも決めたらすぐに行動されますが、本来、重要な話がある場合は、事前にある程度の情報や要求を伝え、面会の予約を取ります。貴族と話し合うのに、性急さは厳禁。できるだけ時間を取って、自分に有利なように水面下で準備しておくものでございます」

孤児達の様子に驚いて神官長に直訴したことも、「どうしても」とわたしが何度も頼んだから場を整えたけれど、本来はマナー違反だとフランには諭された。神官長側の受け入れ準備や情報の伝達がうまく行えないという。

「今回は良い機会でございます。マイン様、貴族への面会予約や根回しなどをよく見て、覚えてください。これからは必要になります」

色々話し合った結果として、まず、わたしが孤児院の院長に就任して、マイン工房の資金を使って、工房整備という名の改革をすることにした。洗礼前の子供達を洗って、孤児院を徹底的に掃除する。それから、男子棟の地階を工房にして、料理にも紙作りにも使えるように、竈の設置や道具の運び入れをする。孤児院にいる人を班分けして、紙作り兼森の採集班、孤児院の家事班、神殿のお仕事班に分けて、一月ほどはローテーションを組ませて、全ての作業を経験させる。その後は希望を聞いて、班分けのし直し。職業選択の自由だ。

必要になる服や道具を洗い出し、ベンノを通して買い付けも行わなければならない。その資金を作るために、ルッツとラルフに頼んで、木製のハンガーを作ってもらった。肩の丸みを大事にした、わたしが知っている形のハンガーだ。「古着屋で見た十字のハンガーより服を傷めないよ」と紹介すると、ベンノは目をギラギラさせて食いついた。

……毎度ありがとうございます。

「マイン工房孤児院支店の最終目的は何だ?」

ベンノがわたしを見ながら、問いかけてくる。ここで答えが出なかったら、また「考え無し」と怒られるのだ。わたしは自分で考えた答えを出した。

「孤児院の生活費の確保です。神の恵みで不足する分を自分達で稼いで、必要分の食料を買えるようになればいいと思ってます」

「食料だけでいいのか?」

「生活に最低限必要なものはだいたい神殿から与えられているので、食費分の利益が出ればそれでいいと思います」

ルッツは買う金がないなら、森で採ってくればいいと言ったけれど、孤児院の規模を考えると、あんまり森から大量に長期間採集するわけにもいかない。工房としてお金を稼げるようになるとわかっていれば、軌道に乗るまでの食費は工房の費用から出せる。ベンノの質問に答えていると、ルッツが紙の値段と食料に必要な値段を書き出して計算し始めた。

「……食費だけなら意外と簡単に達成できそうだ。でもさ、マインが金を出すんだったら、採集を覚えさせる意味はないんじゃないか?」

「紙を作るついでに、森での採集を覚えてほしいだけだよ。知っていれば、飢えて死ぬ前に森で採集して何か食べられるようになるでしょ? 知らないとわたしみたいに毒キノコ採っちゃうかもしれないし」

「マインは毒キノコ率が高かったからな……」

フランはある程度話がまとまったところで神官長に裏からこっそり手を回し、非公式とはいえ、孤児院の院長就任とマイン工房孤児院支店に関する了承を取りつけてくれた。そのうえで、わたしと公的に話をする予約も取ってくれた。正式に面会を求める時は数日前に書面でお願いしなければならないようで、わたしはその書式を教えられ、お手紙を書く。

……貴族って、面倒くさ。

神官長から招待状が届いた頃には、ギルの暗躍のおかげで子供達の体調が良くなってきていたらしい。食欲が出て、スープ以外にも固形食が少し食べられるようになり、少しずつ動きが活発になってきたとギルから報告を受けた。糞尿だらけの部屋を掃除している間に、彼らを丸洗いしても大丈夫そうな健康状態になってきたようだ。

神官長に指定された三の鐘が鳴った後、わたしはフランと共に神官長の部屋へと足を運んだ。わたしの部屋では、ギルやルッツがいつでも動き出せるように準備している。

「神官長、お時間をいただいてありがたく存じます」

「マイン、貴族の女性はそのようには言わない」

神官長の指摘によると、貴族の女性の間では「ありがとう存じます」と言うらしい。響きを柔らかにするのが流行った時代があり、その言い方が定着したそうだ。わたしが丁寧な物言いを覚えたのは門やギルベルタ商会が多いので、女性の言葉より男性の言葉が多いのではないか、と指摘された。

「言葉遣いを教えられる灰色巫女も必要か。……だが、後日で良い。今日はこちらだ」

すでに人払いされていたようで、神官長の部屋にはアルノーしかいなかった。いつものように執務机へ向かおうとしたら、反対側にあるベッドの方へと神官長が歩を進める。

「神官長⁉」

アルノーが驚いたような声を上げた。フランも目を丸くしている。わたしはわけがわからないまま、神官長の後ろについていく。神官長がベッドの天幕をバサリと退けて、わたしを手招きした。ベッドの更に奥？　と首を傾げながら近付いてみると、天幕の向こうにもう一つの扉が見えた。

「君との話はここで行う」

まるで指紋認証でもさせるように神官長が扉に手をかざした途端、青白く輝く魔法陣が浮かび上がり、神官長の中指にはめられている指輪の宝石が赤く光った。指輪の赤の光が魔法陣を一巡りすることで光がおさまる。

「ここには側仕えも入れない。マイン、来なさい」

カチャと扉を開けて、アルノーもフランも連れずに神官長が部屋の中に入って行く。わたしは暗い部屋を見て、一瞬不安になってフランを振り返った。フランは小さく頷くことで、わたしを促してくれた。

「し、失礼いたします」

わたしが中に入って扉が閉まった瞬間、真っ暗だった部屋に窓が出現して、眩しい光が入り込んでくる。まるでシャッターが開くように窓が出現した。

「わっ⁉」

目元を押さえ、目が慣れるまで待っていると、神官長がごそごそと動いている音がする。ゆっくりと目を開けると、真っ暗だった部屋がまるで大学の研究室のような部屋になっていた。

机や棚の上には巻物や羊皮紙の資料が散乱し、本が数冊積み上げられている。見たことがない器具だけれど、何となく理科の実験道具のようなものが棚に並んでいた。部屋の隅には休憩用だろうか、長椅子があり、そこにも資料が散乱していた。側仕えによってきっちりと片付けられている、いつもの部屋とは違う、神官長の完全なるプライベートスペースだった。

「ここは一定以上の魔力がないと入れないようにしてある。今の神殿には君以外に入れる者はいないだろう。密談にはちょうど良い」

「すごい隠し部屋ですねぇ。魔術の結晶って感じで……」

神官長は長椅子の上に積み上がっている資料をザッと退けながら、わたしを見た。

「……君の部屋にもあるだろう？」

「そうなんですか？　初めて知りました」

ベッドの天幕なんて退けたことがなかったし、ベッドも枠があるだけで布団は入っていない。倒れた時のことも考えて、布団くらいは入れておいた方が良いかもしれない。

「扉に魔力登録をしなければならないから、君には使えないだろうが」

「魔力登録？」

「そんなことはどうでもよろしい。本題に入ろう。そこに座りなさい」

話を打ち切って、神官長は物を除けたばかりの長椅子を指差した。自分は机のところにある椅子を持ち出して座る。すっと上げられた顔は、フランと同じような感情を感じさせない無表情ではなく、眉間にくっきりと皺を刻んだ難しい顔だった。

……これは、お説教？

ここ数日、フランに叱られ続けているわたしは本日の用件を悟った。もしかして、ここを使うのは側仕えには見せない方が良いレベルで説教されるからだろうか。フランに助けを求めても、この部屋は二人だけで、助けてくれる人なんていない。

「あ、ああ、あの、神官長。どうしてここで話をするのでしょうか？」

「君に貴族的で婉曲な言い回しを求めても無駄だというフランの進言を受けたからだ」

じろりと神官長がわたしを睨む。無表情でちょっと冷たい印象を与えるタイプの顔なので、眉間に皺を刻んで不機嫌な顔をされると非常に怖い。雷を落とすベンノとは違って、足元からどんどん凍って行くような冷気を発する怒り方だ。

「実際、君は先日もかなり重要なことや際どいことを何も考えずに口にしていたではないか。あの場には用事があって訪れていた神殿長の側仕えがいたのだが、気付いていたか？」

「全く気が付きませんでした」

「神殿長の側仕えがいる場で、神殿長の行いを非難するなど、よくもあのようなことを……と、こちらの命が縮むような会話だったことも理解できていないようだな？」

「……も、申し訳ありません」

わたしはわかってくれない神官長に少しでもわかってもらおうと思っていたが、神殿長のやり方を非難するだけのものになっていて、神官長も側仕えも、その場にいる人は皆肝を冷やしていた、ということらしい。

「せめて、青色神官の顔と名前、それから、その側仕えの顔くらいは覚えなさい。警戒しなければならない相手のことを知らずにどうする？　君は迂闊(うかつ)すぎる」

呆れ果てた神官長の顔は、ベンノが見せる顔に似ている。わたしはどこに行っても叱られる立場にあるようだ。

「……ベンノさんにも考え無しとよく言われています」

「そういえば、警戒心がないとも、騙されても懲りないとも言っていたな。ベンノの意見には全面的に賛同する。青の巫女見習いとして貴族側に立つのだから、君は貴族のやり方を学び、覚えなければならない」

神官長の意見は完全にわたしの立場を心配してのものだった。フランが言っていたように、本音が隠れすぎていてわからなかったけれど、神官長は神殿長からわたしを守ってくれているらしい。

「君にはこちらの隠れた意図を汲み取る気がないし、どの意見も真っ直ぐすぎて隠す気がないようだが、これは貴族社会では命取りになる。あんな風にひやひやしながら話をするのは真っ平だ。こちらの意図が通じているかどうかも全くわからないので、他に聞かれたくない話を君とする時は、ここを使うのが最善だと判断した」

「本当に申し訳ございませんでした」

神官長が本音を言わなければ、わたしに通じないので、ここで話をすることになったようだ。

……お手数おかけしますが、腹を割って話せるのは助かります。

「フランから連絡があったが、君は孤児院の院長になると決めたようだな？　あの時は責任を持てないと言っていたようだが、本当に大丈夫なのか？」

わたしの内心まで探るような強い光を持った瞳に真っ直ぐ覗き込まれて、わたしは背筋を伸ばす。助けると決意だけは固めた。やる気だけでも伝えたくて、真っ直ぐに目を見返した。

「正直言うと、責任を持つのはまだ怖いです。でも、あのままにしておけないので、助けられるなら助けたいと思います」

「ふむ。君に覚悟があるなら、構わない」

あっさりと許可されて、わたしは肩透かしを食らったような気分で神官長を見る。

「え？　いいんですか？」

「非公式ながらフランを通じて、了承の返事を与えてあるはずだが？」

「それは、聞いてましたけど、前の話し合いの時とずいぶん違うのでビックリして……」

「婉曲にすると伝わらないのだから、仕方あるまい」

「あぅ、申し訳ありません」

何度目かわからないが謝っていると、神官長は数枚の紙を持って来た。それに軽く目を通した後、わたしに目を向けた。

「フランから一通り聞いたが、要領を得ない。フランも完全には理解できていないようだった。商人独特の言い回しや暗黙の了解で話が進むと言っていたからな。孤児院の院長に就任して、一体何をするつもりか、説明しなさい」

わたしは皆と打ち合わせた内容を説明する。

「孤児院をマイン工房にします。まずは、工員となる子供達の栄養状態の改善と工房である孤児院の大掃除をして、仕事道具を設置します。それから、自分達で料理をできるようになってもらう予定です。スープだけでも自分達で作れるようになれば、神の恵みと合わせて、栄養状態がかなり改善できると思うのです」

「なるほど。この孤児院全員を側仕えにするというのは何だ？」

神官長がじろりとわたしを見た。

「……わたくしの側仕えなら、お使いとして神殿の外に出せるので」

「それだけの理由なら止めておきなさい。他に青色が入ってきた時に側仕えにする人材がなくなるし、全てを囲ってしまったら不用意な対立を生む。孤児院長のお使いとして、見習い達を外に出した方が良いだろう」

「かしこまりました」

子供達を神殿から出すことができるなら、別に側仕えにする必要はないのだ。わたしは頷いて、了解する。

「子供達の栄養状態が整ったらどうする？」

「植物紙を作ってもらいます。以前はわたくしとルッツだけで作っていたので、やり方を教えれば、子供でもできるはずです」

「植物紙か……」

ちらりと神官長が机に積まれている紙の束を見遣る。そういえば、ベンノが贈った物で、神官長が一番喜んでいたのは植物紙だった。

「横流しはしませんし、マイン工房で作られたものはギルベルタ商会が売るという契約魔術がすでに結ばれているので、取り上げることはできませんよ」

「商人らしい良い判断だ。たとえ見つかっても、神殿長に取り上げられることがないのであれば、それで良い。紙を売ってどうするつもりだ？」

少しだけつまらなそうに目を細め、神官長は話を進める。

「商品を売って足りない分の食料を自分達で買えるようになってもらいます。そうすれば、わたくしが食費を持つ必要がなくなりますし、青色神官達の増減で飢えることはなくなります」

「基本的に他に対して無関心な君がそれをする理由は？　何の得もなく、面倒を抱え込みはしないだろう？」

そこが一番大事なところだ、と神官長が視線を強めてわたしを見つめる。わたしもじっとりとした目で神官長を見返した。

「わたくしが心置きなく読書をするために決まっているじゃないですか」

「何だと？」

全く理解できないというように、神官長が目を見張った。

「壁を隔てた向こうで子供が飢え死にするってわかっていたら、気になって仕方ないんです。本に没頭しているうちは良くても、読むのを止めた瞬間にあの光景が蘇ってきて、罪悪感や気持ち悪さに耐えきれなくなるんです」

「つまり、読書の障害排除のためだけに、孤児院の院長となり、工房を運営するということか？」

「その通りです」

わたしが大きく頷くと、神官長はこめかみを押さえた。

「君は……予想以上の馬鹿者だ」

「よく言われます」

「……もういい。期間は？　許可を与えて、どのくらいで軌道に乗る予定だ？」

「ほとんどの準備は終わっているので、今の季節なら、一月ほどあれば、紙を作って、売って、ある程度の食料が買えるようになると思います」

「ほぅ？　今回はずいぶん事前準備がしっかりしているな」

神官長がそう呟いた。ベンノとフランが計画に穴がないか、商人側と貴族側の目で何度も確認したので、問題ないはずだ。一番の不安要素がわたしだと明言されたことは記憶に新しい。

「よろしい。許可しよう」

「ありがとうございます。フランは神官長なら、きちんと話を通せばわかってくれる、って言っていました。ベンノさんも神官にしてはイイ目をしているから、相談するなら神官長にしろ、って。

……どうして神官長は他の神官と違うんですか？」

これは間違いなく外で聞いたら叱られる質問だろうな、と思いながら尋ねると、案の定、神官長に「この部屋以外では聞いてくれるな」と溜息混じりに言われた。

「詳しく話すつもりはないが、君と同じく、私もここの神殿で育ったものではない。貴族社会で育ち、理由があって神殿に入っている。だからこそ、神殿長のやり方が鼻につくこともあるが、今対立するのはあまり得策ではない。君もこれ以上怒りを買わないように気を付けなさい」

「……孤児院の運営って、怒りを買いませんか？」

孤児が自分達で稼ぐなんて、今までのやり方に真っ向から対立する。わたしが恐る恐る尋ねると、「何を今更」と鼻で笑われた。

「一応、私が押しつけたという体裁は取るつもりだが、あまり派手なことをしてくれるな。君の場合、我々とは常識が違いすぎて一体何をするか、見当がつかない。何をするにも私に報告するように。それから、フランの言うことをよく聞くように。いいな？」

神官長に何度も「報・連・相」の念押しをされた後、わたしは神官長の隠し部屋を出て、フランと一緒に自分の部屋に帰る。ギルとルッツが期待に満ちた目で出迎えてくれた。

「マイン、どうだった？」

「いっぱい怒られた。貴族らしさを真剣に学べって。考え無しで迂闊って……」

「それって、孤児院の院長はダメだったってことか？」

不安そうにルッツとギルが顔を曇らせた。わたしは慌てて首を振る。

「ううん、院長にはなったよ。マイン工房は大丈夫。でも、わたしって、どこに行っても怒られるんだなぁって……」

「まぁ、マインだからな」

ポンポンと軽くわたしの頭を叩き、ルッツは小さく笑った。

孤児院の改革に取り掛かる前に、わたしにはしなければならないことがもう一つ残っている。デリアとの話し合いだ。神殿長に情報を流すのが仕事だというデリアに口止めをしておきたい。いくら隠しておこうと思っても、他の側仕えがうろうろし、ベンノやルッツが出入りして、孤児院でわいわいしていれば、デリアが気付かないはずがない。けれど、工房の仕事が軌道に乗るまでは、神殿長に邪魔されたくはないのだ。

デリアも助けられるなら助ければいい、と言っていたので、孤児達を助けること自体には賛成してくれると思う。さすがに、助ける準備が整ってきた今の状況で、死んでしまった方が良いとは言わないだろう。視線を合わせ、わたしはデリアに正直に頼むことにした。神殿長の側仕えに会ったことも報告してくれるデリアには、婉曲なやり方よりも、真っ直ぐにお願いした方が良いと思ったからだ。

「あのね、デリア。わたくし、洗礼前の子達を助けるつもりでいます。だから、神殿長に邪魔されたくないの。デリアにはしばらく黙っていてほしいと思っています。デリアも助けられるなら、あの子達を助けたいって思っていますよね？　お願いできないかしら？」

しばらくの沈黙の後、デリアはギュッと目を閉じて、思い出したものを振り切るように頭を振った。

「……あたし、孤児院に行きたくないです。思い出したくないし、関わりたくないの」

「えぇ、知ってるわ。だから、デリアはここで料理人の見張りをしていてくれればいいの。ちょっとの時間、見ない振りをしていてほしいだけ。お願いできる？」

食材の管理や料理人の監視は絶対に必要なので、側仕えの内の誰かが必ず部屋に残っていなければならない。孤児院に行きたくないデリアにその仕事を任せれば、デリア自身は孤児院に向かう必要はない。

「いいわ、黙っててあげます。でも、これはマイン様のためじゃなくて、子供達のためなんだから。あたしがほだされたとは思わないでちょうだい」

ちょっとだけホッとしたような顔を、つーんと横に向けながら、デリアは一応黙っていてくれるという約束をしてくれた。胸を撫で下ろして、わたしもデリアに約束する。

「ありがとう、デリア。絶対に助けてきますね」

「べ、別にあたしは頼んでないです。でも、やる以上、失敗したら許さないんだから」

……態度はつんけんしているけど、デリアにも期待されていると考えていいよね？

孤児院の大掃除

昼食を終えたら、早速孤児院の掃除に取り掛かることになった。ただし、掃除するのは孤児院にいる人達だ。今は灰色神官が余り気味で、数年前までは午前中の早くに洗濯し、午後から掃除していたスケジュールが、今では午前中にほとんど終わってしまっているらしい。午後ならば、予定のない神官達がたくさんいるだろうということで、午後からの大掃除が決行されることになった。大掃除の名目は、青色巫女見習いであるわたしが院長就任の挨拶に出向くので見苦しくないように、というものだ。名目があった方が普段はしない孤児院の掃除という大仕事を孤児院の面々が受け入れやすいらしい。

今回の大掃除で孤児院を綺麗にすることはもちろん、「仕事を頑張れば、報酬がもらえる」ということを知ってもらいたい。そのため、掃除した者を労うためのスープを料理人に作ってもらっているし、率先して掃除してくれた上位三十名にはじゃがバターならぬ、カルフェバターをプレゼントする予定になっている。

孤児院の掃除は、暖かい時間に子供達を洗う係、洗礼前の子供達がいた女子棟の地階を掃除する係、女子棟の他の部分を掃除する係、男子棟の地階を掃除して、工房の道具を搬入する係、男子棟のその他を掃除する係に分けて、作業してもらう。

わたしやベンノがそう提案したところ、フランやギルにはものすごく驚かれた。神殿の下働きの仕事は、洗濯と掃除とお祈りなので、午前中は全員で洗濯、全員でお祈り、というように、基本的に全員が同じ作業をするらしく、班分けをしてそれぞれ動くことはないという。掃除する範囲が広範囲であることと、工房の整備では力仕事もあるので、適任者に振り分けた方が早く終わると説得して、今回は班分けを行うことにした。

「班分けしても、ちゃんと言うこと聞いて、掃除してくれるかしら？」

「大丈夫だって。フランは神官長の側仕えとして孤児院のヤツらに認識されているからな」

孤児院にいる灰色神官や見習いからすれば、神官長の信頼が厚いフランはかなり上位の存在になる。フランが指揮をとれば、孤児達は多少の不満を抱えつつも動いてくれるだろう、とギルが説明してくれた。

「言っても聞かない子が少数ですけれど、いますよ」

フランがそう言いながら、ギルをちらりと見た。今は真面目にお仕事してくれているギルだが、以前はかなりの問題児で監督役の灰色神官をとても困らせていたらしい。指摘されたギルはすいっと視線を逸らす。わたしは二人のやり取りに小さく笑った。

ギルとフランは巡回して、掃除がきちんとできているか、誰が頑張っているか、あるいは誰が掃除せずに逃げ出したか、チェックして掃除の進度と合わせて報告してくれることになっている。

ルッツはこれからマイン工房の作業場になる男子棟の地階の掃除の監視とマイン工房から道具の搬入をする。そして、その場でカルフェバターを作るのだ。デリアは料理人の見張りを兼ねて、院長室の一階も掃除してもらうことになった。

「わたくしも巡回に……」

「マインは留守番な。どっかで倒れられたら困るから」

行きたいと言うより先に、ルッツからのストップが出た。うぐっ、と言葉に詰まるわたしを、ギルが呆れたような目で見る。

「あのさ、マイン様。孤児院長になる青色巫女見習いを迎え入れるための大掃除だから、掃除が終わるまでは孤児院に入られたら困るんだけど」

「そうだったね……」

フランがいないので図書室にも行けないわたしはハァと溜息を吐いた。そんなわたしの前にフランは慈愛に満ちた笑みを浮かべて、一枚の紙をそっと置いた。フランの几帳面さのよく出た字がびっしりと書き込まれた紙である。

「マイン様には覚えることがたくさんございます。まず、本日の夕方、孤児院に赴き、就任の挨拶をする以上、こちらの挨拶文を全て暗記していただきます。特に神々の名前を間違えないように気を付けてください」

カンニングもできるように紙に書いてもらったのだが、基本的には暗記しなければならないらしい。つらつらと書かれた文を見て、軽く溜息を吐く。そんなわたしを見て、フランはにこりと笑ったまま、次々と木札を取り出す。

「時間があれば、神殿に準備されているお茶とミルクの産地や種類をこちらに控えています。こちらはマイン様が好まれる組み合わせ。こちらはベンノ様、こちらがルッツ、こちらが神官長の分です。よくいらっしゃる方の好みは覚えておくものです」

神官長はここに来ないと思うけど、とは言えなかった。一緒に仕事をする上司の好みは覚えておいた方が良いかもしれない、と何となく思ったからだ。積み上がった木札を見て、ルッツは大笑いするのを必死で堪えながら、グッと親指を立てた。

「よかったな、マイン。読む物がいっぱいあって」

「読むのは好きだけど、覚えるのは苦手なんだよ……」

よほど興味があること以外、心太のように、次を読めば前に読んだ物をつるんと忘れていく頭のできが憎い。しょぼんと肩を落としながら、わたしはフランがまとめてくれた書類を手に取った。

五の鐘が鳴った後、フランが一度戻って来て、木札にガリガリと名前を書いていく。率先して頑張っている子達の名前と姿をくらましている子供達の名前だ。

「マイン様が一番懸念されていた洗礼前の子供達の丸洗いですが、準備してあった石鹸とタオルで暖かい時間帯に洗い終わりました。今は中古の安い服を着て、シーツの中に新しい干し草を詰め込む作業をしております」

安いところで買ったので継ぎ接ぎだらけだが、洗濯はされているシーツと農家から買ってきた干し草で自分達の布団を作っているようだ。

「病気の子やぐったりしている子はいない？」

「ええ、問題ありません。しばらくの間、ギルが食事を運んでいたおかげでしょう。ギルはまるで救世主のように子供達に慕われていますよ。ギルがマイン様の命令だったと言っていたので、おそらくマイン様も」

そう言われると何だか面映ゆい。あの子達が少しでも元気になれたならよかったと心底思う。

「子供達を洗う係だった巫女や巫女見習いは数人だけ布団作りに置いて、残りは掃除の手伝いに振り分け直しました。では、また巡回に行ってまいります」

「ありがとう、フラン。よろしくお願いします」

フランは軽く頷くと、また孤児院の方へと戻って行く。少しすると、ルッツが戻って来た。

「マイン、男子棟の地階の掃除が終わったから、これからマイン工房の道具を搬入するな」

「わかった。よろしくね、ルッツ」

「あいつら、すげぇ。掃除し慣れてる。めっちゃ速かったぞ」

ルッツは興奮気味に報告して、足取り軽く出て行く。ルッツが行ったと思ったら、フランが戻って来て、ギルから聞いた名前をガリガリと木札に書き足して、また足早に出て行った。

皆が忙しい中、わたしは数日前に届いたばかりの執務机で、フランの字と睨めっこしていた。神様の名前が長い。しかも、人数が多い。いっそ、親しみやすい愛称を付けるのはどうだろう、と神官長に提案したい。

……フリュートレーネじゃなくて、フリューとかレーネとか？　即座に却下されるね。

一階で掃除するデリアが厨房の様子を見るために、厨房の扉を開けているせいで、厨房で煮込まれているご褒美用のスープのいい匂いが漂い始めた。わたしが阿呆なことを考えている間に、掃除は順調に終わっているようだ。

「マイン様、男子棟の掃除は全て終わりました」

「ギルもお疲れ様。あとは女子棟ね？」

「そう。でも、女子棟は食堂以外の場所に男は入っちゃダメだからなぁ」

「じゃあ、食堂でスープが飲めるように準備を始めてくれるかしら？」

ギルが「わかった」とうきうきで出て行くと、今度はルッツが入ってきた。

「なぁ、マイン。工房の設置も完了したし、カルフェ芋を蒸し始めたんだけど、いいか？」

「いいか……って、もう始めちゃったんでしょ？　ギルが食堂の準備を始めてくれたから、ちょうどいい頃合いになるんじゃない？」

わたしがクスクス笑っていると、ルッツが近付いてきて声を潜めた。

「ここのヤツら、カルフェも見たことねぇ。料理された物しか知らねぇって言ってんだけど。並べて蒸すだけなのに、囲まれて興味津々に覗き込まれて、やりにくいったらねぇよ」

「……あぁ、神の恵みしか知らないし、この孤児院では料理なんてしないからね。食材を見たことがなくても仕方ないかも？」

そういえば、麗乃時代でもスーパーに売っている人参はわかっても畑の人参は見たことがないから、畑の葉っぱを見てもわからない子供がたくさんいると何かの雑誌に載っていた。情報伝達手段がたくさんある日本でさえ、そうだったのだから、今の生活では自分の経験したこと以外は全く知らなくても不思議ではない。

「じゃあ、バターの挟み方も教えてやるか」

バターとナイフを持って、笑いながらルッツがまた出て行く。その後、フランがやってきた。

「女子棟は予想通り洗礼前の子供達がいた地階の掃除が難航していて、現在は女子棟を掃除していた者達が総出で取りかかっています。間もなく終わるでしょう。それから、男子棟と違って、女子棟は今人数が少ないので、洗礼前の子供も上の小部屋に上げることになりました。今、干し草の詰まった布団や着替えを運び込んでいます」

フランの報告にホッと安堵の息を吐く。子供達の寝床も決まったようで、何よりだ。

「マイン様、挨拶文の暗記は終わりましたか？」

「……一応は。でも、やはり不安だから、この紙を持って行っても良いでしょう？」

「えぇ。では、準備が整い次第、呼びに参ります。デリア、マイン様の支度を頼みます」

フランと入れ替わりにデリアが髪を整えにやってきた。鏡台の前に座らされ、するりと簪を抜かれる。櫛を持ったデリアが悲しそうな苦しそうな表情で鏡越しにじっと見つめてきた。

「……助かったんですか？」

「えぇ、自分達の布団を作るのに干し草を詰められるほど元気ですって」

「そうですか」

助けられたと報告したのに、デリアの顔は晴れない。苦い物を呑み込んだように、きつく眉根を寄せて視線を逸らしている。

「……デリア、浮かない顔ですよ？　嬉しくなかった？」

「嬉しいけど、悔しい。なんで……あたしの時は助けてくれなかったのよ」

「まだここにいなかったから、それはさすがに無茶……」

「わかってるわよ！　わかってるけど……」

八つ当たりだとわかっていても止められないというように、デリアが怒鳴った。薄い水色の目には今にも零れそうな涙が浮かんでいる。洗礼前のデリアがどれだけ辛い思いを我慢してきたか、どれだけ助けてほしいと願っていたかがわかって、胸が痛くなった。

「デリアの時には間に合わなかったけれど、今度デリアが困ったら、助けるから。ちゃんと助けるから……泣かないで」

「泣いてないっ！」

「ご、ごめ……」

「側仕えに謝らないっ！」

ぐしぐしと乱暴に目元を擦って否定された。デリアはプライドが高そうだから、泣いているなんて指摘されたくなかったのだろう。

……でも、わたし、デリアちゃんはちょっと理不尽だと思います。

初めて孤児院の院長として挨拶するハレの場ということで、髪飾りは洗礼式の時に使った藤の花のような簪（かんざし）を使うことにした。平民は平民でも豪商の娘くらいには見えるだろう。

「珍しい飾りですね」

「洗礼式用に作った簪なの。最近、ギルベルタ商会で売り出しているのよ」

「……作った？　ご自分で？」

「手伝ってもらったけれど、自分でも作れるわ。材料があれば」

「材料……」

獲物を見つけた肉食獣のような目で簪を見つめるデリアに髪を梳（す）いてもらって、自分で簪を挿した。デリアはまだ簪を扱えないので、仕方ない。

「マイン様、こちらの準備は整いました」

できたてのスープがいくつかの鍋に分けられて、ワゴンに載せられている。初めて見る灰色神官が数人、フランの後ろにいた。

「マイン様、スープを運んだり、配ったりするのを手伝ってくれる神官達です」

「助かります。ありがとう」

「こちらこそありがたく存じます。最近は神の恵みが少なかったので、皆が喜ぶでしょう」

「あら、これは神の恵みではなく、わたくしからのご褒美ですわ」

「え？　ご褒美？」

意味がわからないというように目を瞬く神官に、ニッコリと笑って話を終える。

わたしはフランに抱き上げられた状態で、回廊をぐるりと回って孤児院の前へと到着した。大回りするので、意外と距離があり、ワゴンを押す神官がわたしの速度には合わせていられないというのが理由だ。

扉の前でわたしは下ろされ、髪の乱れや服の乱れがないか、フランが確認して軽く整える。それを確認した灰色神官がギッと扉を開け、よく通る声で中の人達に呼びかけた。

「高く亭亭たる大空を司る最高神、広く浩浩たる大地を司る五柱の大神の加護を受け、新しく孤児院の院長となられた巫女がいらっしゃいました」

扉を開けたそこが孤児院の食堂だった。開けた瞬間に見えるのが、ずらりと並んだ長いテーブルであるということに少し驚いたけれど、毎回、神の恵みを運ばなければならないし、食堂のみ男子が入っても良いという点を考えると合理的だとは思う。

食堂にはずらりと灰色の服が並んで座っていたが、紹介の声に合わせて全員が一斉に立ち上がり、こちらを向いた。視線の多さと値踏みするような視線もあり、わたしが俯いて視線を避けてしまいたくなった次の瞬間。

「神に祈りを捧げ、迎えましょう。神に祈りを！」

突然の集団グ◯コに俯くどころか、思わず凝視してしまうことになった。

「マイン様、こちらへ」

フランがわたしの手を取って、カーペットの敷かれた台があるところへと誘導する。わたしが見やすい前の方にいる年かさの神官達はビシッと祈りのポーズを決めていたが、後ろの方にいる小さい子達は、うまくバランスが取れていなかった。わたしといい勝負だ。

祈りを終えた全員の視線が集まる中、ふわりとわたしを抱き上げて台の上に立たせながら、フランが「貴族らしくお願いいたします」と小さく囁いた。灰色神官を従わせるには、最初が肝心らしい。

ギルが最初から知っていたように、灰色神官や巫女の間で青色巫女見習いとして入ったわたしが平民であることは、当たり前のように知られている。ここでわたしが自信なさそうな態度を取ると、完全になめられるので、貴族らしい威厳を出さなければならない。胸を張って絶対に俯かない。笑顔で余裕のある振りをする。注意事項はベンノと一緒に寄付金を納める時に言われたものと同じだ。

フランは「どうしようもなかったら、魔力で軽く威圧するといいと思われます。嫌でも立場の差がわかりますから」とニッコリと笑った。妙な恐れられ方をするのは嫌なので、魔力を使わずに終われたらいいと思っている。

挨拶文は何とか覚えたけれど、こんな大勢の前で話すのは、麗乃の小学校時代に何かの賞に入った読書感想文を全校生徒の前で読まされるという恥辱行事や大学の卒論の発表くらいしか経験がない。大勢の視線を向けられたわたしは、緊張に震えながらゆっくりと呼吸し、そろりと揺れる髪飾りに触れた。家族皆で作った簪があれば、少しは心強い気がする。

「皆様、はじめまして。火の神ライデンシャフトの威光輝く良き日、神官長より院長の任を命じられましたマインと申します。わたくしの願いを快く聞き入れ、歓迎いただきましたこと、心より嬉しく存じます」

歓迎に関する感謝と今後の抱負を飾られた綺麗な言葉でつらつらと述べて、最後は神への祈りと感謝で締める。神の名を間違わないように、一度間を取って、軽く息を吸う。

「高く亭亭たる大空を司る最高神、広く浩浩たる大地を司る五柱の大神、水の女神フリュートレーネ、火の神ライデンシャフト、風の女神シュツェーリア、土の女神ゲドゥルリーヒ、命の神エーヴィリーベに祈りと感謝を捧げましょう」

フランが書いてくれた挨拶文は、この神殿内では定型の挨拶だったようだ。わたしの言葉に反応して、ざっと灰色神官達が構えた。

「神に祈りを！　神に感謝を！」

神殿に来てからフランや神官長に必ず一度は祈りの練習をさせられているので、さすがに祈りのポーズもちょっとだけ慣れてきた。まだ上手にできないけれど、それでも、バランスを崩して転ぶということはなくなってきた。今日の祈りは我ながら上出来だと思う。

　そして、わたしにとって一番の難関だった挨拶を終えたら、ご褒美の配布だ。

「今日はわたくしのために孤児院をとても綺麗に清めてくださいましたね。ご褒美を持ってまいりました。フラン、頑張ってくれた皆様に配って差し上げて」

「かしこまりました、マイン様」

　フランが木札を取り出して、掃除をしなかった者の名前を読み上げると、スープを配るのを手伝ってくれる灰色神官が名前を呼ばれた者を避けてスープを配って歩く。給食の配膳みたいだ、と思いながら見ていると、配られなかったギルと同じ年頃の少年が怒りで顔を真っ赤にしてわたしを睨んだ。

「平等じゃない！　神の恵みは平等だと決まっている！　平民はそんなことも……」

「えぇ、神の恵みは平等ですわ」

　最初にギルが言っていたのと同じことを言っている少年に、わたしはニコリと笑いかけた。

「でも、これは神の恵みではございません。わたくしが頑張ってくれた子に配るご褒美だと言ったでしょう？　聞いていなかったのかしら？　ご褒美は平等ではないの。残念だけれど、お仕事もせずにご褒美はもらえないのよ。働かざる者、食うべからず、と言います。皆様、覚えておいてくださいね」

　まさか反論されるとは思っていなかったのか、少年は怒りを忘れ、呆然とした顔でわたしを見つめる。

「……ご、ご褒美？」

「そう、ご褒美です。次回はお仕事を頑張ってちょうだい。それから、特に頑張ってくださった方にはこちらもございます。名前を呼ばれた方はお皿を持って前にいらして」

ルッツが作ってくれたカルフェバターが入った蒸し器の蓋を灰色神官が開けてくれる。ふわりとバターの香りが広がった。

フランが名前を読み上げると、周りを見回しながら恐る恐るという様子で、神官や巫女が皿を持って出てくる。そのお皿に灰色神官の一人がカルフェバターを一つずつ載せていく。

「一番に子供達のところへ走って行って洗ってくださったと聞いたわ。ありがとう」

「とても手早く掃除なさるのですって？　ルッツが褒めていたわ」

「重たい荷物を率先して運んでくださったのでしょう？　お疲れ様」

フランとギルが選んだ基準を教えてくれたので、全てメモしてあるのを読み上げただけだが、皆が感極まったような顔をして、わたしを見た。まるで、初めて褒めてあげた時のギルみたいな顔をしている子もいる。

それと同時に、自分が家族に恵まれていることを深く実感した。ちょっとしたことができるようになっただけで大袈裟に褒めてくれる家族の姿が思い浮かんでくる。わたしが家族にしてもらってきたように、今度はわたしが院長として、皆の良いところ探しをして褒めてやらなければならない気がした。

「これからも頑張ってくださいね。さぁ、どうぞ召し上がれ」

次の日は午後からお料理教室をした。野菜を洗う係、野菜を切る係、鍋に水を入れて火を点ける係に分かれてスープを作る。本日のお料理の先生はトゥーリとエラだ。フーゴには一人で夕飯作りを頑張ってもらっている。

エラとトゥーリが教えるのは野菜の切り方だ。力のある成人は包丁で、まだ力のない見習いはナイフを使う。できあがったスープがご褒美であり、そのまま夕飯にもなるので、皆真剣だ。初めて原形を見る野菜や肉に興味津々で、慣れない手つきで野菜を洗い、切っている。

わたしはマイン工房で初めての料理をする皆を視察した。青色巫女見習いとして見るだけなら構わないが、手を出すのは厳禁だとフランに言われている。何だか視線を感じるなぁ、と思って振り返ると、昨日、仕事をサボって食べられなかった少年がちらちらとこちらを見ながら、率先して作っている姿があった。自己主張の激しい姿が微笑ましかったので、ご褒美の果物を少し多めに盛ってあげた。

新商品考案

孤児院は順調に滑り出した。お料理教室を開催して以来、何度かスープを作ることで、慣れてきて時間も短縮できたし、刻む野菜の大きさもちょっと揃ってきた。たまに、変な食材を入れたがる子がいるけれど、他の子達が総出で止めているのも面白い。ほどほどにお腹が満たされるようになったせいか、皆の表情が穏やかになった気がする。

午前に神殿の仕事をして、午後は孤児院の掃除とスープを作るのが習慣化してきた頃、父さんとトゥーリの休みがちょうど重なる日がやってきた。数日間、余所の街に行っていて、戻って来たばかりのベンノを拝み倒して、その日にルッツを借りる許可を取りつける。

「ベンノさん！　この日、一日ルッツを貸してください！」

「構わんが、その次の日はお前を一日貸せ」

「……なんか不穏な目をしていませんか？」

「お前の気のせいだろう？」

……絶対に気のせいじゃないと思う。

目が据ったベンノを少しばかり警戒しつつ、ルッツを連れ出す許可は取ったので、次はトゥーリと父さんだ。

「父さん、トゥーリ、お願い。孤児院の子達を森に連れて行ってほしいの！　父さんが一緒なら、街で見慣れない子供達でも問い詰められることなく、門を通れるでしょ？」

「……別に構わんが、孤児は街の外に連れ出していいのか？」

「神官長に許可をもらってるから、大丈夫」

父さんは許可が出ることに納得できないような顔をしていたが、許可があるなら良いと承諾してくれた。トゥーリも森にも行く予定だったから構わないと言ってくれる。

「連れて行くのは良いけど、あの子達に何をさせるの？」

「ルッツには紙作りをお願いしているんだけど、紙作りの合い間に森での採集の仕方を教えてあげてほしいの。森にも行ったことがないから」

スープの作り方を教えに来てくれたトゥーリは、孤児院の子達が自分達の常識とは違う世界で生きている事を知っている。ナイフや包丁の触り方から教えなければならなかったトゥーリは、少し困った顔になった。

「初めて森に行く子ばかりだったら、もっと引率がいた方が良いんじゃない？」

「それはそうだけど、紙の作り方が丸見えになっちゃうから、できれば身内で済ませたいの」

「わかった。マインのお手伝いしてあげるよ」

「やったー！　トゥーリ、ありがとう」

こうして、洗礼前から見習いくらいの年頃の孤児達を中心に森へ連れて行ってもらうことになった。成人している神官達は数人だけだ。多くの神官達が行きたがったけれど、今回は留守番で神殿の仕事をしてもらわなければならない。森には午前から行かなければ、紙作りをする時間がなくなってしまうからだ。

籠やナイフ、木を切るための鉈（なた）のような刃物に加えて、鍋と蒸し器も持って行く。ルッツには、洗礼前に二人でやっていたように森でフォリンを採って、蒸して、皮を剥くという紙作りを孤児達に教えてもらう。蒸している間に、トゥーリや父さんに採集の仕方を教えてもらうことになった。

ただ、孤児達の口からの情報流出を防ぐため、使う木の特徴は教えても名前は教えないし、灰やトロロについても、しばらくの間は情報を伏せておくことになっている。紙を売る経路で誰かが契約魔術に引っ掛かるのを防ぐためだ。

「マイン様、オレ、ちゃんと覚えてくるからな」

「えぇ、ギル。紙の作り方も森での採集もよく覚えてきてね」

ギルは目を輝かせて森に行ったけれど、わたしは神殿で留守番だ。フランと一緒に神官長のところで書類仕事に精を出し、お祈りの文句を教え込まれ、足さばきや指先の動きにいちいち文句を付けられる。

一見平和で穏やかな日常だが、わたしの頭の中はぐるぐるの大嵐だ。いや、火の車と言った方が良い。自分の部屋や厨房、それから、孤児院を整えるのに、すごくお金を使った。ものすごい勢いでお金がなくなった。これから先、わたしが知らない貴族の義務とやらがどれだけ出てくるのか、どれだけお金が必要なのかわからないので、ちょっと収入が欲しい。

「この間、ハンガーは売っちゃったし、料理関係はもうちょっと後、せめて、レストランが始まってからの方がいいし……何かないかなぁ？　前にルッツと話していた時に言ってたの、商品化する？　うーん……」

「マイン様、先程から何を考え込んでいらっしゃるのでしょうか？」

「ちょっと、金策……」

そろそろ皆が初めての森から帰って来るということで、出迎えに向かっていると、門の向こうから楽しそうな声が聞こえてきた。楽しそうな笑顔でバタバタと子供達が駆け込んでくる。

「マイン様！　ただいま戻りました！」

「おかえりなさい。たくさん採れたかしら？」

「たくさん黒皮を持って帰ってきました」

「オレが一番いっぱい採った！」

「そう。すごいわね。じゃあ、黒皮を工房へ干しに行きましょうか。ルッツ、お願い」

マイン工房ではルッツが黒皮を干していき、ナイフの手入れや注意点について父さんが説明して、トゥーリが採集した物の食べ方や使い方を教える。

「では、皆のために色々と教えてくださった先生方に感謝しましょう」

わたしとしては、ただ「ありがとうございました」と言わせて、綺麗にまとめるつもりだったが、ここは神殿だった。「先生方に感謝を！」と言って、ざっと全員が土下座する。父さんとトゥーリがビクッとなって仰け反った。

「……あの、これが神殿の感謝の仕方で、その、神様並みに感謝されてるから……」

「あぁ、わかっている。わかっているが……驚くな」

小声で父さんとトゥーリに説明した後、感謝を終えた子供達に孤児院へと戻るように促す。

「残っていた神官がスープを作ってくれているわ。食事は手を清めてからですよ。それと、今日は必ず身体を清めてから寝るようにね。暑かったからよく汗をかいたでしょう？」

子供達が孤児院へと戻って行くのを見送った後、わたしはハァと大きく息を吐いた。

「ごめん、皆。ここで待ってて。わたしも着替えてくるから」

フランと一緒に部屋に戻り、デリアに着替えさせてもらう。ベンノの店に寄る予定があって、見習い服で神殿に来た時は青の衣を脱ぐだけで帰れるけれど、今日は森に行くトゥーリ達と同じように普段着で来たので、ひらひら袖のブラウスを脱いで全部着替えなければならない。

「マイン様、普段使える青の衣を数枚仕立ててください。地階に行くことで埃っぽくなっているんです。洗いたいので、替えくらい準備してください」

デリアに文句を言われた。青の衣はまるで絹のような触り心地の高級な布だ。仕立てるとなれば、相当なお金がかかるだろう。真剣に金策を考えなくてはならない。


「お待たせ」

着替えて工房へ戻り、戸締りをして鍵を閉める。鍵はフランに預かってもらって、今日は皆と帰宅である。

「ルッツ、本日のマイン様の行動について報告いたします」

木札を抱えたフランがルッツに本日の行動や体調について、連絡をする。毎回しなければならない報告だが、外ではインク壺を開けてペンを取り出すことも難しいので、何かあってもメモができないフランの姿を見ていて、ハッと思い出した。

……あれ、作ったら便利かも？

まだ紙が高価で、メモ帳が普及していない今なら、多少の需要はあるはずだ。もしかしたら、すでに普及しているかもしれないが、フランやルッツへのプレゼントにはちょうどいい。作り方や材料に思いを馳せていると、父さんに抱き上げられていたようで、気が付いたら中央広場に近いところまで移動していた。

「ルッツ、ルッツ！」

父さんに抱き上げられているわたしは、トゥーリと一緒に下を歩くルッツに呼びかける。

「ベンノさんなら、金属加工の工房にも知り合いがいるかな？」

「そりゃ、いるけど……何か思いついたのか？」

「うん！　先に板の加工をラルフかジークに頼みたいけど」

手先が器用なルッツも、木の加工は職人として腕を磨いているラルフやジークに全く敵わない。ハンガーを作るのを手伝ってもらった時によくわかった。それに、今回の加工はルッツへのプレゼントにしたいので、本人ではなく、ラルフやジークに頼んだ方が良いだろう。

「何だ、父さんには頼まないのか？」

「父さんには今日いっぱい頑張ってもらったもん。だから、いいの」

「まだ頑張れるぞ？」

「ホントに？　お酒を飲んで寝ちゃわない？」

わたしはちょっと唇を尖らせながら、父さんの顔を覗き込む。初心者ばかりの引率をして森に行ったのだから、帰ったらお酒を飲んで爆睡コースのはずだ。

「……大丈夫だ」

「父さんの大丈夫は当てにならないよ。お酒を飲んで寝ちゃうって、絶対」

わたしの心の声とトゥーリの声が重なった。トゥーリに指摘された父さんは、むむっと鼻の頭に皺を刻んで不機嫌な顔になっていく。

「お酒を飲む前にしてくれるなら、今からルッツのところに行くのも悪いし、今回は父さんにお願いしちゃうけど？」

「先にやればいいんだろう？　まったく、ウチの娘達はエーファに似てきたぞ」

「……ギュンターおじさんはそれが可愛くて仕方ないんだろ？　何度も聞いた」

肩を竦めるルッツに笑いが起こる。わたしは父さんにルッツの手のサイズを測ってもらって、家に帰った。

「それで、何を作るんだ？」

帰宅して、父さんがお酒を我慢しながら夕飯を終えた。わたしは物置から適当な板や道具をごそごそと探し始める。

「ねぇ、父さん。厚めの板を四角にくり抜いて蝋を流し込むのと、薄い板の周囲にちょっと高さができるように板を打ち付けて蝋を流し込むのと、どっちが簡単？」

「そりゃあ、板を打ち付ける方が簡単だろう？」

「蝋が流れてきたりしない？」

「やり方次第だが、大丈夫だ」

父さんが請け負ってくれたので、わたしはごそごそと板きれが詰まった籠を覗き込んで、ちょうど良いサイズの板を探した。

「じゃあ、これくらいの厚みの板でわたしの手のサイズとルッツの手のサイズと父さんの手のサイズで二枚ずつ作ってほしいの」

「高さは？」

「わたしの指の太さくらいで、蝋が流れ出ないように板の周りをぐるっと……。あ、この端は穴を開けて、紐や輪を通すから、その分は空けておいてね。こういうのが欲しいの」

石板に絵を描きながら説明すると、父さんは顎をざりざりと撫でながら頷いて、作り始めた。

父さんが作業している間に、わたしとトゥーリは湯浴みをする。本格的な夏が近付いてきているので、書類仕事をしていても汗ばんだし、トゥーリは森に行ったので土埃で汚れていた。

「ねぇ、マイン。父さんが作ってる、あれは何になるの？」

わたしを先に盥に入れて、トゥーリはお手製リンシャンでザッと洗ってくれる。頭皮をマッサージされる気持ち良さにうっとりしながら、わたしは答えた。

「メモ帳」

「メモ帳って、マインが持ってる失敗作を集めた紙束じゃないの？」

「本当は失敗じゃない紙を束ねたいんだけどね」

小さく笑いながら、わたしは髪と身体を拭っていく。拭い終わったら、トゥーリと交代して、今度はわたしがトゥーリの髪を洗う。

「正確には、『書字板』とか『タブレットブック』とか『ディプティク』って言うんだけど、石板と違って消えにくいメモ帳のことだと思ってくれればいいよ」

「ベンノさんに金属を加工する工房に連れて行ってもらうって言っていたのは？」

「鉄筆、作ってほしいんだ」


次の日、父さんに加工してもらった板をトートバッグに入れて、ルッツに持ってもらって、わたしはいつも通りルッツと一緒にギルベルタ商会へ行った。ルッツを借りた代わりに、一日拘束される約束があったので、ちょうどいい。

「ベンノさん、蝋を売ってくれるお店と金属の加工をしている工房を教えてください」

「今度は何を企んでいるんだ？」

「企むなんて人聞きの悪い……。ルッツとフランにプレゼントしようと思ってるものがあるんですけど、わたしには作れないから工房を紹介してほしいと思ったんです」

わたしの言葉にルッツがわたしのトートバッグに目を落とす。ぎゅうぎゅうに詰め込まれた板を見て、不思議そうな顔になった。

「オレとフランって……ギルはいいのか？」

「まだ字が書けないから、ギルやデリアには石板か何かの方が良いと思う」

口では「ふーん……」と言っているけれど、ルッツは嬉しそうに口元を綻ばせた。それに対して、ベンノが口をへの字に曲げる。

「おい、マイン。俺に対しては何もないのか？」

「……ベンノさんは完成品を見て、必要だと思ったら、木工の工房にきちんと注文した方が良いです。素人が作った手作り感が似合わないので」

大店の旦那様で何に関しても高級品に囲まれているベンノが手作りの書字板を持っていると、間違いなく浮く。お礼のプレゼントをするのは良いが、職人がきちんと作った物でなければ、わたしが使ってほしくない。

「蝋の店と鍛冶工房だな？　じゃあ、行くぞ」

蝋燭を作って売っている店に連れて行ってもらい、板の囲いの中に蝋を流し込んでもらえるように頼んだ。カウンターの向こうに工房が見えていて、父さんに作ってもらった板が六枚並べられ、そこに溶かされた蝋がとろりと流し込まれていくのが見える。作業としては一分もかからない。固まるまで待つ時間の方がよほど長い。

「こっちとしちゃ簡単な仕事だが、奇妙な仕事だな。これは何に使うんだ？」

「えーと、『書字板』です」

待ち時間の間、カウンターに出てきたおじさんと話をしたが、いまいちピンとこない品物らしい。当たり前だが、外で字を書かない人には全く需要がない。そう考えると、書字板は商品にはならないかもしれない。

……他の商品も考えないとダメかも。

蝋がある程度固まるのを待って、次は鍛冶工房に向かう。こうして欲しい物が簡単に手に入ってくるのを見ると、財力と人の縁は本当に大事だと思う。わたしがマインになったばかりの頃にウチで試行錯誤していた時とは大違いだ。

「ギルベルタ商会のベンノだが、親方はいるか？」

職人通りの鍛冶工房へと向かい、ドアを開けたベンノが中に向かって声をかけた。夏の日差しで暑い外より、もっと熱い熱気がドアの向こうからむわっと出てきた。金属加工の工房なので、火を使っていて当たり前だけれど、ビックリするほどの熱気だった。

一体どんな作業をしているのかドキドキしながら店を覗いてみると、一番熱を発する工房はきっちり閉めきられた扉の向こうにあるようで、店番をしていたらしい見習いが裏に引っ込んでしまうと、注文を取るためのカウンター兼テーブルと簡素な丸椅子しか見当たらない。

商品も何もない店の中を見回していると、奥から大柄でわたしのウエストより太いくらいの二の腕をした、髭は濃いが髪は薄いおじさんがのっしのっしと出てきた。ぎょろりとした大きな目がちょっと怖い。

「おう、ベンノ。どうした？　またお貴族様のボタンか？」

「今日はボタンじゃない。こいつの注文を聞いてほしいと思ってな」

「このちっちゃい嬢ちゃんの？　何だ、言ってみろ」

「え、えーっと！　まず、円い輪で板と板を繋いでほしいんです、こんな風に」

石板に板と板がメモ帳のように輪で繋がる絵を描いて見せると、親方は頷いた。

「それから、『鉄筆』が欲しいんです」

「テッピツ？」

書字板の絵を消して、わたしは自分が欲しい鉄筆の絵を描き始める。蝋に文字を書き込めるように、先を細くしたシャープペンシルのような形で、反対は字を消せるように、ヘラのように平たくなっている鉄筆だ。できれば、板を留める輪に引っ掛けられるように、クリップも付けてもらいたい。

「これを三人分、お願いします」

「何だ、こりゃ？　結構細かいな。……おい、ヨハン！　お前、やってみろ」

石板を見ていて首を捻っていた親方が閉めきられた裏へと声をかける。すると、明るいオレンジ色の癖毛を後ろで一つに縛った十代半ばの少年が出てきた。

「こいつは見習いのヨハンだ。見習いだが、かなり細かい仕事をする。腕はもう一人前だ」

「ヨハンです。よろしくお願いします。それで、注文は？」

わたしは石板を見せて、親方にしたのと同じ説明をした。ヨハンは木札を取り出し、ガリガリと設計図のような物を描いていく。わたしが描くより綺麗だ。さすが職人。

「先を細くとはどれくらい細く？」

「裁縫の針くらい細くして、先を尖らせてください。でも、それでは持ちにくいのでこの持つ部分はペンくらいの太さで……」

「それじゃあ正確じゃない」

軽く溜息を吐いてペンを置いたヨハンが、一度裏に戻ると円い棒をいくつも持って来た。カウン

ターの上に並べられ、それぞれ持ってみるように指示される。

「どの太さが持ちやすい？」

「えーと、わたしはこれが一番持ちやすい。ルッツは？」

「オレはペンにするなら、こっちの方が手に持ってしっくりくる」

わたしとルッツでは手の大きさが違うので、持ちやすい太さや重さが違った。わたしはベンノを見上げてお願いする。

「フランの分が欲しいので、ベンノさんが選んでください」

「……これだな。これは二つだ。俺の分も作れ」

「え？　でも、『鉄筆』だけ作っても書字板がないと使えませんよ？」

「あとで作らせるからいい。金属加工は時間がかかるから、先に注文しておいた方が良いんだ」

ベンノの言葉に頷いて、「全部で四つ、お願いします」とヨハンに声をかけると、ヨハンは頷き、次から次へと質問をしてきた。

「このヘラというのはどんな感じだ？　何に使う？　幅はどれくらい？　この部分の角度は？　このクリップというのは何だ？　輪に引っ掛ける？　だったら、輪の太さをテッピツに合わせなきゃ駄目じゃないか。長さは？」

びっくりするほど細かいけれど、それだけこだわってくれれば、納得行く物ができるはずだ。嬉しくなって、わたしはどんどん答えていく。

その隣で、親方とベンノがヨハンの話をしていた。非常に細かくこだわる職人肌の神経質な子で、仕事は完璧だが、遅い。依頼主に質問しすぎて鬱陶しがられることも多いそうだ。わたしは細かく注文を聞いてくれた方が嬉しいけれど、世の中はそうではない人の方が多いらしい。

「ヨハンがもうちょっと妥協ってもんを知ってくれれば、生きやすいだろうよ。だが、妥協しないから良い物ができる。こいつの腕を生かせるパトロンが欲しいんだが、ベンノに当てはないか？」

ベンノはしばし逡巡した後、ちらりとわたしを見た。

「さすがに嬢ちゃんでは、ちっちゃすぎる。せめて、成人していて、自由に使える金があるヤツでないと、パトロンは無理だろう」

「そうだな」

ベンノがそこで話を打ち切ったので、わたしも口を噤んでおく。

……一応これでも工房長で、自由になるお金なら多少ありますけど。あの細かさは気に入ったので、完成品が気に入ったら、金属加工の時にはご贔屓（ひいき）にさせてもらいますよ。うん。

「おい、マイン。ぼんやりするな。注文が終わったなら、次は木工工房に行くぞ」

グイッと抱き上げられて、ベンノは足早に鍛冶工房を出た。どうやらベンノは自分の書字板を作る気満々のようだ。

書字板とカルタ

鍛冶工房を出て、木工工房へ行く。どちらも職人通りにあるので近い。三つほど工房を通り過ぎたところにあるのは、大樹を背景にのみとのこぎりが交差したデザインが彫られた扉だ。それを開けて、わたしを抱えたままベンノは中に入って行く。

「ギルベルタ商会のベンノだが、親方はいるか？」

「すみません。親方はいなくて……って、マイン⁉」

「あ、ここってジークお兄ちゃんの工房だったんだ？」

木工工房にいたのは見慣れた顔だった。ルッツの二番目の兄であるジークがベンノに抱き上げられたままのわたしとちょうど目の合う位置で、ぽかーんと口を開けている。

「……知り合いか？」

「ルッツのお兄さんです。上から二番目の」

ベンノがわたしを下ろすと、そこでやっとジークの視界にルッツの姿も入ったらしい。「……ルッツ、だよな？」と小さく呟いているのが聞こえた。ルッツはギルベルタ商会で借りている部屋で着替えている。見習い服を着て、髪を整えた姿をジークは初めて見たに違いない。森に行く普段着で籠を背負っている姿と仕事中のルッツは全然違って見えるのだ。

「ふぅん。ルッツの兄か。……注文したい物があるんだが、いいか？」

「ちょ、ちょっと待っててくれないか？　補佐を呼んでくるから」

ジークが慌てた様子で奥へと駆け込み、少しするとがっちりした体格の男性が出てきた。

「やぁ、ベンノさん。ようこそ。今回は何を作りましょうか？」

ベンノが「ルッツ」と呼びかけると、ルッツはフランのために作っている書字板をさっと取り出して、テーブルの上に置いた。ベンノはその書字板を指差しながら、注文する。

「これと同じ大きさで、この板の部分を作ってほしい。表にウチの店の紋章を、裏には俺の名前を彫ってくれ」

補佐はメジャーを取り出し、あちらこちらを測りながら、木札に寸法を書き込んでいく。どの木を使うか、紋章、名前の綴り、字体などを確認しながら、打ち合わせしているのを見ていると、ルッツの様子が気になるのか、奥からジークが出てきた。

「ジークお兄ちゃん、わたしも注文していい？」

「マインが？……別にいいけど？」

「堅くて薄い板が欲しいの。大きさはきちんと揃えて、大きさはこれくらいで……」

わたしが手で大きさを作るとジークが慌てたようにメジャーを持って来た。縦横の大きさをきちんと決めて、厚みも決める。

「同じ物を七十枚作って」

「七十枚⁉　そんなにどうするんだ？」

「うふふ〜、基本文字三十五字で『カルタ』作るの」

わたしの側仕え見習いであるギルもデリアもまだ字が読めない。フランがしているように、書類の手伝いや主の手紙の代筆は側仕えの仕事で、読み書きは必要らしい。フランだけにプレゼントをしたら、ギルが拗ねるのは目に見えている。ギルにも何かプレゼントを、と思った時に、楽しく字を覚えるための物があればよいと思ったのだ。木の板でカルタを作っておけば、孤児院の子供達も一緒に遊べるだろう。孤児達だって大きくなれば、どうせ覚えさせられることなのだから、幼いころから遊び感覚で覚えるのが一番だ。

「カルタ？　また何か変な物を作るのか？」

「うん、そう。いつまでにできそう？」

「……大きさを揃えて切るだけだからなぁ」

「切るだけじゃダメだよ。表面や角が滑らかになるように、ちゃんと磨いてくれなきゃ」

「あの簪みたいにか？」

わたしが大きく頷くと、ジークはガシガシと頭を掻いた。一つ一つ磨くには時間がかかるだろうけれど、カルタの板はそれほど急ぐものではない。

「他に注文している物ができあがるのが十日くらい先だから、それまでにできればいいよ」

「それなら、余裕だな」

「料金は前に作ってもらった時の倍でどう？」

「それは、ちょっと補佐に聞いてくれよ。俺、料金のことはよくわかんねぇし」

ジークがそう言うと、ベンノとの商談が終わっていたらしい補佐はしばらく話を聞いていたようで、ひょっこりとこちらに顔を出した。

「前に作ってもらったというのは？」

「冬の手仕事の時に、ジークに簪を作るのを手伝ってもらったんです。中銅貨一枚で」

「ということは、今回は中銅貨二枚か。……個人に頼むなら、それでも問題はないと思うが、工房に頼むには足りないなぁ」

ニヤニヤと笑いながら補佐はそう言うが、わたしはそんなに鬼畜な値段設定にしたつもりはない。紙を作る時に材木屋で木の値段も知っている。普段、職人に払われる給料も知っている。ルッツも同じように感じたのだろう。わたしの隣で目を鋭くして、補佐を見つめる。

「工房の手数料を店で扱うのと同じ三割と仮定して、木の原価や職人に払うお金を考えれば、マインが提示したのは、やや余裕があるくらいの妥当な金額だと思います。たった一枚の注文ではなくて、七十枚の注文ですし」

マインは見た目が洗礼前の子供に見えるから完全に舐めてますね？　とルッツがマルクによく似た笑みを浮かべると、補佐が顔を引きつらせた。

「ルッツ！　お前、何やってんだ⁉」

「仕事だ」

家の中でルッツを怒鳴り付ける時のような声をジークが出したけれど、ルッツは補佐から視線を外さずに静かに答えた。かなりベンノとマルクにしごかれているようで、ルッツは胸を張って補佐とやり取りしている。去年の今頃は市場の値札くらいしか数字が読めなくて、自分の名前がやっと書けるようになったと喜んでいたルッツの成長が著しい。

「ジークお兄ちゃん、ルッツは補佐の人と商談中だから邪魔しちゃダメだよ。料金のことはよくわからないって言ったのはジークお兄ちゃんでしょ？」

わたしが止めると、ジークは困ったようにわたしとルッツの間に視線を行き来させた。

「マイン……。でも、ルッツが、あんな……」

「ルッツは商人見習いとしてすごく頑張ってるよ。ジークお兄ちゃんが職人として技術を身につけてるように、ルッツは商人としての知識や技術を身につけてるの」

情報伝達が口だけしかないに等しいここで、親から教えられる家業以外の職に就いて、成功することは滅多にない。多分、家では商人としての職業を否定するだけで、ルッツが仕事している現場を見たのは初めてなのだろう。ジークは何か言いたくても言葉が出てこないような、複雑な顔でルッツを見た。

「ジークお兄ちゃん、ルッツの努力をちょっとでいいから認めてあげて？」

「……」

補佐とルッツが話し合った結果、値段は最初にわたしが提示したもので決定した。ルッツの成長を満足そうに見守っていたベンノが片腕でわたしを抱き上げて、もう片手でわしゃわしゃとルッツの頭を掻き回しながら木工工房を出る。ベンノの肩越しに難しい顔のジークが映った。

十日後には、鉄筆とカルタの元になる板ができあがった。もちろん、ベンノが注文した書字板も仕上がった。豪奢な書字板を抱えて、ベンノはご機嫌で蝋の店に行って、蝋を流し込んで完成させる。

「それで、マイン。これはどうやって使うんだ？」

ギルベルタ商会に戻って、ベンノはうきうきとした様子で書字板を取り出した。自分の書字板を抱えたルッツも興味深そうに覗き込んでくる。

「これは出先で覚え書きをするためのものなんです。この輪に引っ掛かっている鉄筆を使って、この蝋部分に字を書きます。片面は片手で持てる大きさだし、紙と違って板は硬いから書きやすいでしょ？　インク壺を持つ人が側にいなくても書けるというのが書字板の魅力です」

早速ベンノが手に持った状態で、中に字を書いた。鉄筆で細く彫る感じで、白い跡が残る。

「……なるほど。蝋に筆跡が残るんだな」

「はい、閉じてしまえば、石板と違って中の文字が消えることもありません。ただ、覚え書きのための物だから、帰ってから紙や木札のような保管できる物に書き写さなきゃダメなんですけど。書き写した後は、この平たい方で蝋を均せば、また使える……はずです」

わたしが使ったことがあるわけではない。本で読んだだけだ。昔の徴税人が馬に跨ったまま、メモをするのに書字板を使っていた、と。

「中の蝋がボロボロになっても、蝋をこそげて入れかえれば使えます。……これって、商品になりそうですか？」

「読み書きができる商人や貴族専用だな。客層を考えれば、木工の彫刻ができる工房を押さえて、枠を装飾しなければ駄目だ。だが、インクが必要なく、すぐに書けるのは便利で良い」

自分の名前と店の紋章を撫でながら、ベンノがそう評した。

「売れそうですか？」

「商人には売れると思うが、貴族は微妙だ。側仕えがいて、常にペンとインクを持たせているからな。……そう考えると、むしろ、側仕えに必要かもしれんな」

「わたしもフランの様子を見て思いついたんです。側仕えが使うなら、ごてごてした装飾はそれほど必要ないので、値段が抑えられますね」

「よし、権利を買っておこう」

わたしはさっさとベンノに書字板に関する権利を売り払った。鉄筆を作る必要がある以上、今のマイン工房で書字板を作るのは不可能だし、今は目先のお金が欲しい。

「ところで、マイン。そっちの板は何に使うんだ？」

バッグの中にバラバラになって入っている板を指差して、ベンノが問いかけた。ここでは袋に入れてくれるようなサービスはない。マイバッグで持って帰るのが基本だ。カルタが完成したら、片付けやすいように父さんに箱を作ってもらった方が良いかもしれない。

「これは『カルタ』です。まだ完成してないんですよ。これから書かなきゃいけないんです。この半分は絵札で、基本文字とそれを頭文字にする物の絵を描きます。例えば……」

わたしは書字板を開いて、片方に絵札、片方に読み札を即席で作ってみた。「て」の頭文字と鉄筆の絵を描く。もう半分は読み札だ。「鉄筆。書字板に字を書く時に使うもの」と書いた。

どうだ、とベンノに見せると、ベンノはものすごく戸惑ったような顔でわたしを見た。

「……もしかして、全部、お前が書くのか？」

「そうですけど？」

カルタを知らない人に任せられるわけがない。ギルへのプレゼントはわたしが仕上げるつもりだ。

胸を張ってそう言うと、ルッツが頭を抱えた。

「マイン、別のヤツに任せろ。特に絵。それじゃあ、何を描いているのか、わからないじゃないか。もらったギルが困る」

「お前、字は上手いが、絵は下手だな」

二人の容赦ない言葉に、わたしはグッと息を呑んだ。別にイラストは苦手なわけではない。少なくとも、麗乃時代に下手だと言われたことはない。

「……へ、下手じゃないもん！　ちょっとデフォルメされてるから、そう見えるかもしれないけど、前衛的なだけだし！　そのうち世間がわたしに追いついてくるから大丈夫」

「何を言っているのかわからんが、事実は認めろ。絵は別のヤツに任せるんだ。いいな？」

……下手じゃないもん。


ベンノとルッツの意見が正しいかどうかわからなかったので、わたしは次の日、神殿の自室で側仕え達に意見を聞いてみた。

「……そんな風にベンノ様に言われたのですけれど」

わたしが自分の書字板に描いた絵を見せながら説明すると、デリアは目を丸くした。

「ベンノ様の言う通りではありませんか。マイン様は絵をご覧になったことがないの？」

「神官長の部屋に行く途中に色々あるから見たことがないわけないだろう？　ただマイン様が苦手なだけだって」

デリアとギルの言葉にぐさりと胸を貫かれて、わたしがフランに視線を向けると、苦しそうにフランが眉根を寄せて、少し視線を逸らした。

「……そうですね。実に個性的だと」

礼拝室や門、回廊に置かれた宗教関係の彫像や絵、青色神官の部屋に飾られている美術品ばかりを見て育っている神殿育ちの側仕えの言葉はとても辛辣だった。写実的で繊細な物でなければ、認められないらしい。

「マイン様、絵はヴィルマに任せればいかがでしょう？　彼女は以前にいた青色巫女から絵の手解きを受けていたはずです」

「え？　絵の手解き？　側仕えはそんなこともできるの？」

「……主の求めるものによって、側仕えが必要とされる能力は様々ですから」

孤児達は洗礼式を終えると、礼拝室や回廊の掃除、洗濯などの下働きをする灰色見習いとなる。その時の真面目さや機転により、側仕えが自分の後継としての側仕え見習いにするかどうか決める。側仕え見習いとなれば、住居が孤児院から貴族区域に移動する。貴族区域で下働きと大して変わらない仕事をしながら、側仕えとなるために必要なことを先輩に叩き込まれる。

「そのため、客人を迎えるための作法だけは側仕えになれば必ず教えられますが、仕える神官や巫女によって、仕事内容が全く違います」

「花を捧げることについて教えられる巫女見習いもいれば、計算に特化した神官見習いもいるということですわ」

ほぅほぅ、と説明を受けたわたしはギルに尋ねる。やはり、プレゼントをもらう立場のギルの意見が一番大事だ。

「ギル、どうする？　ヴィルマに頼む？」

「え？　オレ？　なんで？」

不思議そうなギルにわたしはご褒美の理由を教える。

「……孤児院の子供達に毎日こっそりご飯を持って行ってくれたでしょ？　あの子達のために一番頑張ってくれたギルへのご褒美なの」

「ご褒美か。うーん……」

そう言った後、ギルは悩み始めた。しばらくたつと、何故か、どんどん顔が赤くなっていって、頭を抱えてしまった。「嫌だ。恥ずかしくて言えねぇ」とか呟いている。うー、とか、あー、とか、その場をぐるぐるしながら唸り始めた。

もしかして、ヴィルマに何か楽しい感情でも持っているのだろうか。頼みに行くのが恥ずかしいのだろうか、とわたしが生温かい目でギルの奇行を見守っていると、一大決心したようにギルが顔を上げた。

「オレ、絵はどっちでもいい。マイン様に時間がないなら、ヴィルマに頼んでも良いけどさ。字だけはマイン様に書いてほしい。マイン様の字、綺麗だから、その……あの、あぁぁぁ！」

恥ずかしさに耐えきれなかったようで、ギルが一階へと駆け下りていく。バン！　と乱暴にドアが閉まった音が大きく響いた。おそらく自分の部屋へ籠もって、恥ずかしさに打ち震えているのだろう。

「……マイン様、いかがいたしますか？」

「誰かを褒め慣れてないギルが、照れながら必死に褒めようとしているところがとても可愛かったので、全力で読み札作りに取り掛かりたいと思いました」

「では、絵札はヴィルマに頼みますね」

笑いを堪えるような顔をしているフランの言葉で、絵札はヴィルマに任せることが決まった。話が一段落したので仕事に動き出そうとしたフランを、わたしは急いで呼びとめる。

「フラン、待って。これをフランに」

「……私に？」

わたしはフラン用の書字板を取り出す。持ちやすい手の大きさに合わせてあるので、大きさは違うけれど、お揃いだ。

「フランは一番お仕事が多いでしょう？　成人している側仕えが一人しかいないのに、わたくしが孤児院の院長まで引き受けてしまったから、毎日調整に大変ですよね？　とても頑張ってくれていること、本当に感謝しているのよ。ご褒美です」

フランに書字板の使い方を説明して、門のところで困っているフランを見て思いついたのだと言うと、フランが茶色の目を細めて嬉しそうに笑った。

「思いついたからと即座に商品を作ってくださるとは……。マイン様に応えられるよう、私も体調管理を完璧にこなしたいと存じます」

フランがそっと書字板を手に取るのを、デリアが羨ましそうにじとーっとした目で見ているのに気が付いた。相変わらずわかりやすい。

「デリアはこちらよ。デリアは孤児院に行かなかった分、ここでギルがいない間の一階の掃除やフランがいない時の来客対応などを頑張ってくれましたから」

「これは何ですの？」

「石板と石筆ですわ。これで字の練習をしてちょうだい。側仕えは主の手紙の代筆もできるようにならなければダメなのでしょう？」

わたしが石板にデリアの名前を書いて渡すと、デリアは食い入るようにその字を見つめる。ギルと違って、デリアは少しくらいの文字は知っているかもしれないと思ったが、もしかしたら、神殿長のところでは全く文字を教えてもらっていなかったのだろうか。

「これがデリアの名前。まずは自分の名前が書けるようにならなくては。ね？」

しばらく時間がたって、ようやく落ち着いたらしいギルが部屋から出てきたので、石板と石筆を渡す。すぐさまデリアとギルが先を争うようにして文字の勉強を始めたので、わたしはギル達のお手本になるように、細心の注意を払って、カルタの字を書き始めた。読み札の内容は、神殿育ちのヴィルマが絵を描きやすいように聖典や神様に関するものばかりだ。

わたしが字を書き、ヴィルマが絵を描いたカルタの完成品を見たベンノは、すぐさま権利を欲しがったけれど、カルタは子供達のためにマイン工房でも作りたいと思っている。基本はベンノの独占だが、マイン工房でも作ることを盛り込んだ上、アイデア料として利益の三割をもらうことで契約した。これで、カルタが売れる度に少しずつお金が入ってくることになる。

懐具合がカツカツから少しマシになったわたしは、知育玩具や娯楽用品が結構売れるかもしれない、と先のことに思いを馳せながら軽く安堵の息を吐いた。

星祭りの準備

本日はコリンナ宅へお邪魔して、普段使いと儀式用の青い衣の正式注文をすることになっている。儀式用は時間がかかるので、先にベンノを通して依頼していたが、刺繍の柄とか、帯の織り方とか、料金とか、決めることがたくさんあるらしい。

今日の付き添いはコリンナから家族の女性が良いと指定された。コリンナが妊娠中なので、採寸の手伝いをするためだ。前にベンノが服の上から採寸してくれたけれど、これから長い付き合いになりそうなので、きちんと採寸しておきたいらしい。そのため、今日はルッツがお休みでトゥーリと一緒に行動している。母さんは少し体調が良くないらしく、行きたがっていたけれど、父さんからストップがかかった。

「儀式用の衣装って、すごく良い布を使うんだね？　こんな柔らかくてつるつるした綺麗な布を見たの、わたし、初めて」

わたしを下着姿にして、採寸を終えたトゥーリは目を輝かせて、布に触れた。トゥーリの工房ではここまで良い布を扱う依頼は来ないらしい。わたしの儀式用衣装に使うのはベンノに贈られた布だ。元々は白だったが、すでに母さんの勤める染色工房で青に染められて、店に戻って来ている。ラピスラズリのような深い青で、わたしの髪の色にも似ている。

「マインちゃん、もう服を着ても大丈夫よ。トゥーリ、お手伝いありがとう。この儀式用の衣装は縁取りに聖典の祈りの文句を装飾的な字体で刺繍するの。光が当たると金や銀に輝いてとても綺麗になるわ」

そして、襟元の刺繍の真ん中に紋章が縫いとめられる。貴族はそれぞれの家紋を刺繍するが、わたしには家紋がないので、工房の紋章だ。

「これがマインの紋章？」

「そう。これが本。これがインクでこれがペン。それから、紙作りの原料の木と髪飾りの花を組み合わせてあるの。わたしが考えたのにベンノさんがいっぱい付け足してできたんだよ」

「どうせマインのことだから、変なのを作って、修正されたんでしょ？」

「……簡素すぎるって言われただけだもん」

わたし達の会話を聞いたコリンナがクスクスと笑いながら、大きな作業用のテーブルの上に青の布をふわりと大きく広げた。つるりとした光沢のある青い布で波だった海のようにテーブルがいっぱいになる。

「儀式用の衣装は本来なら、糸を選んで織り方を指定して、布に模様が浮かび上がるようにするの。けれど、今回は時間がないから、すでにできている布を使うでしょう？　同じ色の糸で全体的に刺繍を入れて、光が当たった時に形が浮かび上がるようにしようと思っているのだけれど、マインちゃんはどんな模様が良いかしら？」

　生地自体に織り方で模様を入れると言われて、わたしの頭に一番に思い浮かんだのはお着物の地紋だった。綸子(りんず)や緞子(どんす)のような感じで刺繍を入れるつもりなのだろうか。いくらわたしの背が小さくて、刺繍を入れる布が大人に比べると少なくて済むとはいえ、ゆとりがたっぷりあって袖口が振袖のように長いので生地は大きい。一から生地を織るより時間が短縮されるが、全体に刺繍を入れるのは大変だ。

「あの、コリンナさん。どんなと言われても、わたし、儀式用の衣装自体をよく見たことがなくてわかりません。でも、全体的に刺繍を入れるなら、できるだけ簡単に……」

　自分の洗礼式の時に見たはずだが、記憶はグ○コと図書室に全部持って行かれている。神殿長が持っていた聖典なら覚えているけれど、豪華そうだった衣装についてはさっぱりだ。

「お貴族様の儀式用の衣装が簡単じゃダメでしょ！　これだから平民は、って言われるよ」

「でも、全体に刺繍なんて大変だし、ちょっとでも簡単な方が良い、って思わない？」

　憤慨(ふんがい)するトゥーリを一生懸命宥めていると、コリンナが「そうねぇ」と頬に手を当てた。

「トゥーリの晴れ着を簡単にお直しして豪華に見えたように、刺繍でも簡単で豪華に見せることができれば良いけれど、マインちゃんは何か思い当たるものがあるかしら？」

コリンナに問われて、わたしはうーん、と記憶を探った。小さい模様をちまちまと全体に刺繍していくよりは、大きめの柄を刺繍した方が刺繍する部分は少なくなるはずだ。

「……『流水紋』に花を添えるなら、どうかな？　えーと、こんな感じで水が流れている感じの模様にところどころ花を入れるんです。水の間隔を広げたり、花弁を散らしたりすれば、刺繍している部分は少なくても、豪華に見える……と思うんですけど」

石板にぐにぐにとした曲線を描いて、曲線部分の線の太さを太くしたり細くしたりして、流水模様を描き、適当に細長いハートを五つ固めた桜と花弁っぽい小さなハートを散らしてみる。

「花はもうちょっと図案を考えた方が良いけれど、この水の流れはいいわ。マインちゃんはベンノ兄さんの水の女神だものね？」

楽しそうに笑うコリンナの口から出てきた言葉に、ひくっと口元が引きつった。ベンノやわたしが否定しても、妹であるコリンナの口から語られたら周囲の誤解が解けるはずがない。

「……あの、コリンナさん。それって、一体どこまで広がってる話なんですか？」

「オットーが面白がって広げているから、よくわからないわ」

……オットーさんのバカバカ。ベンノさんに怒られろ！

コリンナが準備してくれた昼食を摂っている間、コリンナとトゥーリは二人で流水に添える花の話で盛り上がり始めた。わたしはそれほど多くの花の名前を知らないので、当人にもかかわらず、置いていかれている。

「コリンナ様、ベンノ様が入室されたいそうですが……」

「昼食中に悪いな、コリンナ。マインに渡すものがあるんだが、いいか？」

「えぇ、大丈夫よ。マインちゃんは食べ終わって、暇を持て余しているようだもの」

手招きされたわたしは、椅子からぴょいっと飛び下りてベンノのところへと向かう。

「他のヤツがいないところで、お前一人で読んでくれ。その後は、お前に任せるから、思い当たる解決策があれば、教えてくれると助かる」

わたしにたった一枚の紙を渡してそう言うと、ベンノは軽く手を上げて、さっさと下の店の方へと戻って行った。わけがわからない。わたしは辺りを見回して誰もいないことを確認し、その場ですぐさま手渡された四つ折りの紙をカサリと広げてみる。紙に書かれていたのは、ベンノが抱えている問題の一覧表だった。

「ちょ、ちょっと、罵倒と注意事項のメモ用紙の次は、課題一覧のお手紙？　こんなの、もらっても困るんだけど……」

コリンナが妊娠してからオットーが浮かれて使えないというくだらない問題から、イタリアンレストランの内装やメニュー、サービス、客単価に関するものまでさまざまだ。わたしはベンノに対する答えを考えながら、問題を一つ一つ吟味していく。そして、最後に書かれている問題を読んだ。

次の瞬間、すぅっと血の気が引いていく。

「マイン、何だったの？　何が書いてあるの？」

どれだけの間、その場に立っていたのか、トゥーリが心配そうに顔を曇らせて手紙を覗き込んできた。慌てて手紙を畳んだが、字が読めないトゥーリには模様の羅列に等しいと気付いて、そっと息を吐く。

「お仕事のことだから、秘密だよ」

知りたがるトゥーリを誤魔化しながら、わたしは問題一覧が記された紙をさっとバッグに入れた。最後の問題について何か解決策がないか、思いを巡らせてみるが、すぐには浮かばない。

余所の街にルッツを連れて行くのは、工房の場所を押さえてからだ、とベンノが言っていたので、それを鵜呑みにしていた。まさか、ルッツの父親から許可が取れないため、連れ出せないとは気付かなかった。ルッツはわたしと同じようにベンノの言い分を信じている。余所の街から帰ってきたベンノを見て、「早く工房の場所が決まらねぇかな？」と期待に目を輝かせていた。そんなルッツに「お父さんが許可を出してくれたら明日にも行けるよ」なんて言えるわけがない。ルッツの家庭に修復しようのない亀裂を入れてしまうことになる。

……ルッツのお父さんを懐柔する方法なんて知らないよ。

トゥーリとコリンナが刺繍する花を春夏秋冬で入れたいが、上から下にするか、左から右にするかで盛り上がっている横で、わたしは頭を抱えた。

「そろそろ星祭りだな」

「へわっ⁉　な、何？」

神殿に向かう道中でルッツに声をかけられて、わたしはビクッとして辺りを見回す。ルッツは少し目を細めて、わたしを覗き込んだ。体調管理をしているルッツに隠し事をするのは、わたしにとって至難の業だ。

「何だよ、マイン。ずいぶんぼーっとしてないか？」

「してない、してない！　何の話だっけ？」

わたしがすっとぼけたことはお見通しだったようで、ルッツは一つ溜息を吐いた後、話題を戻してくれた。

「星祭り。今年は一緒に行けそうか？」

「星祭り？……あぁ、夏のお祭りだっけ？　水遊びだったよね？」

「水じゃなくて、タウの実をぶつけるんだよ」

タウの実は春に見た小さい赤い実だ。夏には水をたくさん含んで、拳ほどに膨らんでいると聞いた。わたしは自然にできる水風船のような物だと理解しているが、実物を見たことはない。

「水遊びじゃなかったら、星祭りって何のお祭り？」

今まで不参加でどんな祭りなのか全くわからないわたしにルッツが教えてくれた。星祭りは水遊びのお祭りではなく、結婚式が行われる日らしい。どうやら一年に一度行われる下町の合同結婚式で、タウの実をぶつけるのは結婚式に関連して行われるイベントのようだ。

「結婚式に関係ないヤツらは二の鐘の開門と同時に森に行ってタウの実を拾うんだ。三の鐘が鳴ったら、結婚式が始まって、四の鐘で式を終えた新郎新婦が出てくる。それまでに中央広場を中心に色んな路地に潜んで、タウの実を持って構えるんだ」

洗礼式で大量の人達が大通りに出ていた光景を思い浮かべ、皆がそれぞれの手に水風船を持っている図を思い浮かべた。シュールだ。意味がわからない。だが、冠婚葬祭にまつわるイベントなんて、余所から見たら意味不明なものが多い。昔読んだ本にも、結婚式で客同士が殴り合うとか、招待客一同が初夜に押しかけるとか、領主の初夜権とか、色々あったはずだ。ここの文化だと思って聞いておくのが一番だろう。

「それで、新郎新婦が中央広場に全員入った後、ベルが鳴ったら戦闘開始。新郎新婦にタウの実をぶつけるんだ」

「え⁉　新郎新婦に⁉」

「そう。新郎は新婦を守りながら、新居に走り込む。男の甲斐性ってやつを試されるんだってさ。大体は新郎新婦に投げる途中で色んなヤツに当たって、投げ返して、投げ返されて、街中を走り回ってくたくたになる」

予想以上にすごい祭りだった。日本の結納だって謎の品物を交わすけれど、こじつけにせよ、意味はある。新郎新婦にぶつけるというタウの実が、種の多く取れるような実なら、子孫繁栄とか子宝祈願という意味があるのかもしれない。

「でもさ、一番張り切ってタウの実を集めてぶつけるのは、今年結婚できなかった成人なんだよ。毎年、新郎新婦を狙う目にすげぇ気迫が籠もってるんだ。面白いけどさ」

あぁ、わかる。そんな呟きが胸に浮かんだ。わたしは麗乃時代を含めても、恋人とか結婚とかには非常に縁が薄かった。結婚できなかった成人が幸せいっぱいの笑顔で神殿から出てくる新郎新婦にタウの実を力いっぱい投げつけたくなる気持ちがよくわかる。

「……どんなお祭りか、理解できたよ。楽しみだね、ルッツ」

「お、マイン。急にやる気だな？　それで、タウの実で追い立てて、新郎新婦がいなくなったら、色んな広場にお祝いの食べ物が並べられる。それを食べて満足する頃には日が暮れるから、子供は家に帰るんだ。その後、子供は絶対に外に出ちゃいけない。次は酒が並んで、成人だけの祭りになるんだ」

星祭りという名前の祭りだけあって、一番重要なイベントは夜のようだ。子供を排除した後、新郎新婦が登場して盛大に祝われ、未婚の成人が恋人探しをするお祭りになるらしい。ここで一番悔しがるのは、夏の終わりに成人式がある夏生まれの者達だとルッツは言った。

「その、星祭りって、孤児院の子達は参加するのかな？」

「さぁ？　そういえば今まで見たことないな。……マインは神殿でやることあるのか？　確か、秋まで儀式はないって言われたみたいだけど、星祭りには一緒に行けそうか？」

ルッツに不安そうに尋ねられてもすぐには答えられなかった。神殿で結婚式がある以上、何か仕事があるかもしれない。

「……よくわからないから、神官長に聞いてみるよ」

神殿に着くと、ルッツは店へ戻って行く。ルッツを見送った後、部屋で着替えたわたしは早速神官長に面会依頼の手紙を書きながら、フランに星祭りについて聞いてみた。

「ねぇ、フランは星祭りに参加したことがあるのかしら？」

「星祭りではございません。星結びの儀式です。星結びは婚姻を寿ぐ儀式ではありませんか」

神殿では、星祭りではなく星結びと呼ばれている儀式で、最高神である闇の神が、命の神と土の女神の婚姻を祝福した神話に因んだものだとフランは説明してくれた。元々は闇の神の加護を得られやすい夜に行われた儀式で、今でも貴族街では本当に夜に行われているらしい。街の人数が増えすぎて、貴族と平民の儀式を分けることになった時、平民の儀式は午前中に行われるようになったということだ。

「闇の神の祝福なら、冬の方が夜の時間は長くて良さそうだけれど……」

「マイン様、闇の神が結婚を許したのが夏でございますし、冬には奉納式がございますので、祝福を授けられる神官がいないと思われます」

フランの否定に頷きながら、わたしは真冬の結婚式を頭に思い浮かべて、軽く頭を振った。自分で口にしてみたものの、真冬の結婚式は雪に埋もれて無理だ。

「よく考えてみると、吹雪の中神殿に向かうのは難しいし、新婚家庭が冬支度をしようと思ったら、秋前に結婚するのが合理的ですものね。結婚記念日が皆同じなら、間違えて奥様の機嫌を損ねる旦那様もいらっしゃらないでしょうし」

わたしはそう言いながら、手紙を書き上げた。

「フラン、この手紙を神官長にお願いできるかしら？　星結びの時の孤児院やわたくしの役割について、神官長に伺いたいことがあるの」

神官長とは午前中に書類整理で顔を合わせるにもかかわらず、ちょっとした相談事にも面会が必要で、手紙で予約しなければならない。そんな面倒くささにも少しずつ慣れてきた。些細な質問ならば、手紙に回答を記されて済んでしまうことも多々ある。とにかく、フランと神官長に口を酸っぱくして言われたのが、他人がいるところで不用意に喋るな、ということだった。


面会予定日を数日後に覚悟していたにもかかわらず、神官長はフランが渡した手紙に目を通した瞬間、頭を抱えてわたしを隠し部屋に招いた。おとなしくついていくけれど、面会依頼の手紙で頭を抱えられる理由が思い浮かばない。

「面会予約がないのに、よろしいのでしょうか?」

隠し部屋に入ってすぐにわたしがそう尋ねると、神官長が目を尖らせた。普段は取りすました顔でお小言を言うのに、この部屋では神官長が冷気を発するような怒りを見せてお説教するので、怒られる時はここよりいつもの部屋が良い。

「この愚か者。星結びの儀式は明後日だ。招待状など出していたら、儀式が終わるではないか」

「そろそろ星結びと言われたので、まだもう少し時間があるものだとばかり……」

「今まで溜まっていた書類整理が順調に進んでいるせいで、後回しにしてしまったが、先に君の教育をしなければならないようだな」

わたしが神殿内の行事を全く把握していないことを神官長にはっきりと認識されてしまった。これはまずい。危険な兆候だ。神官長の側仕えになれば嫌でも一流になると、孤児院の灰色神官の間で噂の熱血教育が我が身に降りかかってくる予感がして、わたしはそっと視線を外す。視界の端に神官長の呆れかえった顔が映った。

「まったく君は……。先程の質問の回答だが、星結びの儀式は成人の儀式だ。君は見習いのため、儀式には参加してはならない。孤児院長として孤児達が孤児院から出ないように、よく見張っておきなさい。星結びの儀式は街の者が神殿にたくさん出入りする。そして、お布施目当ての青色神官が張りきる儀式なので、儀式中は一人も孤児院から出さないように」

お祭りの日に孤児院にいろ、と言われてしまったわたしは焦る。星祭りに参加してタウの実を投げたいのに、孤児院に閉じこもるのは嫌だ。

「あの、わたくし、下町の方の星祭りに参加したいのですが、ダメですか？」

「下町の祭りとは？」

神官長がわずかに眉を動かした。

「午前中は街の子供達が皆タウの実を拾いに森へ行くんです。午後はタウの実をぶつけ合うお祭りだそうです」

「……何だ、それは？　星結びと一体何の関係がある？」

「よくわかりません。去年は身食いの熱で、その前も体調が良かった時がなくて、わたくし、今まで参加したことがないのです。今年が初参加でとても楽しみにしているのですけれど……」

神官長がくっきりと眉間に皺を刻んだ。駄目だと言ってしまいたいが、初めて参加できるようになったのに可哀想だという拒絶と同情の間で揺れているような顔だ。

「……ダメ、でしょうか？　孤児院の子供達も出してしまった方が静かだと思いますけど？」

「午前はそれでも良いが、午後はどうする？　その実をぶつけ合うのだろう？　孤児達を街に出して、無用の衝突が起こると困る。午後は青色神官が貴族街へと赴くので、責任者がいないという状況になる」

午前中の儀式を終えたら、青色神官とその側仕えは貴族街の星結びの儀式のために神殿を出払うらしい。わたしはポンと手を打った。

……怒る人がいないなら、神殿の敷地内で遊べばいいんじゃない？

「神官長、午前中に森で実を拾ってきて、午後からは外で揉め事を起こさないように孤児院の中だけでタウの実をぶつけ合うなら許してくださいますか？　子供達にもお祭りを体験させてあげたいんです。わたくしも初めてなので、とても楽しみにしていましたし……」

軽く目を伏せて、しばらく考え込んでいた神官長がゆっくりと視線を上げた。

「しっかりと後片付けをすること。それから、街の人が訝(いぶか)るほどの大騒ぎでなければ構わない」

「ありがとう存じます」

午後からは早速孤児院で打ち合わせだ。青色神官に見つからなければそれでいいということで、朝早くに礼拝室の清掃を済ませた後、森用の服に着替えて、わたしやルッツの到着を待つ。その後、こっそりと抜け出して森にタウの実を拾いに行く。

儀式の日は孤児院に閉じ込められるのが常である孤児達は大喜びだけれど、儀式に参加したり、貴族街へと出かけて行く青色神官の馬車を準備したり、門番として立たなくてはならない灰色神官は、森にタウの実を拾いには行けない。羨ましそうにはしゃぐ子供達を見ている。

「どのお役目も儀式が終わるまでなのでしょう？　タウの実を投げ合うのは青色神官と側仕え達が貴族街に出かけてからになるから、皆のお役目が終わった後で投げ合いっこしましょう。皆で楽しめた方が良いもの。神官達のお役目が終わるまで、我慢して待てるでしょう？」

わたしが子供達に問いかけると、子供達は大きく頷いた。

「うん。待つよ！」

「オレ、役目で来られない人達の分もいっぱい拾う」

役目がある灰色神官には、子供達にも我慢してもらうことと、夕飯の準備をすることで妥協してもらった。なんと、青色神官が出払ってしまうので、星結びの儀式の日は毎年夕飯抜きになっていたらしい。

「わたくしの料理人に頼んで、たくさん作っておいてもらいましょう」

部屋に戻った後、フーゴとエラに星結びの日のお勤めは四の鐘までで終わりだが、その代わりに夕飯分も作っておいてほしいとフランを通してお願いした。どうやら、フーゴは結婚できていない成人のようで、祭りへの参加に意欲を燃やしているらしい。なるべく早く仕事を終わらせると意気込んでいるとフランから聞いた。

……新郎新婦にタウの実をぶつけることはできなくなったけど、孤児院の子供達が楽しんでくれたらいいな。

星祭り

星祭り当日。太陽は顔を出しているものの、まだ夏の暑さを感じさせない早朝。すでに街は祭り特有のざわめきと、人の動きによる熱気が立ち込め、開門前の早い時間にもかかわらず、南門や東門に向かう人の流れができていた。

「母さん、いってきます！」

「はしゃぎすぎないように気を付けて。ルッツ、いつも悪いけど、マインを頼むわね」

わたしは迎えに来たルッツと一緒に家を出た。家を出るのはトゥーリも一緒だったが、トゥーリは自分の友人達と一緒にお祭りを楽しむので、別行動だ。ラルフやフェイと一緒に門に向かって駆けて行く。

「じゃあ、マイン。今日は楽しもうね」

「トゥーリもね」

トゥーリやラルフに手を振って別れた後、わたしとルッツは人の流れに逆らうように神殿に向かった。今日は水遊びができるように普段着だ。あちらこちらの路地から連れ立った人達が出てきては、楽しそうに目を輝かせて南門に向かって歩いていく。皆濡れることを想定しているようで、お祭りだというのに晴れ着を着ている者はいない。

人の波に逆らいながら中央広場を過ぎて、さらに北へと向かう。その頃には人通りが少なくなってきた。開門と同時に森へと向かう人達は、もう門のところへ行ってしまったようだ。

「マインは孤児院で留守番な」

「え？　なんで⁉」

皆と一緒に森へ行ってタウの実を拾うつもりだったわたしは、目を丸くしてルッツを見上げた。ルッツは言いにくそうに顔を歪めながら口を開く。

「マインだけを祭りに連れて行くなら、森で二、三個タウの実を拾って帰ってくるつもりだったんだけどさ。新郎新婦に投げるんじゃなくて、孤児院に戻ってから、皆で投げ合うことになっただろ？　そうしたら、量が必要だ。マインがいたら四の鐘が鳴るまでに神殿に戻れねぇよ」

皆と一緒に遠足気分で森に行くつもりだったわたしは、ルッツの正論に項垂れた。相変わらず足手まといにしかならない我が身が憎い。慰めるようにポンポンと頭を叩きながら、ルッツは少し声を潜めた。

「それにさ、孤児院の様子を見に来るヤツがいるかもしれないんだし、院長のマインは残っていた方がいいんじゃないか？」

「うっ……。確かに」

神官長や神殿長の側仕えが注意をしに来たり、様子を見に来たりする可能性は高い。もし、神殿長に孤児院がもぬけの殻だと知られてしまったら、わたしだけではなく、許可を出した神官長にもお咎めが向かうかもしれない。

「お役目があって残ってるヤツもいるんだろ？　タウの実は皆で拾ってくるから、マインは留守番。それができないなら、オレは手伝えない」

「……わかった。留守番してるよ」

わたし達が神殿に着くのとほぼ同時に、二の鐘が街中に鳴り響いた。開門の時間だ。

ルッツに先導された皆が孤児院の裏口から喋らないように口を押さえて、こそこそと出かけるのをフランと一緒に見送った。門番が笑い出すのを堪えている姿に、つられて笑ってしまいそうになる。神殿から離れた皆が声を上げて、門に向かって走り出すのを見たわたしは、羨ましい気持ちを抱えながら自室へと向かい、孤児院に向かえるように青の衣へと着替えた。

「デリアは森へ行かなくて良かったの？」

「森に行くのは、あたしが愛人になるために必要ないことですもの。早く字を覚えたいですし」

わたしがあげた石板で先を争うようにして字の練習をしているギルとデリアだが、ギルの方が覚えるのは早い。多分カルタを持って行って、孤児院で皆と遊んでいるせいだと思う。

「今のところギルに負けていますものね？」

「もー！　ほんの少しではないですか！　すぐに勝ちますわ！」

自主的に居残りをするデリアに料理人の監視を任せて、わたしはフランと一緒に孤児院に向かうことにする。一階に下りていくと、タウの実を投げ合う四の鐘までに料理を完成させたいフーゴとエラが鬼気迫る勢いで調理しているのが、開け放たれたドアからちらりと見えた。

「本日の午前中は神殿における儀式についてお話しするよう、神官長から言付かっております。マイン様がきっちり覚えるまで、タウの実を投げ合うのは禁止、とのことでございます」

「うわぁ……」

教育に関しては一切の妥協を許さないらしい神官長はさっそくわたしの教育プログラムを組んだようだ。今日中に覚えることが結構ある。木札に書かれた内容を見て、げんなりとしてしまうわたしに、「神官長は計算能力や識字能力からこれくらいはできると判断した量を課していらっしゃいます」とフランは言った。でも、神官長は誤解している。わたしの計算能力は前世の賜物で、識字能力は読書に必須の能力だからこそ頑張れたものだ。神殿の儀式に対する記憶量の基準にされると困る。わたしはそんな優秀な頭を持っていないのだ。

わたしが回廊をぐるりと回って孤児院に向かっていると、儀式の準備に向かっているのか、初めて見る青色神官とバッタリ顔を合わせた。

「おや、恥知らずにも青をまとった平民ではないか。今日の儀式に子供の出番はないぞ？」

「儀式ではなく、孤児院に詰めて子供達が儀式の邪魔をしないように、とのお役目を神官長よりいただいております」

「ほぅ、なるほど。平民には孤児の面倒を見るのがお似合いだな。しっかり励め」

「激励のお言葉、ありがとう存じます」

面白くなさそうにフンと鼻を鳴らして、青色神官が去って行く。わたしも孤児院に向かって歩き始めた。フランが気遣わしげに眉を寄せて、心配そうに呼びかけてくる。

「あの、マイン様。先程の……」

「気にしなくても大丈夫よ、フラン。口で言われるだけならば平気です。実害は全くないもの」

孤児院に入ると灰色巫女が数人、孤児院に残っていた。花捧げの候補として残されているだけあって、どの子もタイプは違うけれど、顔立ちの整った綺麗な子ばかりだ。

「あら、マイン様。どうかなさったのですか？」

くるりとわたしの方を振り返り、小首を傾げる。その仕草はとても洗練されていて、わたしよりよほどお嬢様らしく見える。

「様子を見に来る人がいたら困るので、ここにいることにしました。貴女達はお役目かしら？」

「いいえ、わたくし達は森へ行くことにそれほど魅力を感じませんから、残ってスープでも作ろうかと話し合っていたのです」

灰色巫女の中の一人に見知った顔を見つけた。明るいオレンジに近い金髪をきっちりと結い上げた十代半ばの少女だ。いや、髪を結い上げている以上、成人しているのだから少女というのはおかしいかもしれない。けれど、少女というのがピッタリくる幼い顔立ちをしている。

「ヴィルマ、先日はカルタの絵を描いてくれてありがとう。とても素敵に仕上がっていたわ」

ヴィルマのいつもにこにこしている明るい茶色の瞳が嬉しそうに細められて、やんわりとした雰囲気をさらに際立たせた。

「わたくしこそ、絵を描かせてくださってありがとうございました。ペンを握ったのも久し振りで、本当に嬉しかったのです。ここの子供達がとても興味深そうに見ておりましたが、孤児院のためのものではなかったのですね」

「あれはわたくしの側仕えに対するご褒美でしたから。ヴィルマがもう一度描いてくださるなら、孤児院の子供達のために板を注文することはできますけれど?」

板を準備して、文字を書くくらいなら何とかなるが、周囲の人が揃って止めるくらいわたしのイラストはここの文化の絵と違うらしい。カルタを作るにはヴィルマの協力は必須だ。

「まぁ、ぜひ！　ぜひお願いいたします」

ヴィルマが顔を輝かせた。絵を描きたいという熱意と同時に子供達への愛情が溢れている。孤児院の大掃除をした時、一番に子供達の元へと走って綺麗に洗ってくれたのもヴィルマだったはずだ。わたしが近いうちに孤児院の子供達用のカルタを準備することを約束すると、ヴィルマの隣にいた少女が悲しそうに目を伏せた。

「ヴィルマのように絵を描くことができれば、わたくしもお役に立てるのですけれど……」

「あら、ロジーナは楽器が得意でしょう?」

残念そうに溜息を吐いた大人びた綺麗な顔立ちのロジーナの特技は楽器らしい。何それ、優雅。ぜひロジーナの楽器を聴きたいと思ったけれど、楽器は前の主が持っていたので、今は特技も披露できない状態だという。できれば買ってあげたいが、日本でも楽器は基本的に高かった。良い楽器の値段なんて天井知らずに決まっている。

「ねぇ、フラン。楽器って高いですよね?」

「ベンノ様に伺った方がよろしいでしょうが、青色巫女の嗜(たしな)みに音楽は必須でございますよ?」

「マイン様が教養を身につけられるなら、わたくし達、お役に立てると思います。よろしければ、側仕えにお引き立てくださいませ」

ロジーナは以前ヴィルマと同じ青色巫女見習いに仕えていたらしい。芸術にとても関心を寄せていた巫女見習いで、彼女の側仕えは雑用をこなす灰色神官と芸術を分かち合うための灰色巫女や見習いにくっきり分かれていたらしい。ロジーナ達は歌、楽器、舞踊、詩、絵などの腕を磨く毎日だったそうだ。

……うぬぅ。ピアノは三年くらい習わされたけど、他の楽器は授業以外で全く触ったことないよ。ピアニカやリコーダーなんてないだろうし、得意な楽器がカスタネットじゃダメだよね。

書類整理や神殿に関することだけではなく、教養まで身につけなければならないとか、今更だが青色巫女見習いになったのは早まった気がする。

「では、マイン様。わたくし達はスープ作りに行ってまいりますね」

ヴィルマ達がスープを作りに行ってしまうと、孤児院の食堂にフランと二人だけになる。

「ねぇ、フラン。ヴィルマを側仕えに入れたいと言ったら、どう思いますか？　神官長は許可してくださるかしら？」

「理由をお伺いしてもよろしいですか？」

「ヴィルマは絵が上手でしょう？　カルタもそうだけれど、これから先、わたくしが作りたいものには絵が必要になるから、他の青色神官に取られる前に確保しておきたいの。それに、成人していて教養がある灰色巫女も必要ではないかと思ったの」

「おそらく許可は出ると思われます。ただ、この孤児院で幼い子供達の世話を一番しているのがヴィルマのようなので、ヴィルマを引き抜いた後の孤児達がどうなるか……」

「そう。今度ヴィルマの意見も聞いて、少し考えてみましょう」

フランから神殿の儀式について講義を受けるうちに、三の鐘が鳴り響いた。その後、外がざわざわと騒がしくなってくる。星結びの儀式のために、新郎新婦が神殿へとやってきたようだ。見に行きたいけれど、行けるわけがない。


そわそわしながらノルマをこなしているうちに四の鐘が鳴り響いた。星結びの儀式が終わったようで、ざわめきが少しずつ遠くなっていく。静けさが戻ってから少したつと、裏口からこっそりと子供達が戻って来た。口を押さえながら、足音を立てないように、階段を上がってくるのが見えた。

「おかえりなさい、皆さん。タウの実はたくさん採れたかしら？」

「マイン様、しぃーっ！」

喋るな、と言われて、慌てて口を噤む。地階の裏口が閉まった音がして、ルッツが入ってきて、ざっと手を上げた瞬間、皆が口々に喋り始める。

「いっぱい採って来たよ！」

「籠は全部地階に置いてあるの。先にお昼ご飯でしょう？」

「では、手を清めて神の恵みが届くのを待ちましょう。わたくしも一度部屋に戻ります」

ルッツがいるので、回廊ではなく、地階を通って自室に戻ることにした。階段を下りて地階に行くと、皆が拾ってきたタウの実が籠にたくさんあった。

「ルッツ、拾った実を四つもらっていい？　料理人のフーゴとエラは森に行けなかったから、あげたいの」

「あぁ、いいぜ」

タウの実をフランに持ってもらって裏口の方から部屋に戻ると、すでに昼食の準備はできていて、フーゴが外を気にしながら待っていた。フランを通して二人にタウの実を二つずつ渡す。

「本日はお祭りの日というのに、来ていただいてありがとう存じます。これ、少ないですけれど、持っていらして」

「え？　わ!?　ありがとうございます！」

わたしが厨房に背を向けると同時に、フーゴが駆け出すのがわかった。一体どれだけ星祭りを楽しみにしていたのだろうか。そして、誰にあのタウの実をぶつけるつもりなのだろうか。わたしの様子を気にしたように「ちょっと、フーゴさん」とエラが止めている声がしたので、空気を読んでわたしは振り返らず、階段を上がって行く。

二階に上がったら、デリアに給仕をしてもらってルッツと一緒に昼食だ。今日の昼食はカッペリーニもどき。できるだけ細く切った生パスタを作ってもらった。トマトとモッツァレラのようにポメソースとなるべく癖のないチーズを選んで、ハーブを添えたものと、バジルソースを目指して植物性の油に塩とハーブとニンニクもどきのリーガで作ったものの二種類を用意してみた。それから、季節の野菜に蒸し鶏を添えたサラダもある。本当は冷やし素麺が食べたい気分だが、相変わらず和食に使えそうな物は見かけないので仕方ない。

「ルッツはいっぱい働いたからね。たっぷり食べていいよ。ルッツのおかげで、皆、とても楽しそうだった。ありがとね」

「張り切って探していたぞ。結構奥の方に入り込んだヤツもいて、時間までに戻れなかったらどうしようかと思ったぜ」

「いいなぁ。わたしもお祭り、見たかった。午前中はフランと一緒にずっと勉強だったし」

森で楽しそうにタウの実を拾っていた様子や神殿に戻って来る時にタウの実を構えた人達を見た孤児達の感想を聞くと、羨ましくて仕方がない。

「なぁ、マイン。ちょっとだけ、祭りを見に行ってみるか？　もう新郎新婦はいないだろうし、オレ達はタウを投げるわけじゃなくて、街がどんな感じになってるか、見るだけになるけどさ。オレ達の昼飯が終わってから、あいつらが昼飯なら、ちょっとは時間があるだろ？」

青色神官の昼食が終わって、側仕えが食べ終わった後で神の恵みが配られるし、灰色神官の中には馬車の準備をする人もいるので、全員が揃ってからのタウの実投げには少し時間がある。

「行く！　行きたい！」

青の巫女服から普段着に着替えて、わたしはルッツと一緒に神殿の門から飛び出した。水浸しの街並みが夏の太陽でキラキラに輝いていた。神殿近くはほとんど濡れていないが、神殿から離れるにつれて、足元がびしょびしょになってくる。夏の太陽でもすぐには乾かないなんて、一体どれだけのタウの実が投げられたのだろうか。そう考えていると、全身ぐしょ濡れで、髪から水滴を滴らせながら子供達が歓声を上げながら走っていくのが見えた。子供達が向かう先からは大騒ぎをしている声が響いてくる。

「行こう、ルッツ！」

「遠くから見るだけにしておけよ」

ルッツの忠告に従って、こそっと建物の陰から覗いてみると、それほど大きくはない路地が大混戦になっていた。敵も味方もなく、とにかく、大声で意味のない言葉を叫びながら、タウの実を投げまくっている。建物と建物の間で大声を発するのだから反響し合って、ものすごい声量だ。誰も彼もびしょびしょで、夏の薄着をしているお姉さんなんて、身体にぴたりと張り付いて身体の線がくっきりなのは当たり前で、ひどい人なんて完全に透けている。男の人は張り付いた服が煩わしいとばかりに半裸で走り回っている人も多い。

……うはぁ、サッカーや野球で応援チームの優勝が決まった時の大騒ぎみたい。

「わっ⁉」

いきなりルッツの声がして、ルッツの頭から水が滴ってきた。パタパタと自分にも冷たい水滴が降りかかってきて、驚いて振り返ると、ルッツの背後に数人の子供達がタウの実を構えているのが見えた。

「ここに全然濡れてねぇヤツらがいるぞ！」

子供達が大声を上げた瞬間、大騒ぎしていた大人数が一斉にこちらを向いた。獲物を見つけた狩人の目の輝きが自分に向けられると、ぞっとするような迫力がある。小さな悲鳴が口から漏れて、全身が縮みあがった。

「逃げるぞ、マイン！　できるだけ避けろ！」

「無理！」

そんな機敏な行動を期待されても困る。わたしにできるのは腕を上げて、顔への直撃を防ぐくらいだ。ルッツがそんなわたしの手を引いて走りながら、こちらに向かって飛んで来たタウの実をバシッと手で叩き返した。本当に水風船のようにタウの実が石畳に当たってパンと弾ける。直撃を免れたわたしはホッとしたが、ルッツが避けたことで、相手の戦闘意欲を煽ってしまったようだ。

「避けたぞ！　生意気な！」

「皆、やってしまえ！」

次々と飛んで来るタウの実がパチン！　パチン！　と自分に当たって弾けていく。当たる感触自体はボヨンとした感じで、当たっても大して痛くないけれど、頭皮を伝い、背筋に流れ込んでくる水滴や背中に命中した実が弾けた水に鳥肌が立つ。

「ぎゃー！　冷たい！　冷たいよっ！」

「マイン、とにかく足を動かせ！」

ルッツが払い退けることができたのは最初の一発だけだった。成人も交じっているので、逃げられるわけがない。あっという間に回り込まれて囲まれて、多勢に無勢。避けることも逃げることもできないまま、お祭りの熱気でナチュラルハイになっている人達からの集中砲火を受けたルッツとわたしは、あっという間にぐっしょぐっしょだ。

「あはは！　チビの割には頑張って守ってたんじゃねぇの？」

「将来有望ってヤツだな」

ゲラゲラと笑いながら、最後までわたしを守ろうとしていたルッツに労いの言葉をかけながら、彼らは次の獲物を求めて嵐のように去って行った。

「……ルッツ、これ、絶対に風邪引くよね？」

わたしがポタポタと水の落ちるスカートを摘まみ上げると、プルプルと頭を振って、水滴を飛ばしながら、「間違いねぇな」とルッツも頷いた。

「エーファおばさんにしこたま叱られて、二度と祭りに行かせてもらえなくなるかもな」

「……星祭りの雰囲気はわかった。嫌というほどよくわかったよ。終わったら確実に熱を出すんじゃ、わたしには向かないお祭りだね」

ぎゅっと髪を絞れば、バタバタバタと音を立てて水が滴り落ちる。あちらこちらを絞りながら、わたしとルッツは神殿に戻る。街の北の方はタウの実を投げ合うよりも、その先の食事会に重点が置かれているのか、あちらこちらにある井戸の広場ですでに準備が始まっていた。木箱と木箱の間に板を渡して、即席のテーブルを設置し、どこからか料理が運ばれて来ている。

「腹が減っていたら、寄るんだけどな」

「さすがにまだ空いてないもんね？」

料理が運ばれ始めたら、タウの実を持って大騒ぎしていた人達も自分達の空腹を思い出すに違いない。

「もー！　何てこと！　なんて恰好!?　お部屋が汚れるからお風呂の準備ができるまで外にいてくださる!?」

母さんに叱られる前にデリアに怒鳴られた。「エーファおばさんより怖いな」とルッツが呟くのに、わたしは小さく頷いて同意する。デリアに怒られないところでお風呂の準備ができるのを待っていると、濡れても良いように森へ行くための古着に着替えたフランが出てきた。びしょ濡れのわたし達を見て、困ったようにこめかみを押さえる。

「マイン様、孤児達の準備ができたようですから、もうそのまま孤児院へ向かいましょう。デリア、戻ったらすぐにお風呂を使えるように、準備だけは頼みます」

タウの実を投げ合うなんて、美しくないことはできないとデリアが言ったので、デリアはお留守番だ。ギルはとっくに孤児院へ行ってしまったらしい。

「青色神官達が貴族街に向かうための馬車を準備していた灰色神官から連絡がありました。青色神官およびその側仕えは全員貴族街へと向かったため、門を閉ざしたそうです」

わたし達が裏口の方から孤児院へと向かうと、全員が神官服から古着に着替えて、地階に置いてあったタウの実を外に出していた。ルッツの指示で二つのチームに分かれて投げ合うことになり、年齢や男女数を考えながら、フランが適当に分けていく。走り回っても良い範囲を指定して、そこからは外に出ないように約束させる。

「後片付けを必ずすること。それから、大騒ぎしすぎて街の人に不思議がられることのないように気を付けること。最後に、怪我や喧嘩をしないで楽しむこと。いいですか？」

「はい！」

「じゃあ、タウの実を配るぞ」

ルッツがいくつかの籠に視線を向けた。こういう時は一番身分が高いことになっているわたしが最初に動かなければならない。森で春に見たタウの実は親指の第一関節くらいまでの大きさしかなかったのに、籠の中の実は自分の拳よりも大きくなっていた。たっぷりと水分を含んでいるようで、ぷよぷよとしている。大量にぶつけられていた時はほとんど目を閉じていたので、じっくりとタウの実を見るのは初めてになるのかもしれない。

「わぁ、ホントに大きくなってる」

わたしが上にある実を一つ手に取った瞬間、奉納の時と同じように魔力が吸い取られていく感じがした。それと同時にタウの実がボコボコと泡を立てながら、姿を変え始める。

「わわっ⁉」

「どうした、マイン⁉」

「魔力が吸い取られてる！」

水風船のように半透明の赤だったタウの実の中に、ザクロのように硬そうな種が次々と出現して増え始めるのが見えた。

「気持ち悪い！　何これ⁉」

「オレが知るかよ⁉」

手に持ったまま右往左往しているうちに、薄い赤だった実の色が少しずつ濃くなっていって、実の中は水分より種の方が多くなってきた。ボヨボヨだった皮が硬くなり、中が見えなくなる。ここまできてやっとわかった。赤い実は以前に見たことがあるトロンベの種に違いない。

「ルッツ、これ、トロンベだ！　ナイフを準備して！」

タウの実を握ったまま、わたしがそう言うと、姿を変えるタウを覗き込んでいたルッツはすぐさま物置としている地階へと駆け込んだ。ナイフや鉈のような刃物が入った籠を引っ張り出しながら、孤児達に指示を飛ばす。

「採集に慣れているヤツ、ナイフを構えろ。高価な紙の材料が出てくる。ひとつ残らず刈れ！」

孤児達が「はいっ！」とナイフに殺到する頃にはタウの実の硬さが増してきて、だんだん熱を帯びてきた。以前はこの状態で投げたら、トロンベがにょきにょきと出てきたはずだ。

「マイン様、準備できたぜ！」

鉈のような刃物を戦隊ヒーローのようにビシッと構えたギルがわたしの隣に立つ。片手にナイフを掴んだルッツが石畳のない草の茂る方を指差した。

「マイン、土のところに投げろ！」

ギルとルッツの声を聞きながら、土のある部分に向かって、わたしは力いっぱいタウの実を投げつけた。

「いっけぇ、にょきにょっ木！」

祭りの後

「バカ！　届いてねぇよ！」

ルッツがぎょっと目を見張った通り、わたしが投げたタウの実は土の部分に届かず、ギリギリ石畳の隅に叩きつけられ、パン！　パパパン！　と弾けた。

赤い実が割れた瞬間、小さい種が辺りに広く飛び散って、いきなり何本もの芽がむくむくっと顔を出し始める。土の部分に飛んだ種は芽を出し始めたが、石畳の上に落ちたものは急速に枯れていき、発芽した物はあっという間に足首辺りまで成長してきた。

「うわっ！　何ですか、これ⁉」

「これはすぐに成長する。膝くらいになったら次々と刈っていくんだ！」

腰が引けている孤児達に指示を出しながら、ルッツがにょきにょきと成長していくトロンベをきつい眼差しで見据える。

「フラン、マインを回収して後ろの方で待機！」

ルッツの指示でわたしはフランに抱き上げられて戦線離脱した。刃物を全く持っていないわたしにできることは皆の応援くらいである。

「かかれ！」

ルッツは鉈のような刃物を握って、一番奥の方へと飛び散った物を刈りに走った。ルッツに続いて走り、一番にトロンベを刈ったのはギルだ。「ていっ！」と力一杯腕を振るうと、ブチッという音と共に、細い枝が切れてその場に落ちた。無造作な切り方でも枝が簡単に切り落とせたことと、切られた枝がそれ以上は成長しない様子を見た孤児院の子供達が一斉にトロンベに切りかかっていく。

「マイン様、これは何でしょうか？」

フランから神官長にどれだけ情報が流れるだろうか。これはもしかしたら、お説教フラグだろうか。大騒ぎではなく、神殿の外ではよくあることとして何とか誤魔化せないかな、と必死で頭を回転させる。

「高級紙の材料です。これでいつもの紙よりずっと高価な物ができますね」

嘘は言っていない。でも、フランが聞きたい答えではないはずだ。フランが何か言いたげに口を開くと同時にギルの声が響いた。

「そこまで成長するとナイフじゃ無理だ。退け！　オレがやる！」

わたしがバッと振り返ると、ギルがナイフを持った女の子を下がらせて、自分達の太股辺りの高さに伸びた枝を刃物でザンザンと切り落としているのが見えた。嬉々として森に行っているギルの成長が目に見える。

「よっしゃ！　やったぜ！」

ガッツポーズしたギルがこちらを向いて、ニカッと得意そうな笑みを見せた。これは後で褒めろ、というアピールだな、と理解して、軽く頷いておいた。

「……もう残ってないな？」

ルッツの言葉に周りを見回していた子供達が刈り取った枝を集めながら大きく頷いた。

「どうする、ルッツ？　これ、いくつか置いておいて、また成長させる？」

せっかくの高級素材が比較的安全に刈れるのだから、この機会を逃すのは勿体ない、とわたしが提案すると、ルッツは頭を横に振った。

「あと一つか二つ分だけ刈ったら、あとは予定通り投げ合いっこにしようぜ。土から離したタウの実はカラカラに干からびて枯れるし、まだ森を探せばあるだろうから、採りに行けばいい」

「皆、悪いけれど、もうちょっと刈ってもらっても良いかしら？　これで作った紙はとても高級なものになるの。孤児院に回せる費用が増やせるわ」

「マイン様、費用が増えたらどうなるのですか？」

お金に関しては全くと言っていいほど、知識がない子供達が不思議そうな顔をする。彼らにとって生活に必要な物は全て神の恵みだ。世の中、何をするにもお金がかかるということも、孤児院で作っているスープの代金も、実はまだ子供達が自分達で賄えているわけではないということも説明はしたが、理解できていないだろう。

「費用が増えたら、自分達で作れるご飯が増えます。それから、冬の薪が孤児院のために買えるようになります」

「よし、やろう！」

孤児院の薪の割り当てはそれほど多くなく、暖炉があるのが女子棟では食堂だけで、男子棟では大部屋一つだけだ。そして、薪が切れたら、石造りの建物は一気に冷たくなるので、日中も団子のように固まっているようになるらしい。金銭的に切り詰めなければならない環境で、冬の食料と暖房は切実な課題である。

子供達がやる気になったので、そのあと三個分のトロンベを刈り取った。なるべく早く黒皮に加工しなければならないので、籠がいっぱいになった時点でトロンベ狩りは終了だ。

「じゃあ、残りのタウの実をぶつけ合って遊ぶか？」

ルッツの提案に、意欲的にトロンベを刈っていた子供達が目を瞬いて首を傾げる。

「えぇ？　残りも全部紙にしなくて良いの？」

「ぶつけて遊んでなくなったら、また拾いに行けばいいさ。今日みたいに」

ルッツの言葉に子供達は歓声を上げた。今日のタウの実拾いが相当楽しかったようだ。

「ねぇ、この辺り、雑草が完全になくなっているけれど、それはどうしようもないよね？」

何回もトロンベが芽を出したせいで、雑草が枯れて掘り返されたようにぼこぼこになっている。わたしは土をある程度均し、ちょっと浮いた石畳を上から踏みつけて元通りにしていく。

「あんまり深く考えなくても、この季節ならすぐに草なんて生えてくるさ」

「……除草の手間が省けたと前向きに考えるようにいたしましょう」

星結びの儀式が終わったところだし、こんな裏側を見に来るような青色神官はいないので、特に問題はないだろうと三人で結論付ける。

「タウの実の投げ合いを仕切ってやるから、マインは着替えて来い。顔色が悪い。熱が出るぞ」

「うん、確かに身体がだるくなってきたかも。寒気がする」

「デリアがお風呂を準備しているはずですから、すぐに身体を温めましょう」

フランがそう言ってわたしを抱き上げた。スタスタと歩くフランの肩越しにタウの実の投げ合いを始めた子供達の様子が見えた。二手に分かれて、きゃあきゃあと歓声を上げながら、タウの実を投げ合っている姿は、下町の子供達と全く変わらない。孤児院にもう少し娯楽を取り込んであげたいと思う。

「もー！　何をしてるんです⁉　孤児と遊んで体調を崩すなんて、青色巫女のすることではありませんわよ！」

でろんとフランにもたれかかって部屋に戻ると、目を三角にしたデリアがいた。風呂場までフランに連れて行ってもらった後は、フランを追い出したデリアに生乾きの服を剥ぎ取られ、準備されていた湯船の中へ放り込まれる。少し温めだったお湯に熱いお湯を足してもらって、ちょうど良い温度に調節してもらった。「ずいぶん熱いお湯がお好みなのですね」とデリアが小さく呟いた後、キッとわたしを睨む。

「身体が冷え切っているから熱いお湯が欲しくなるんですわ！　身体が弱いなら、水遊びなんてするものではありません。それくらいご存じでしょうに！」

「……デリア、ちょっと静かにして。せっかくいいお湯なんだから」

温かいお湯で全身を温められる環境にホッと息を吐く。

「あたしが準備したんだから当然ですわ」

「えぇ、デリアの言う通り、デリアのおかげでとても心地良いわ。ありがとう」

わたしは未だに井戸で水を汲むことができないので、一人でお風呂を準備できないのだ。

「言われたことをしただけですもの。ギルじゃあるまいし、仕事に感謝の言葉なんて……」

ブツブツ言っているが、照れているだけだとわかっている。クスと小さく笑いを漏らした後は、肩までお湯につかって、わたしはトロンベのことを考えた。

以前はほとんど発芽寸前だったせいだろうか、それとも、わたしに魔力や身食いに関する知識が全くなかったせいで意識されなかったのか、魔力の流れはほとんど感じなかった。今回はハッキリとタウの実に向かって魔力が流れて行くのを感じた。水風船状態のタウの実を発芽させるには、奉納の小魔石二～三個分くらいの魔力が必要だと思う。

身食いが持っている魔力の量にもよるが、タウの実を使えば、身食いで死ぬ子供は減ると思う。まず、身食いという病気が周知されることが大事だし、必ずトロンベは発生するので、刈り取れるだけの人数が周囲にいることが必要な条件になる。ついでに、刈り取った枝はマイン工房が引き取ればありがたいなぁ、と皮算用してみた。

ただ、ルッツが言っていたことが事実ならば、タウの実は保存できないようだ。土から離すと春なら半日ほどで水がなくなってカラカラになり、水分たっぷりになった夏の実でも一日二日でカラカラに乾燥してしまうらしい。石畳に落ちた種が発芽することなく急速に枯れてしまったように。

トロンベが育っていくのと同じように土の上に置いておけば、いきなり枯れはしないと思うが、風や雨でどこかに流されて、秋に突然街中でトロンベが発生するのも怖い。

「……とりあえずベンノさんに報告かな？」

春から秋の初めまではトロンベを自分の意思で採集可能になったことを報告して、トロンベに関する情報収集と身食いに対するタウの実の使い方の情報拡散をお願いしてみよう。

思考が一段落したので、ざっとお風呂から上がった。その瞬間、頭がくらりとした。熱が出たのか、のぼせたのかわからない。頭を押さえてその場にペタンと座り込むと、デリアが悲鳴を上げかけた口を押さえて、手早くわたしの全身を拭い始めた。ところどころ拭いきれてないままにブラウスとスカートを着せると、バタバタとフランを呼びに行く。

「マイン様！」

「……あ～、寝台に布団入れなきゃダメだったね。板の上でいいから寝かせてくれる？」

わたしを抱き上げたまま、板が剥き出しの寝台に寝かせるべきかどうかで右往左往しているフランにそう言うと、フランは丁寧に寝かせてくれた。

「デリア、ルッツを呼んできて。フランは外に出られるように着替えてくれるかしら？　早めに帰った方が良さそう……」

「かしこまりました」

子供達と一緒にタウの実の投げ合いをしていたルッツは当然ぐしょ濡れなので、わたしはフランに抱き上げられて帰宅した。祭りで集中砲火を食らって神殿で服を着替えた、というルッツの説明に母さんはやっぱりね、と溜息を吐いた。側仕え失格だと深刻な顔で謝るフランには「マインを星祭りになんて出したら、こうなることはわかっていたわ。数日間は寝込むから、神官長によろしく伝えてくださいね」と軽く言って、母さんはわたしをベッドに放り込む。

「ずぶ濡れになって熱まで出したけど、お祭りは楽しかったの？」

「……ビックリすることがいっぱいあったけど、孤児院の子達も笑ってた。よかったよ」


ルッツや家族の見立ては正しく、わたしは結局熱を出して三日間寝込んだ。見舞いに来てくれるルッツにタウの実やトロンベについての報告をベンノに頼むと、「詳しいことを話し合いたいから、熱が下がったら神殿に行く前に店に来い」という返事が返ってきた。

「ベンノさん、おはようございます」

「また面倒を起こしやがったな」

いきなり不機嫌そのものの赤褐色の目でじろりと睨まれて、わたしはうっと怯んだ。

「……め、面倒って、いつどこに出るのかわからなかったトロンベの出現を待つことなく、採れるようになったんですよ？　最初から人数を揃えておけば、簡単に全部刈り取れるから安全だし、褒められることじゃないですか？」

「それに関しては、確かにそうだ。タウの実がトロンベの種だと判明して、トロンベが安定供給できるようになるのは喜ばしい。だが、付随してくる面倒の方が多いだろう？」

「そうなんですか？」

付随してくる面倒に関して、全く思考が向いていなかったわたしに、ベンノは「やっぱり考え無しか」と呟くと、わたしの隣に立っていたルッツに視線を向ける。

「ルッツ、悪いが、マインの到着が遅れることを神殿に知らせてきてくれ。その後は呼ぶまでマルクについていろ。お説教には時間がかかるからな」

「はい、旦那様」

ルッツが苦笑して、「頑張れよ、マイン」と慰めにもならない激励の言葉を残して退室していく。

味方がいなくなった部屋の中、ベンノがトントンと軽く指先で机の上を叩いた。

「ルッツから聞いた。タウの実が魔力を吸い取って一気に成長してトロンベになったと。間違いはないか？」

「ないです」

「魔術具の代わりにはなりそうか？」

冬の間、タウの実が手に入らないことが不安要素だけれど、わたしの場合、タウの実が二十個くらいあれば、次の春まで魔力が溢れて死ぬことはないと思う。身体が成長すれば魔力量も増えるらしいので、成人する頃にはいくつくらい必要になるかわからない。

「……なると思います。だから……」

「それ、絶対に漏らすな」

厳しい表情でベンノが言った。身食いを助けるために、タウの実を使うことについて情報の拡散をお願いしていたわたしは、ベンノの言葉が信じられなくて、大きく目を見張った。

「魔力の管理は貴族の管轄だ。森で簡単に拾える実が高価な魔術具の代わりになると知れば、貴族社会や神殿の在り方がひっくり返る恐れがある。変な伝わり方をしたら、多分、お前が潰される」

「……でも、黙っていたら、平民の身食いはずっと助からないままですよ？」

せっかくお金をかけなくても、助かる方法が見つかったのに、知らせることができなければ助かる者も助からない。

「あぁ、そうだな。だが、身食いの子供をどうやって選別する？　俺にはわからないが、身食い同士なら、傍から見てわかるのか？」

ふるりと頭を振った。わたしが会ったことがある身食いはフリーダだけだが、見ただけでフリーダが身食いだとか、魔力を持っているなんてわからなかった。誰が身食いかわからなければ助けられるはずもない。

「生まれた子供全員にその実を握らせて、魔力を持っているかどうか識別することは可能かもしれない。だが、魔力持ちだとわかった時点で貴族に取り上げられるだろう。判別と同時に取り上げられるとわかれば、誰が識別させようとする？　少なくともお前の家族は連れて行かないだろう？」

ぐっと言葉に詰まった。家族と離れたくないわたしは魔術具に頼らないで延命する術が欲しいと思っていた。それは貴族を避けるためだ。大々的に識別しようとすれば、それは貴族の知るところになるだろう。それでは意味がない。そして、大々的に周知するのでなければ、身食いに関することもタウの実で助かることに関しても情報が伝わるわけがない。

「生まれてすぐの子供を大々的に集めるのでなければ、熱を出した子供を連れて来いというのか？　身食いならばタウの実で治るが、他の病気ならば、残念でした、と追い返すのか？　そんな判別をしていたら、逆に妙な病気をもらうし、治せなかった親からは無駄な憎しみを買う」

あの子の病気は簡単に治したのに、どうしてウチの子は、と言われるのは目に見えている。わたしは自分では考えられなかったベンノの予想にギュッと拳を握った。

「貴族を頼らず身食いが成長することで、周囲が困ることになる可能性は全くないのか？　大きな魔力を持って、知識なく育った身食いが正しく魔力を扱うことができるのか？　魔術具を買うことができない貴族の子供を預かって魔力を集めることで、神具を動かしていた神殿の有り様はどう変わる？　魔力を独占している貴族社会自体が揺らぐことにはならないのか？」

「……わかりません」

立て続けに並べられたどの疑問にもわたしは明確な答えを返すことはできなかった。社会情勢、政治の仕組み、この世界における魔力の扱いさえ、わたしは知らない。

「どれだけいるのかわからない身食いを助けるためとしては、あまりにも影響が大きすぎる。とりあえず、今はお前が神殿から追い出されたり、魔術具を命の盾として脅されたりする状況になったとしても、こっそり生きていける手段を得たと思って、黙っていろ。事が大きくなりすぎている。少なくとも俺の手には負えん」

ベンノの手に負えないことが、わたしの手に負えるわけがない。中央での粛清が終わって、貴族の大規模な配置転換が終わって、貴族が少ないながらも情勢が落ち着いてきた矢先に混乱を撒き散らしたいのか、と問われれば、答えはノーだ。そんな面倒なことはしたくない。

「森でトロンベを採るくらいなら、今までと同じだから誤魔化しも利くだろうが、身食いの判別や延命については黙っていた方が良いと俺は思う」

わかっていても助けられるはずの命が助けられないことに、不満が残る。わたしの表情に不満がハッキリと出ていたのだろう、ベンノが困ったように肩を竦めた。

「そんな顔をするな。……お前の目に映る範囲内に身食いがいて、こっそり助けられるなら助ければいい。それを貴族に感付かれるなと言っているだけだ。お前は貴族社会に宣戦布告できるのか？本を作った時の顧客は基本的に貴族だぞ？」

ベンノの言葉の最後にわたしはちょっとだけ笑った。笑ったことで、ほんの少し気分が浮上した。苦しんでいる身食いが目の前にいれば、助ける。見えないところまでは関知しない。今まで通りのスタンスで行けばいい。

「せめて、一般市民が気軽に本を読めるようになるくらい識字率が上がってからじゃないと宣戦布告なんてできませんね。そんな面倒なこと、する気もないですけど」

わたしがベンノの軽口に乗ると、ベンノもフッと表情を緩めた。

「まぁ、確かに一般市民を本が読めるようにするのは面倒だな」

「面倒なのはそっちじゃなくて、宣戦布告ですよ。本を普及させたいんですから、識字率を上げる計画は当然ありますって」

せっかく神殿にいるのだ。いずれ孤児院を利用して、寺子屋ならぬ神殿教室を開催するつもりだ。手始めに孤児達への教育をする過程で、灰色神官を教師役に育ててあげる。そして、わたしにわかる範囲で印刷技術を開発して、聖典を基にした教科書を作る。聖典を印刷して布教するのであれば、神官長も文句は言わないはずだ。

「どうです、完璧でしょう？」

うふふん、とわたしが胸を張ると、ベンノは何故か頭を抱えてしまった。

「お前の計画だから穴だらけだとは思うが、それはいい。……だがな、マイン。お前、本以外のために頭を使えないのか？」

「はい、多分」

本以外のことに使ったことがないので、使えるかどうかわからないというのが一番正しいけれど、と付け加えたら、ベンノは「残念すぎる」と、深い、深い溜息を吐いた。

失礼な！　とむくれるわたしに「事実だ」と笑っていたベンノがスッと表情を変える。真剣な表情で、心もち声を潜めるのは、真面目な話がある時だ。

「トロンベをなるべく独占できるようにタウの実については黙秘ということでいいな？」

「はい」

「では、先日渡した課題一覧の最後の項目について、お前の意見が聞きたい」

……あぁ、そのためにルッツを使いに出したのか。

お説教のためと言いながら、ルッツを外に出した意図がわかって、わたしはコクリと唾を呑みながら、ベンノを見つめた。

ルッツの行く道

「ルッツは未成年だからな。余所の街に行って、泊まりがけで仕事をするとなれば、親の許可は絶対に必要だ。許可なく連れ出せば、誘拐扱いされる」

ベンノはゆっくりと息を吐きながら、事情を説明し始めた。課題一覧に書いてあったのが、「ルッツの親を説得し、外出許可を得る」というものだけだったので、説明をもらえるのは助かる。

「マルクに許可を取りに行かせたが、許可がもらえなくてな。商人と職人としての常識の違いなのか、あそこの父親が殊更に頑固なのか、お前の意見が聞きたい」

「意見を聞きたいと言われても……。それって、つまり、ルッツを連れ出す許可を取る方法がないかってことですよね？　でも、それはやっぱりルッツとベンノさんとルッツの両親が話をしなければならないことですよ。幼馴染みとはいえ、わたしは完全な第三者なんですから」

仕事で外に連れ出したいと思うベンノ、実際に外に行きたいルッツ、それから、許可を出すルッツの両親。当事者はこれだけだ。わたしが口を出すような問題ではないと思う。そう言うと、ベンノはガシガシと頭を掻いて、わたしを睨んだ。

「だから、お前の意見を聞きたいと言っている。情報はいくらでも必要なんだ。お前の事情を一番知っているのはルッツなら、ルッツの事情を一番知っているのはお前だろう？」

何に関しても事前準備をきっちりするベンノだからこそ、ルッツの両親と交渉する前に情報を集めておきたいのだろう。仕事に関することならともかく、生活に関係するところならば、確かに、あれだけ一緒にいるわたしが一番ルッツには詳しいと思う。

「お仕事なのに、どうして許可が下りなかったんですか？」

「それはこっちが聞きたい。マルクによると、許さん、の一点張りだったらしいぞ。ルッツの家庭環境があまり良くないと、屋根裏を貸す時に少し聞いたが一体どういう状況なんだ？」

自分が商人見習いになると宣言して、家の雰囲気が悪くなってからのルッツは、わたしにも家であったことをあまり話してくれなくなった。上司であるマルクやベンノには弱音を吐くように感じて、尚更言わないと思う。

「ルッツは商人になる事自体、家族に反対されていたんです」

「何だと？　旅商人が反対されていたわけじゃなくて、街の商人も反対されていたのか？」

驚いたように目を見張ったベンノにわたしはゆっくりと頷いた。

「お父さんは建築関係のお仕事をしていて、ルッツのお兄ちゃん達は皆、建築や木工関係の職人見習いをしているので、ルッツにも職人になってほしかったみたいです。浮き沈みの激しい商人より堅実な仕事をする職人の方が安定していて良いって」

「職人だって安定しているわけではないだろう？」

仕事がなくなって潰れる工房もあるので、職人が絶対に安定しているとは言えないかもしれない。けれど、腕が良ければ同業の工房で雇ってもらえるので、店を経営して借金を背負うようなことにはならない。

「商人は絶対に許さないって言われたと、ルッツに聞いたことがあります」

職人の上前を撥ねるだけで、何も生み出さないとか、冷酷でなければなれない職業だとか、ルッツから聞いただけでもひどい言い草が多かった。一体どんな悪徳商人に痛い目にあわされたのか、と思うような言い様だと聞いている。

「……ルッツはよくそんな状況で商人になったな」

この街の子供が親や親戚の口利きで家業に連なる職業に就くことを考えれば、ルッツは異質かもしれない。けれど、生き生きと仕事をしているので、ルッツの選択は間違っていなかったとわたしは思っている。

「ルッツはどうしても両親に許されなかったら、住み込み見習いになるつもりだったんです。ルッツのお母さんが真剣さだけは認めてくれたから、今は家から通ってますけど」

「住み込み見習い？　そんなもんになろうと思うほど、家族とうまくいっていないのか？」

ベンノが目を瞬いた。住み込み見習いという劣悪な環境に自ら飛び込む酔狂な子供なんて普通はいない。住み込み見習いになろうと思った時点で、自分の家よりそんな劣悪な環境がマシだと思っているると宣言したようなものだ。

「今、うまくいっていないかどうかまでは、ルッツが言わないのでわかりません。ただ、ルッツのお兄ちゃん達があまりルッツに好意的でないところが気にかかっています」

「好意的じゃない？」

「家族から見れば、父親に逆らって、ルッツが好き放題しているように見えるのかもしれないし、同じ業種ではないから、ルッツの努力や成果が見えなくて反対しているだけなのかもしれません。お兄ちゃん達とルッツのことについて話をしたことがないから、わからないんです」

お兄ちゃん達ともルッツについて、きちんと話をしたことはないけれど、ルッツのお父さんに至っては、わたしもほとんど面識さえない。見た目はルッツの兄弟の中で長男のザシャが一番よく似ていて、建築関係の職人で仕事に誇りを持っているということは知っているが、それだけだ。母親同士が井戸の周りで話をしているところはよく見るが、父親同士はあまり見たことがない気がする。

「両親の反対で自分の夢が潰されると知れば、ルッツは家を飛び出すと思います。頑固で一度決めたことは譲らないから。でも、住み込み見習いは最後の手段でしょ？　未成年者の一人暮らしは厳しいし、色々言ってみても、家族は拠り所だとわたしは思ってますから」

わたしの言葉にベンノは一瞬上の階を見上げた後、苦い笑みを浮かべた。親を早くに亡くして苦労したベンノはとても家族を大事にしているし、恋人を亡くして独身を貫くくらい情の深いところがある。ルッツの家族に亀裂を入れたいとは思わないはずだ。

「丸く収めようと思ったら、ルッツにうまく説明して、成人まで我慢させるしかないんじゃないですか？　成人すれば、親の許可なんて必要なくなるんですから、家族との対立を避けて、今は待つという選択肢が一番無難ですよね？」

親の許可がなければ一生街から出られないならばともかく、成人すれば夢が叶うのだから、今は我慢しても良いと思う。ルッツが望んでいないのに、わざわざ亀裂を入れる必要もないはずだ。わたしの最も無難な提案にベンノは渋い顔をして首を振った。

「それでは、遅い。間に合わん」

何か間に合わせなければならないようなことがあっただろうか。わたしが首を捻ると、ベンノが一度唇を引き結んだ後、ゆっくりと息を吐いた。

「こちらの事情だ。……今は言えんな」

仕事上の事情ならば、店の人間ではないわたしが深く聞いて良いことではない。「そうですか」と軽く流した後、うーんと唸る。

「じゃあ、仮に今回の件でルッツと家族との亀裂が決定的なものになったとしましょう。ルッツは家族より商人としての生き方を選択すると思います。余所の街に連れて行こうと考えてくれるくらいだから、期待されているのは間違いないと思ってますけど、ただの見習いの一人であるルッツの生活の面倒をベンノさんはどこまで見てくれるんですか？」

ダルア契約をしているルッツに対して、ベンノは生活の面倒を見る義務を負っていない。ルッツの生活まで面倒を見るようになれば、他のダルアとの間にまた差がつく。ベンノが考えているのが仕事面だけで、生活面の面倒を見る気がないなら、今から住み込み見習いになってもルッツが苦労するだけだ。それくらいなら現状維持の方が良い。適当な言い逃れは許さない、と思いながら、わたしがベンノを見据えると、ベンノは降参だというように軽く手を上げた。

「俺としては……養子縁組を考えている」

予想もしていなかった答えにわたしは仰天した。ベンノがそこまでルッツの面倒を見てくれるなら、たとえルッツが躊躇いもなく家を飛び出したとしても、わたしは一安心だ。ルッツが商人として街の外に出ることを選んで家族から離れたとしても、ベンノという受け皿があるなら、生活面でも仕事の面でも心配はない。

「ベンノさんがルッツのことをそこまで考えてくれているとは思いませんでした。だったら、ルッツにも事情を話して、ルッツの両親を交えて話をするのが一番じゃないですか！」

「ルッツに話す、か……」

うぅむ、と躊躇うように嫌そうな顔でベンノが唸る。

「どちらにせよ、ルッツの意思が大事ですよ。ルッツは今まで自分で考えてきたんですから」

養子縁組するということはルッツがいずれベンノの店を継ぐということだ。ギルベルタ商会はコリンナの子供が継ぐと言っていたから、多分、植物紙やイタリアンレストランなどマイン工房に関する事業を継ぐことになるのだと思う。だからこそ、新しく植物紙の工房を作る時にルッツを立ち会わせたいのだろう。今までのルッツの頑張りがベンノに認められたことがわかって、わたしは自分が褒められたみたいにとても嬉しくなった。

「お前はルッツが俺の養子になれば嬉しいか？」

「養子じゃなくて、ルッツの頑張りが評価されたことが嬉しいです」

ベンノはフッと笑うと、ベルを鳴らしてマルクを呼んだ。どうやら、秘密のお話は終わりのようだ。

「何か御用でしょうか、旦那様？」

「ルッツを呼んでくれ」

流れるような綺麗な動きでマルクが一度退室して、ルッツを連れて戻って来る。ルッツがよくマルクを見て真似ているのだろう。動きが似てきているのが、ちょっと面白い。

「ルッツ、今度お前の両親に話したいことがある。近いうちに席を設けてくれないか？」

ベンノの言葉はあまりにも唐突で、ルッツは面食らったように瞬きした後、少し首を傾げた。

「……オレの親に？　はぁ、わかりました」

ルッツの口から一応の了承が取れると、ベンノは軽く頷いて、本日の業務内容をルッツに述べる。わたしを神殿に送った後、トロンベ紙を量産中のマイン工房で作業をしてこい、というものだった。ルッツはマルクと同じような微笑みを浮かべて頷く。

「かしこまりました。行くぞ、マイン」

わたしはルッツと一緒に神殿に向かう。ルッツにとって何もかもが良い方向に向かっているようで、思わず鼻歌が出てしまう。

「ご機嫌だな、マイン」

「だって、嬉しいもん」

「まぁ、旦那様の説教を受けた割に、元気そうでよかったよ」

「う……そういうことは思い出させないで」

道中、ルッツが話してくれた内容によると、わたしが熱を出していた間、ルッツはトロンベ紙を量産するためにベンノからマイン工房に派遣されていたらしい。孤児達と森へ行って、黒皮を量産したり、よく二人でしていたようにカルフェ芋を持って行って、カルフェバターを作ったりしたそうだ。

「マインよりオレの方が工房長っぽいことしてねぇ？」

ルッツの言葉にわたしは軽く肩を竦めた。青色巫女は労働してはいけないので、わたしには手を出せない。皆で楽しそうにやっているので、交じりたいけれど、禁止されているのだ。

「工房長は巫女見習いをしながら、収益を上げるためだけの肩書だからね。実際に動くルッツには工房長補佐の肩書とお給料を渡すから頑張ってよ」

「工房長補佐って響きはカッコイイけど、マインのお手伝いだろ？　今までと何も変わんねぇ」

「これからも多分変わらないよ。わたしが新しい商品を考えて、ルッツが売るんだから」

ルッツにマイン工房で孤児達の指導をさせて紙を作らせるのも、植物紙を広げるために必要な、ベンノによる教育の一部だろう。


「……あれ？　誰もいない？」

神殿に着いたものの、門に側仕えの姿がない。神殿に行くようになってから、誰も門で待っていないのは初めてだった。側仕えの姿を探すわたしの手を引き、ルッツが神殿に入る。

「旦那様から説教されるから、いつになるかわからないってフランに連絡したからいないんだよ。直接部屋に向かえばいいだろ？」

「あんまり長時間外で待たせるわけにはいかないもんね。ありがと、ルッツ」

「オレ、工房に行くからな。帰りには迎えに行く」

ルッツと礼拝室に向かう階段の手前で別れて、階段を上がった後、わたしは孤児院の建物をくるりと回って自室へと向かった。いつもは側仕えが開けてくれるドアが閉まっていて、少し戸惑う。側仕えを呼ぼうにも、ベルを持ち歩いているわけではないし、大声を上げて呼ぶのははしたないと怒られたし、どうするのが正解だろうか。お貴族様らしい行動がわからず、ドアの前でしばらく考えてみる。正解がわからないのに、悩むだけ無駄だった。自分の部屋に入るだけで、悩むのがバカバカしくなって、軽くノックしてドアを開けることにする。

……どうせ怒るような人はいないし、後でフランに正解を聞いてみようっと。

コンコンとノックして、「開けますよ」と声をかける。ドアノブに手をかけて開ければ、慌てた様子でフランが早足に階段を下りてくるのが見えた。

「おはようございます、フラン。心配をかけましたね。熱も下がったし、もう大丈夫ですわ」

非常に困り果てた顔のフランが一度ちらりと二階の方へと視線を向けて、声を潜める。

「マイン様、実は……」

「側仕えも連れずに淑女が一人で歩くとは何事だ？」

「へ⁉　神官長⁉」

まさか自分の部屋で神官長の姿を見ることになるとは、全く考えていなかった。わたしはぽかーんとしたまま、二階から見下ろしてくる神官長を見上げた。

「口を閉じなさい。みっともない。それよりも、下町ならばともかく、神殿の中を一人で歩くような品位に欠ける真似は決してしないように」

フランに促されて二階へと向かい、神官長と差し向かいで優雅にお茶を飲みながら、くどくどと続くお小言をおとなしく聞いた。神官長のお小言によると、貴族らしいドアの開け方の正解は「必ず先触れを出し、門で側仕えを待たせる」もしくは「門番に到着を告げ、待合室で側仕えが来るのを待つ」だった。

……わたしにはちょっと難しかったね。それにしても、ドアの開け方一つで、よくここまでお小言が出てくるよね。いつ終わるんだろう？

じっとお小言を聞いているのが退屈になってきたわたしは、神官長の訪問理由を知らないことに気が付いて、話題を変えることにした。

「神官長、ドアの開け方はわかりました」

「ドアの開け方ではない。何を聞いていた!?　私は淑女としての在り方を……」

……あらま。お小言はドアの開け方じゃなかったみたい。それは気付かなかったよ。

お説教がヒートアップして再開しそうなところを遮って、わたしは神官長に質問した。

「訪問の理由をお伺いしてもよろしいですか？　神官長がわたくしのお部屋にいらっしゃるなんて、よほどの理由がおありなのですよね？　お急ぎではないのですか？」

普段ならとっくに書類に向かっている時間だ。わたしが手伝うことで余裕ができたとは言っていたが、その余裕をお小言に振り分けられては堪らない。神官長は本題を思い出したのか、軽く咳払いしてわたしを見る。

「熱は完全に下がったのか？」

「え？　えぇ、すっかり回復いたしました。ご心配をおかけして申し訳ありませんでした」

「それはよかった」

よかった、と言いながら、神官長が底冷えのする笑みを浮かべた。秘密の部屋で見る時のお説教モードにビクッとして、背筋を伸ばす。

「私は騒ぎを起こすな、と言ったはずだ。違うか？」

「え？　え？」

熱で寝込んで数日たっているし、ベンノとの話があったせいで、神官長が一体いつの何のことを言っているのかわからない。何か騒ぎを起こしただろうか。

「本当に後始末がしっかりできているのかと確認に向かってみれば、広範囲に渡って土が掘り返され、石畳の一部がわずかに浮いていた」

こんなところに来る青色神官なんていない、と思っていたが、神官長はわざわざ確認に行ったようだ。多忙なくせに自分で確認せずにはいられない神経質で苦労性な人らしい。薄い金色に見える目が細められ、わたしを逃すまいと捕らえる。

「一体何をしたらそんな状況になる？」

「何って……その……事前に報告したように……」

フランに視線を向ける。一体フランは何と報告したのだろうか。どう答えれば丸く収まるのか、全くわからない。

「フランを始め、孤児達の誰に聞いても、紙の原料になる木を刈った。タウの実を投げ合った。君が熱を出して倒れた、としか答えないのだが？」

「……本当にそれ以外は特に何もしていません」

わたしは神官長の言葉尻に乗っかって何度か頷いた。タウの実が魔力を吸ったことや刈った木がトロンベだということは漏れていないのだろうか。神官長にどれだけの情報が渡っているかわからなくて、わたしは余計なことを言わないように口を噤む。あとでフランにどういう追及があったのか聞いてみよう。

「全員の回答が似たようなものになるということは、間違いはないのだろう。だが、石畳をひっくり返すほどのことをしておいて、何の騒ぎも起こしていないとは言えまい？」

これから、一体どれだけ追及されるか、とわたしが身構えていると、神官長はじろりとわたしを睨んで命じた。

「マイン、君は今日一日反省室だ」

……あれ？　追及はなしですか？　ベンノさんなら執拗な追及をしますよ？

わたしが寝込んでいる間に孤児達から事情を聞き出していたせいだろうか、神官長はそれ以上を追及することなく、罰を科した。

「反省室、ですか？」

「そうだ。神に祈りを捧げ、己の所業をよく反省するように」

肩透かしというか、黙って反省室ならそれでいいや、と思ったわたしと違って、反省室行きの言葉を聞いた瞬間、フランは真っ青になったし、デリアは「信じられない！」と叫んだ。

「青色の巫女見習いが反省室なんて聞いたことがないです！　みっともない！」

「神官長、反省室はどうかお考え直しください！」

どうやら、わたしは史上初、反省室に入れられた青色巫女見習いになるようだ。はっきり言って、神官長の底冷えのする雰囲気で怒られながら、ねちねちと星祭りの日のことをほじくり返されるくらいなら、反省室に籠もる方を選びたい。

「二人とも、わたくしが神官長とのお約束を破ったせいですから仕方ありません。責任を取るのは当たり前ですもの。孤児院の子供達にお咎めがなければいいのです」

一緒に騒いだ孤児達が連帯責任で叱られなかったのなら、それでいい。あんなに楽しそうだったのに、せっかくの楽しい思い出が神官長のお説教や反省室で塗り潰されたら可哀想だ。

「神官長、反省室とはどこにあって、入って何をするのでしょうか？　あ、いえ、反省するのはわかってますよ？　その反省がわかるように、何かしなければならないことがありますか？」

正座しろとか、反省文を書けとか、罰として掃除しろとか、麗乃時代に怒られた時の色々が脳裏に浮かぶ。神官長は軽く片方の眉を上げて、「何を言っているんだ、君は」と呟いた。神殿関係者には当たり前のことを質問してしまったようだ。

「神に祈りを捧げるに決まっているだろう？」

……え？　一日グ○コの刑ってことですか？

予想外の苦行に言葉を発せずにいると、ギルが「マイン様、オレ、慣れてるから一緒に入ってやるよ」と慰めてくれた。もちろん、反省室への付き添いは認められず、わたしは一人で反省室に入ることになる。

「ここでよく反省するように」

わたしは神官長に礼拝室のすぐ側にある反省室へと連れて行かれ、中に入るように促された。

礼拝室と同じ白い石造りの小部屋で、かなり上の方に細く空気を取り込むための隙間が開いているのが見える。それが明かり取りにもなっていて、白い小部屋は思ったよりも明るい。床も周りの壁も全てが白い石でできているこの小部屋は夏なのにひやりと冷たかった。冬は大変そうだが、夏はそれほど厳しい環境でもなさそうだ。

「マイン様、大丈夫ですか？」

「えぇ、大丈夫です」

心配そうなフランとギルの顔がバタリと閉められた木の扉で見えなくなった。見張る人もいないのに、わたしが真面目に祈りを捧げるはずもなく、すとんと隅っこに座り込む。ひんやりとしていてとても落ち着く感じだ。せっかく時間があるので、こっそりとスカートのポケットに入れていたベンノの課題一覧を取り出して、問題解決について考えることにした。反省は追々、神官長が様子を見に来た時にすれば良いだろう。

「うーん、これは一見さんお断りのシステムをうまく取り入れれば、何とかなるんじゃないかな？こっちはどうしよう？　神官長に貴族の食事を知りたいので、ランチとディナーに招待してください、なんて今はちょっと頼みにくいよねぇ。……ふあああぁぁぁ」

紙と睨めっこしているうちに大きな欠伸が出てくる。もしかしたら、まだ本調子ではないのだろ

うか。とても眠たくなってきた。お腹の空き具合から、お昼は過ぎたと思う。課題一覧の紙を畳ん
で、ポケットに入れると、わたしは床にゴロリと横になった。少しお昼寝して体力を回復させよう
と、うとうとする心地に任せて目を閉じる。

「マイン、反省しなければならないというのに、何を寝て……フラン！」

「わぁ！　マイン様っ⁉」

ひやりと冷たい石造りの床で昼寝をしているうちに体が冷えきってしまったようだ。わたしを反省室から出すために神官長がやって来た時には完全に熱が出て、動けなくなっていた。回復して神殿に出したその日にまた熱を出させてしまうなんて、母さんに何と詫びよう、とフランが頭を抱えるのが耳元で聞こえる。

「回復したのではなかったのか⁉」

「恐れながら、神官長。マイン様の虚弱さを甘く見過ぎでございます。反省室はお考え直しくださいと申し上げたはずです」

「体面ではなく、体調を考えての言葉だったのか……」

フランの忠告を聞き流したことで、回復直後にわたしがまた熱を出して寝込むことになってしまった。これは自分の責任だと、わたしが反省するより先にわたしを反省室に入れた神官長が深く反省したらしい。

ルッツの家出

わたしが寝込んで三日目。寝室にトゥーリが駆け込んできた。

「大変だよ、マイン！　ルッツが家出して帰ってこなかったって、ラルフが！」

反射的にガバッと起き上がった瞬間、わたしの身体は崩れ落ちた。

「トゥーリ、どういうこと？　何があったの？　ルッツは大丈夫なの？」

バタリとベッドに伏せたまま、わたしは矢継ぎ早に尋ねると、トゥーリは失敗したという表情になった。困ったように眉を下げて、わたしの頭を何度も撫でる。

「ごめんね、マイン。熱が下がってから言わなきゃダメだったのに……。マインは興奮しちゃダメだよ。また熱が上がっちゃう」

「トゥーリ、教えて」

わたしがトゥーリの手を握って、何度も教えてほしいとお願いすると、トゥーリは仕方なさそうに溜息を吐いた。

「……ラルフを呼んでくるから、マインは寝てて。いい？」

わたしがコクリと頷くと、トゥーリは身を翻(ひるがえ)して部屋を出て行った。玄関のドアが開閉され、鍵がかかる音がして、トゥーリの足音が小さくなっていく。それをへにょりとベッドに伏せたまま、わたしは耳を澄まして聞いていた。

早く戻って来ないか、とじりじりとした気持ちでトゥーリの帰りを待っていると軽い足音が近付いてくるのが聞こえ始めた。玄関の鍵が開いて、ドアが開閉する。

「……ラルフ、ルッツは？」

トゥーリに連れて来られたラルフは、熱が下がっていなくてベッドから動けないわたしの状況を見て、溜息を吐いた。

「てっきりマインが匿（かくま）っていると思っていたのに……」

「さっきも言ったでしょ？　マインはもう三日寝込んでいるもの。昨日の夕方に家を飛び出したルッツのことなんて知ってるわけないわ」

プンプンと憤慨してトゥーリが言う。ラルフは「疑って悪かったって」とトゥーリに謝りながら、わたしの方を向いた。

「昨日、帰ってくるなりルッツが親父に怒鳴ったんだよ。なんでオレの邪魔をするんだ!?　って。ずっと我慢してたけど、もう出て行ってやる！　って、すごい勢いと顔つきでさ」

ラルフの言葉でルッツが家出した原因がわかった。きっとベンノから余所の街に連れて行けない理由を聞かされたのだろう。それで少しだけホッとした。多分、ルッツはベンノのところで保護されているはずだ。すぐに養子縁組とはならなくても、それに準じるような扱いはしてくれているだろう。

「お袋はおろおろしているけど、親父はどうせすぐに帰ってくるだろうから放っておけ、って言ってるんだ。オレ達も腹が減ったら帰ってくると思ったけど、朝になっても昼になっても帰ってこねぇから、さすがに心配で。マイン、ルッツの居場所、わからないか？」

ラルフの言葉を聞いて、じわりと胸に不安が押し寄せてきた。ベンノのところで保護されていれば、仕事をしているはずだ。ルッツの居場所がわからないはずがない。

「居場所がわからないって……ルッツ、仕事にも行ってないの？」

「それが……アイツの勤め先がわからなくて……」

わたしの質問にラルフが困ったように視線を彷徨わせる。勤め先がわからないという言葉がすぐには理解できなかった。洗礼式から二月半ほどだが、ギルベルタ商会は見習いになる前から出入りしている店なのだから、すでに一年近くルッツは関わっている。

「わからないって、なんで？　ギルベルタ商会だよ？」

「……名前はわかったんだ。ジークの工房に来たことがあったんだろ？　でも、ジークも店がどこにあるのか知らねぇんだ」

「ジークの工房にルッツとわたしが行かなかったら、今でも知らないままだったの？」

恐る恐る確認したわたしの言葉にラルフが気まずそうに顔を背ける。そんなラルフの様子にトゥーリが「信じられない！」と声を上げた。

「ちょっと、ラルフ！　兄弟の勤め先も知らないの？　家族で仕事場の話くらいするでしょ？」

同じ兄弟でも、女同士と男同士では口数も話す内容も違うとは思うけれど、これはちょっとひどくないだろうか。相手に無関心なのか、意地でも聞いてやるか、という感じなのか、わたしにはわからないけれど、家出しても捜せないというのは問題だろう。わたしはラルフに手を伸ばし、服の裾をギュッとつかむ。

「……ねぇ、ラルフ。余計なお世話かもしれないけど、もうちょっとルッツと話してあげてよ」

「ルッツが喋らないんだよ。大体、我慢してるのはオレの方じゃないか。どれだけ家族に反対されたところで、ルッツは自分のやりたい仕事に就いたし、休みの日だって森へ採集にも行かずに好き放題してるじゃないか。一体ルッツが何を我慢してるって言うんだよ？」

パシッとわたしの手を振り払うと、ラルフはくわっと目を見開いて、怒鳴った。

「ちょっと、ラルフ！　マインに乱暴しないで！　熱も下がってないんだよ！」

「わ、悪い……」

大声は頭にガンガン響くなぁ、と思いつつ、休日のルッツを振り回している自覚があるわたしは、ルッツのフォローをする。

「ルッツが休みの日に出かけるのは仕事だけど？　ベンノさんに呼ばれた時も、わたしが振り回しちゃってる時もお給料は出てるでしょ？　別に遊んでるわけじゃないよ」

ラルフは驚いたように目を見張った後、軽く頭を振った。

「……そんなの、知らねぇよ」

ほとんど会話がないせいで、こじれているようだけれど、ラルフは帰ってこないルッツを心配している。それに間違いはない。そして、ラルフと会話しなければならないのはわたしではなくて、ルッツだ。

わたしはトゥーリを見上げた。コリンナの家に行ったり、一緒に服を買いに行ったことがあるトゥーリは、ベンノを始め、従業員の数人と顔を合わせたことがある。ラルフが一人で突然ギルベルタ商会に乗り込むよりはマシだろう。

「トゥーリ、ラルフをギルベルタ商会に連れて行ってあげて。ルッツが元気そうなら無理に連れ帰らなくても良いから、無事だけでも確認してきてほしいの。お願い」

「わたしもルッツが心配だからいいよ。行こう、ラルフ」

トゥーリに手を引かれて寝室を出て行こうとするラルフが、わたしの様子を気にするようにちらりと一度振り返った。心配そうにこちらを見たラルフに力の入らない笑みだけ返しておく。

ラルフは昔から面倒見の良いお兄ちゃんで、今だってルッツが好き放題していると思いながらも、心配はしているのだ。ルッツもラルフも根本的なところではどっちも悪くないのに、兄弟仲が完全にこじれている。様子を見に行ったラルフとルッツがきちんと向き合って話ができればいいな、と思いつつ、わたしは目を閉じた。

起きた時には夕暮れに差し掛かっていた。目を射るような眩しい光が窓から真っ直ぐに伸びて顔に当たったことで、わたしは目が覚める。すでにトゥーリは店から帰って来ているようで、夕飯の準備をする音が台所でしていた。喉が渇いていたので、木のコップを手に取って喉を潤していると、動く気配を感じたのか、開け放たれたドアの向こうからトゥーリがぴょこりと顔を出した。

「マイン、起きた？　食べられそう？」

わたしが頷いてもぞりと起き上がると、トゥーリはパン粥をベッドまで持って来てくれる。わたしがもそもそと食べている間に、トゥーリは店に向かってからのことを教えてくれた。

「お店にルッツはいて、ちゃんと仕事をしていたよ。元気そうだった」

「そっか。よかった」

家を出た後で事件に巻き込まれたとか、ベンノに保護されていなくて居場所がなかったとか、そういう最悪の事態はなかったことに、胸を撫で下ろす。

「ルッツの姿を見つけたラルフが、さっさと帰るぞって、力ずくで連れ戻そうとしたんだけど、仕事中に邪魔をするなって、ルッツに言われてね。ラルフまで頭に血が上っちゃったみたいで口喧嘩になった後、勝手にしろ！　って、怒鳴って店を出てきたの。……ラルフのお父さんも仕事場にいる以上は放っておけって、言ってるみたい」

ルッツの家族にあった小さなひびが取り返しのつかない亀裂となり、壊れて行くのを見せられているようで、ギュッと心臓が締め付けられるような気がする。

「心配なのはわかるけど、マインは早く体調を治さないと、様子も見に行けないよ？」

「……うん」

次の日、わたしを迎えに来たのはルッツではなく、ギルだった。ルッツにしばらく代わりに行ってほしいと言われたらしい。せっかく来てくれたが、まだ熱が下がっていないので、神殿には行けないのだけれど。ベッドで寝たままのわたしを見て、ギルが心配そうに覗き込む。

る。

「マイン様、まだ熱が下がらないのか？」

「うん。下がっても一日は様子を見るから、三日後にまた来てくれる？」

心配そうに頷いたギルがわたしの枕元に跪いて、わたしの右手を取ると、まるで手の甲に口づけるように額を近付けた。コツンと当たったのはギルの額で、流れるように祈りの文句が出てくる。

「マイン様に癒しの女神ルングシュメールの加護がありますように」

「ありがとう。ギルにも神の祝福がありますように」

後ろ髪を引かれるような顔で帰って行ったギルは約束通り、三日後に迎えに来てくれた。熱が下がって、家族からも外出許可が出たので、ギルと一緒に家を出る。ルッツがいないのは、何だか変な感じがして落ち着かない。階段を下りて建物を出ると、井戸の広場でルッツの母親であるカルラが洗濯をしているのが見えた。パタパタと駆け寄って、わたしは尋ねる。

「カルラおばさん、ルッツはまだ？」

カルラは無言で首を振った。恰幅が良くて、お喋りで、迫力がある快活なカルラの姿はなく、やつれて疲れきっているように見えた。

「マインは……ルッツの様子を知らないのかい？」

「ラルフとトゥーリから話は聞いたけど、わたし、熱を出してずっと寝てたから。今日、これからお店の方へルッツの様子を見に行こうと思ってたんだけど……」

「そう。じゃあ、元気かどうか、知らせてくれないかい？」

その時は自分で見に行けばいいのに、と思いながら了承して、わたしはギルと一緒に広場から出た。

「ギル、ルッツの様子が見たいから、お店に寄るね？」

「マイン様が行きたいなら、いいけど。あのおばさんだって、あんなに心配しなくても大丈夫なんだけどな。親なんていなくても生きていけるぜ。孤児院には親なんていねぇし」

「……そうだね」

わたしが初めて孤児院に踏み込んだ時は、生きていけない子供達がいたじゃない、という言葉は呑み込んだ。親も無しに生きて行く孤児院の子供達は「いなくても平気だ」と思わなくては、生きていけないような気がしたからだ。

ギルベルタ商会に着くと、マルクがニコリとした笑顔で迎えてくれる。その後ろにはルッツがいて、書字板に何か書き込んでいた。

「おはようございます、マイン。もう体調はよろしいのですか？」

「おはようございます、マルクさん。やっと熱が下がりました。それより、ルッツが家出したって聞いて……」

「そのお話は奥でお願いしますね。ここ数日、ルッツの関係者が店を騒がせていて、従業員も少し気が立っているのです」

やんわりとした笑顔でマルクが言葉を遮った。どうやら、ラルフ以外にも店にやってきてルッツを連れ帰ろうとしたようだ。貴族相手の品質と高級さが売りの店に、身形に構わない貧民がやってきて連日騒ぎ立てれば、イメージは良くないだろう。このままでは、店におけるルッツの立場も良くないものになってしまう。わたしは口を噤んで頷いた。

「旦那様、マインがルッツと話をしたいそうなので、こちらに入れますね」

「……ここは談話室でも、相談室でもないんだが？」

「承知の上です」

　笑顔だが、有無を言わせない雰囲気のマルクに圧される形でベンノが溜息混じりに了承した。

「ごめんなさい、ベンノさん。外に行ってもよかったんだけど……」

「いや、中で話せ。昨日の夜は店じゃなく、ウチまでルッツの母親が来て、ルッツを返せ、とこちらを誘拐犯扱いで怒鳴り散らしてな。マルクがぶち切れて追い返したんだ」

「すみません、旦那様」

　カルラのいつもの迫力で怒鳴り込まれたところを想像して、わたしはげんなりとした。直後に、マルクがぶち切れたという言葉に戦慄（せんりつ）する。カルラを追い返せるなんて、一体何があったのか。人が変わったように疲れきってやつれていたのは、もしかしたらマルクの怒りが原因だろうか。詳しくは聞かない方が良いような気がして、わたしはルッツに向き直った。

「ルッツは今どうしてるの？　ベンノさんのところにいるの？」

「どうって、荷物置きにしてる屋根裏部屋に住んでるけど？　だから、今朝まで母さんが来たこと知らなかったし……」

　カルラはルッツに会えないまま、マルクに追い払われたらしい。わたしに様子を見てきてほしいと言った理由がわかって、複雑な気分になる。

「……って、え？　屋根裏部屋？」

「だって、オレ、それ以外に行くところないだろ？」

ルッツは物置にしていた屋根裏部屋で生活していると言った。それは住み込み見習いと全く同じ扱いだ。養子縁組を考えていると言ったはずのベンノが何の援助もしていないことになる。

「どういうことですか、ベンノさん!?　ルッツを養子にするんじゃなかったんですか!?」

「……オレが旦那様の養子？　え？　どういうことだよ？」

戸惑うルッツの様子から察するに、ベンノはルッツに何も話していないようだ。わたしがベンノを睨み上げると、ベンノも怒りに満ちた目でわたしを見下ろして、「この阿呆！」と雷を落とした。

「養子縁組したくても、親の許可もなく勝手に縁組できるわけがないだろう！　これはルッツが選んだ道だ。それより、考え無しに物を言うのを止めろと何度言ったらわかるんだ!?　親の許可が取れない状況で、養子の話なんぞ聞かせやがって！」

しまった、と口を押さえても、もう遅い。ルッツの目が暗く光った。家出してから、一人で生活する厳しさをひしひしと感じているのだろう。不満の矛先を向ける相手を見つけたように、いつも前向きだったルッツの目が、荒(すさ)んでいる。

「もしかして、マインは知っていたのか？」

「俺が話した。お前の環境や親の情報を得るために、な」

「旦那様……」

ベンノの言葉にルッツの目が少し揺らぐ。自分の居場所を探す迷子のような目でルッツがわたしを見た。

「でも、だったら……知ってるなら、なんで、教えてくれなかったんだよ？」

「ルッツがこうやって飛び出すと思ったから。家族に背を向けちゃうと思ったから。わたしは自分の家族が大事だから、ルッツの家族を壊すようなことしたくなかったの」

ルッツの家族を壊すようなことはしたくなかったが、それでも、家の中の居心地が悪くて、ベンノがルッツを受け入れてくれるなら……養子縁組してくれるなら、ルッツの望むようにすればいいとは思った。ベンノがいれば、住み込み見習いになって、親からの干渉なく自分で自由に動ける成人まで、過酷な環境で我慢するような状況になるはずがないと思っていた。

だが、現実にはルッツは家を飛び出し、親の許可なく養子縁組もできず、住み込み見習いとして屋根裏で過ごすことになっている。たった五日ほどの生活でも子供の一人暮らしは厳しいのだろう、ルッツの目は暗くなっていた。

「マインもオレが悪いって言うのか？　飛び出したオレが悪いって……」

連れ戻しに来たラルフが「我儘(わがまま)を言わずに帰ってこい」「勝手なことばかりするな」「店に迷惑をかけているのはお前だ」「もう気が済んだだろう」と言っていたことはトゥーリに聞いた。

ルッツが謝って家に帰れば、また以前と同じような生活はできるはずだ。「ほら、見ろ。やっぱり住み込み見習いなんて無理だった」と家族に言われ、自分が我儘だったんだ、自分が我慢するしかないんだ、と不満を胸に溜めながら生きて行くことはできるだろう。けれど、そんなルッツを見たくなかったから、わたしは即座に否定した。

「ルッツが悪いなんて言わないよ。言うわけがないでしょ？　わたしはルッツがどれだけ頑張ってきたか知ってる。いっぱい我慢したことも知ってるもん」

「そっか……」

ホッとしたようにルッツが小さく息を吐いた。そんなルッツの翡翠のような瞳を覗き込み、じっと見つめて、わたしはルッツの手を取った。

「わたしは何があっても、ルッツの味方だよ。わたしがわたしのまま、ここにいてもいいって、ルッツが言ってくれたから、わたしは今ここにいるの」

わたしにも周りに本当の味方がいないように感じて、自分の殻に閉じこもったようになった経験がある。不安で居場所がないような気分で、生活していても落ち着かなかったわたしを「オレのマインはお前でいいよ」と言って繋ぎ留めてくれたのはルッツだ。あの時わたしが感じた安心感の、ほんの少しでもルッツが感じてくれればいい。

「だから、わたしもルッツに言ってあげる。ルッツはルッツのままでいればいいよ。わたし、絶対に応援する。ルッツがわたしを助けてくれたように、わたしも全力でルッツを助けてあげるから、辛い時は寄りかかって」

翡翠の瞳が潤んで、泣き笑いのような顔のルッツがわたしに抱きついた。

「ハハッ……。頼りねぇ味方だな。オレが寄りかかった時点でマインの方が潰れそうだ」

涙声のルッツに押し潰されそうになりながら、わたしはむむっとした膨れっ面でルッツの背中をポンポンと軽く叩く。

「ちょっとくらいは助けになれるもん。そうだね、神殿でお昼ご飯を一緒に食べるとか……どう？

屋根裏は炊事場がないからご飯を作れないんでしょ？」

「……一緒に食べるって、作るの、マインじゃねぇし」

ぐすっと鼻をすする音が耳元で聞こえる。それでも、ルッツの声がずっと明るくなっている気がする。わたしはふふっと笑った。

「そこは、とても助かります、マイン様、って言うところだよ？」

ルッツがククッと笑って顔を上げた。いつもの前向きな笑顔が戻っている。ちょっとはルッツの役に立てたかもしれない。

「……おい、もういいか？」

ものすごく呆れたような嫌そうな顔で、執務机に頬杖をついたベンノが声をかけてきた。わたしはルッツの背中をポンポンしたまま、首を傾げる。

「……いいですけど、何ですか？」

「いや、気が済んだなら仕事に戻れ。邪魔だ」

さっさと散れ、と手を振るベンノの言葉にルッツがわたしから慌てて離れて、部屋を出て行く。わたしも挨拶してお暇しようとしたら、ベンノがルッツの出て行ったドアを見据えながら口を開いた。

「マイン、早くルッツの環境を何とかしてやりたいと思うのは同感だが、養子縁組の件は、昨日の母親の剣幕を考えても、もうちょっと頭が冷えんことには話し合いの余地もなさそうだ」

冷静に状況を判断しているベンノの言葉に、苦い物でも呑み込んだように喉の奥が引きつった。

「しばらくはこのままの生活になりそうだし、今は良くても、生活が荒めば心も荒む。ルッツの家族に、誘拐だの、騙しただの、言い触らされれば店の評判にも関わるから、今の俺には手出しできん。ルッツの味方だというなら、できるだけ助けてやれよ」

「……はい」

ルッツは家を出てもベンノの養子になって、仕事に打ち込むことができるはずだった。植物紙を作る工房を立ち上げるために余所の街に行って、自分の夢を叶えるはずだった。

……住み込み見習いになって、今まで以上に苦労するなんて……。

ベンノが言うように、厳しい生活が続けば、ルッツは荒れるだろう。自分が悪かったのか、と自分を責めて、どうして受け入れてくれないんだと、家族を恨むことになるかもしれない。ルッツがわたしを支えてくれたように、わたしにできることがあるだろうか。有効な手段が何一つ思い浮かばず、わたしは重い溜息を吐いた。

神官長の招待状

……ルッツのこと、どうしよう？

家出してしまったルッツの現状を何とかするには、ルッツとルッツの家族がしっかりと向き合って話をして、それぞれの思いを伝え合って和解できるのが一番良いと思う。お互いが言いたいことを胸に秘めているような状況で何も伝わっていないから、ルッツとルッツの家族は完全にすれ違っているのだ。

「……ン。……マイン。こら、聞いているのか？」

肩を揺さぶられてハッとしたわたしは、神官長を見上げた。こめかみをぐりぐりと押さえながら、わたしを見下ろす神官長がトントンと石板を指差す。

「全く進んでいないようだが？」

「あ、申し訳ありません」

謝った後、わたしは計算を再開した。カツカツと石筆を動かして計算が一段落すると、また溜息が出る。このままで良いわけがないと思うのは、わたしが家族に恵まれているからだろうか。家族と一緒にいるのが辛いなら離れてしまった方がルッツにとっては良いのだろうか。そこが難しい。どうしたらルッツの助けになれるだろうか。

「マイン、手が止まっている」

「え？　あ、これは終わりました」

「では、これを……」

現状打破するだけなら、ベンノと養子縁組をするのが一番の近道だ。仕事に打ち込むこともできるし、仕事上の強固な後ろ盾も得られる。生活面でも心配はなくなる。ただ、両親の許可がなければ、養子縁組はできない。そして、今回はベンノが手出しできないと明言していた。

話し合いの場を設けて、ルッツの両親とルッツとベンノを呼び出して、きっちりと話をしてもらうことも考えたが、わたしが「皆で腹を割ってお話ししましょう」と言ったところで皆が集まってくれるとは思えない。そして、話し合いがヒートアップしすぎて、ベンノやルッツの父親が暴走し始めたら収拾がつかない。どう考えても好転する未来が全く見えなかった。

「……ホントにわたし、全然役に立たない……」

「その通りだ。君の意見は実に正しい」

独り言に反応が返ってきたことに驚いて顔を上げると、神官長が怖い目でわたしを見下ろし、くいっと顎でベッドの方を示した。

「マイン、来なさい」

「あの、神官長。お仕事はよろしいのですか？」

「計算機の整備が先だ」

計算機というのはあまりにひどい言い草ではないか、と心の中で文句を垂れながら、わたしは神官長の後をついて行き、説教部屋に入った。

相変わらずごちゃごちゃと物がある部屋の中、わたしは長椅子の上の物を端に寄せて、座る場所を確保する。神官長は自分の椅子を持って来て、苛立たしげにドスンと座ると、わたしをじろりと睨んだ。ここに来ると神官長が少々感情的になるので、さっきより二倍くらい眼光が鋭い。

「一体何を考え込んでいる？　先程から辛気臭い溜息ばかり吐いているようだが」

「申し訳ありません。神官長には全く関係のないことです。気持ちを切り替えて頑張ります」

ルッツのことが心配で仕事が手に付きません、なんて言ったら、お説教が長引きそうだ。反省しているところを見せて、お説教を手短に終わらせようとしたら、神官長は椅子の肘掛けに頬杖をついて、忌々(いまいま)しげにわたしを見据えた。

「執務が滞る以上、全くの無関係ではない」

……おっしゃる通りでございます。

薄く細められた金色の瞳からわたしはそっと視線を逸らす。考え無しと言われているわたしはなるべく喋らない方が良い。わたしが口を噤んでいると、軽く溜息を吐いた神官長が立ち上がり、わたしの前に立ったかと思うと、わたしの頬をぐにっとつまんだ。

「子供がうじうじうだうだとしていたら、気になって執務が捗(はかど)らないであろう」

計算機扱いする態度からはよくわからなかったが、どうやら心配されていたらしい。回りくどくてわかりにくい神官長をじっと見上げる。そういえば、神官長は貴族として教育も受けた人だ。政変の粛清で貴族が減って、神殿の貴族が婚姻や養子縁組でたくさん移動したと聞いたけれど、神官長は養子縁組に詳しいのだろうか。

「神官長は、親の許可を得ずに養子縁組をする方法をご存じですか?」

わたしの質問に神官長は驚いたように軽く片方の眉を上げた。

「何だ? あの家族から離れる決心でもついたのか?」

「わたしのことじゃないし!」

神官長のビックリ発言に思わず敬語も何もかも忘れてしまって、思わず口を押さえたが、神官長は「だろうな」と軽く呟いただけで、済ませてしまった。椅子に座り直し、肘掛けにそれぞれ肘を乗せて、お腹の前で指を組む。

「……では、誰のことだ？　状況によるが、全く方法がないわけではない」

「あるんですか⁉」

わたしが思わず立ち上がると、軽く手を振って座り直すように示しながら、神官長は頷いた。

「私に権力がある以上、多少の抜け道はある。権力を使う相手は見極めさせてもらうが」

「ルッツとベンノさんの養子縁組です」

ルッツの現状改善にわずかな光明が見えた。わたしは座り直しながら、期待に満ちた目で神官長を見つめる。

「どちらも君にとって重要人物だな？　詳しく話しなさい」

神官長に軽くあらましを話したところ、次々と質問をされ、質問に答えている間にかなり詳しく事情を説明することになった。満足するまで質問をしたらしい神官長は、情報を一度整理するように軽く目を閉じた後、ゆっくりと目を開けた。

「ふむ。ルッツが商人見習いとなることに反対され、今また街の外に仕事で出ることに反対され、家での待遇に不満を持ち、家出した。ベンノは将来有望なルッツを養子としたいが、これにも親が反対している。君はルッツの生活環境改善が一番の希望で、最良は家族との和解。最速はベンノとの養子縁組だと考えている。ここまでで問題はないか？」

「ないです」

メモも取らず、しっかりと情報を覚えてまとめられるなんて、実は神官長はものすごく記憶力が良いのではないだろうか。わたしが変なところで感心していると、神官長は更に続ける。

「家出したルッツについて、仕事に行っているなら放っておけ、と父親は言っているのだな？　出て行けとか、帰ってくるなとは、一言も言っていないのか？」

「……多分。わたしもトゥーリの話を聞いただけなので、はっきりとはわかりませんけれど」

今回神官長に説明する上で一番痛感したのが、ルッツの両親の意見が又聞きばかりで全くわからないということだ。ルッツとは話をするし、ベンノの意見も聞いた。けれど、ルッツの両親についてはルッツやラルフやトゥーリから聞いた話ばかりで、自分では聞いたことがない。

「……状況的には少し弱いが、親から捨てられ、孤児院に保護された子という扱いにすれば、孤児院の院長が親代わりにサインすることで孤児を引き取りたいと申し出たベンノと養子縁組は可能になる」

「えぇ⁉　孤児院の院長ってわたしじゃないですか！　じゃあ、早速ルッツを孤児院に……」

……すごい、わたし！　孤児院の院長をやっててよかった！

心が浮き立ってガタッと立ち上がると、神官長はまた座り直すように手を振った。

「待ちなさい。マイン、君は話を最後まで聞くように。早合点したり、聞いていなかったりと君に失敗が多いのはそのせいではないのか？」

至極冷静に指摘されて、わたしはぐうの音も出ずに座り直す。何だろう。神官長が着々とわたしの性格をつかんでいるような気がする。

「孤児院の院長という役職に就いているとはいえ、君は未成年だ。君のサインだけでは養子縁組をするには不十分だ」

「じゃあ、本当に孤児を引き取りたいという人が来たらどうするんですか？」

……わたし、孤児院の院長なのに、サインでさえ役立たずだなんて……。

しょぼんと肩を落とすが、保護者がいなければ何もできない年齢の子供にそんな責任を負わせられるわけがないことも頭の片隅では冷静に判断していた。

「君にできない以上、上司である私のサインが必要になる」

「神官長、お願いします。ルッツの養子縁組にサインしてください」

わたしが神官長に頼むと、神官長はゆっくりと息を吐いた。

「サインをしないわけではない。だが、今の君の言い分は、全て子供であるルッツの視点で語られたものだ。子供の言い分だけで親から捨てられたと判断することはできない。親に捨てられた子供として孤児院で保護するために、私は彼の両親の話を聞きたい」

「え？　あの、どうやって？」

簡単に聞きたいと言われても、どうすればいいのかわからない。首を傾げるわたしを、神官長は不思議なものを見るような目で見た。

「どうとは？　話を聞きたければ、相手を召喚すれば良いだろう？　君は何を言っているのだ？」

「……権力というものの力を目の当たりにしました」

話を聞きたくなったら相手を呼びつければいい。それが神殿の常識だった。自分の両親が招待状を受け取って呼び出されたことを思い出して、わたしは肩を落とす。話し合いの場を設置したくてもできないと悩んでいたわたしは一体何だったのか。

「私が立ち会う前で全てを詳らかにし、納得できれば、ベンノとの養子縁組に協力しよう」

「ありがとう存じます」

わたしは晴れやかな気分で顔を上げた。珍しく神官長が笑った。しかし、その笑顔は爽やかでも何でもなく、何かちょっと悪いことを思いついた時のようなニヤリとした笑顔だ。

「そのために君は午後からも執務に励まなければならない。図書室はお預けだ」

「……はひ？」

わたしが呆然としていると、神官長はさらに愉しげに唇の端を上げる。

「フランに聞いた。君には反省室より効果があると」

「のおぉっ!?」

……フランのバカバカ！

わたしが泣く泣く午後からの執務に励むと、神官長は約束通り招待状をしたためてくれた。ルッツの両親とベンノとルッツの分だ。

「これを渡しなさい」

ルッツの現状が少しでも改善するための大事な木札を、わたしは満面の笑みで受け取った。

ルッツが送り迎えしてくれなくなったので、わたしはフランと一緒に帰ることにした。神官長から預かった招待状を渡すのに、ギルと一緒に行けば子供のお使いにしか見えないからだ。成人しているフランがいれば、ルッツの両親もちゃんと受け取ってくれるだろう。

「では、ベンノ様とルッツに渡してしまいましょう」

フランに促されて、わたしはギルベルタ商会へと寄った。マルクに奥の部屋へ通してもらい、ルッツも呼んでもらう。

「ベンノさ～ん。褒めて、褒めて。ほら、これ！」

わたしは弾む足取りでベンノのところへと駆けて行き、ビシッと木札を差し出した。訝しげな顔で木札を受け取ったベンノはざっと目を通した途端、顔色を変えて雷を落とす。

「……神官長からの招待状だと⁉　お前、今度は何をやらかした⁉」

「ルッツの家出と養子縁組の抜け道について神官長に相談したら、こうなったんですけど？」

今回はとても役に立つことをやり遂げた気分だったので、いきなり雷を落とされたことに目を瞬いて、わたしは首を傾げた。

「何てことをするんだ⁉」

「え？　え？　何がいけなかったんですか？」

「お貴族様をこんな問題に関わらせるな！　どんな結末になるかわからんだろうが！」

ベンノが激昂するが、わたしにはいまいちその理由がわからない。神官長は確かにお貴族様だが、話せばわかってくれるし、回りくどくてわかりにくいが、心配してくれただけだ。

「だって、神官長が、計算機整備のためだから仕方ないって……。それに、わたしだってルッツのために何かしたかったんだもん」

「マイン、気持ちは嬉しいけどさ。こんな招待状をもらったら普通怖いから」

ルッツが手渡された招待状を見てガックリと項垂れる。ベンノも同じように招待状を握ったまま項垂れて頭を抱えた。

「お前がルッツのために動いたら、神官長からの招待状か……ハァ」

「だって、今回はベンノさんが手を出せないって言ったから、わたしにとって身近な大人に相談しただけなのに」

むぅっと唇を尖らせると、ベンノが赤褐色の目に凶暴な光を宿してわたしを睨んだ。

「そうか。俺が全力で自分で使える権力を行使して、ルッツの家族を脅して、無理やりにでも養子縁組を進めれば、こんなことにはならなかったのか……」

「な、何て怖いことを言っているんですか⁉」

「……マイン、旦那様は本当にやろうと思えば、それくらいはできるんだ。ウチの家族は店に迷惑をかけたし、ウチの親と旦那様のどっちが強いかなんて、考えなくてもわかるだろ？」

ルッツの言葉にわたしはハッとした。自分は気軽に出入りしているギルベルタ商会だが、トゥーリは北の方へ出向くだけでも緊張すると言っていたし、当初は自分達の生活圏との違いを明確に感じていたはずだ。カルラがルッツを返してほしいと直談判したのも、相当な勇気がいる行為だっただろうし、店に迷惑をかけたルッツの家族が何の罰も受けていないなら、ベンノが寛大に許したということになる。

「こっちがルッツのためにも穏便に済ませようと思っている時にお前は……」

「神官長だって穏便ですよ！　養子縁組する手段だってちゃんと考えてくれたんですから」

「何だと⁉」

ベンノとルッツが揃ってこちらを向いた。わたしは神官長が言っていた方法を説明する。

「親に捨てられたということでルッツが孤児院へ来て保護を求めて、ベンノさんが孤児であるルッツを引き取ることにしたという状況なら、孤児院とベンノさんのサインで養子縁組が成立するそうです」

「それで、その孤児院長はお前か」

ベンノがニヤリとしながらわたしを見た。期待されているところ悪いけれど、わたしのサインには意味がないのだ。

「わたしは子供だから、神官長がサインすることになるんです。だから、ルッツの両親も交えて、事情を聞いた上で判断するって。その招待状なんです」

ベンノは手に持ったままだった木札を見て、難しい顔のままゆっくりと顎を撫でる。

「お前、ずいぶんと神官長に気に入られていないか？　普通、お貴族様は平民の俺達のことに関与などしないぞ？」

「大事な計算機らしいです。わたしが機能するかどうかで、仕事効率が違うそうですよ」

「そういえば、オットーもそんなことを言っていたな。今回はマインに感謝するべきなのかも知れんが、感謝したくない。何だろうな、この徒労感は……」

ハァ、と疲れたようにベンノが溜息を吐いてガシガシと頭を掻いた。

「ルッツの両親にはお前が渡しておけよ」

「悪いな、マイン」

「ううん、いいよ。カルラおばさんにはどうせ報告に行くはずだったし。ただね、ルッツが両親に捨てられたと主張して孤児院に来たという設定だから、明日から孤児院に来てね」

ルッツに手を振って店を出て、わたしはフランと一緒に帰途に就く。ルッツの家に向かおうと思っていたら、井戸の広場でうろうろしているカルラの姿が目に入った。

「カルラおばさん！」

わたしが声をかけると、カルラは弾かれたように顔を上げて、こちらに駆け寄ってきた。丸かった顔がやつれて細くなり、目元が少しくぼんで見える。

「マイン、遅かったね。ルッツには会ったかい？　どんな様子だった？」

「真面目にお仕事してたよ。元気そうだった」

「そうかい」

ホッと安堵の息を吐くカルラからはルッツを案じる気持ちが痛いほどに伝わってきた。簡単に養子縁組に応じないのは当たり前かもしれない。

「おばさん、これね、神殿の神官長からの招待状なの」

わたしは木札を取り出して、カルラに差し出す。カルラは信じられないと目を大きく見開いて、顔色を真っ青にして、木札を見た。

「……何だって神殿から？」

「ルッツ、孤児院に保護を求めたの。親に捨てられたって」

「勝手に出て行ったのはあの子だよ⁉」

ぎょっとしたようにカルラは叫んだが、それをここで叫んでも招待状はなくならない。貴族である神官長からの招待状は絶対のものだ。

「それで、神官長がルッツを本当に孤児院で保護するかどうか、決めるために両親の話が聞きたいって……。おじさんとおばさん、二人で来て。お仕事を休む都合もあるだろうから、三日後になってる。三日後の三の鐘までに神殿へ来てほしいって」

字が読めないカルラにわたしは招待状の内容を伝える。差し出されたままの木札を握り締めて、カルラはわたしを見返した。

「……三日後の三の鐘だね？」

「そう。この木札を門番に見せれば、案内してくれるから」

神殿での家族会議

わたしはそわそわしながら、三日後の招集日を迎えた。早めに神殿へと行って、青の衣に着替えて、神官長の部屋に向かう。わたしの側仕え部屋に泊まっていたルッツも見習い服で一緒だ。一階の側仕え部屋に泊めたのは、養子縁組で出て行くルッツの姿を見せると、他の孤児達に無用な希望を抱かせることになるかもしれないと神官長が言ったからだ。

「すっげぇ緊張するな」

「……家族会議にしては壮大すぎるよね」

わたしとルッツが神官長の部屋に着いた時には、ベンノとマルクが到着したという連絡が入った後だったようで、すぐに神官長の部屋へと二人が灰色神官に案内されてやってきた。

ベンノが貴族に向けるためのだらだらとした長ったらしい挨拶を終える頃、ルッツの両親がやってきた。建築関係の仕事をしていると聞いていた通り、ルッツの父親の身体はそれほど大柄ではないが、がっちりとしている。よく日に焼けていて、外で汗水を流して働く労働者の風貌だった。頑固そうな性格をよく表しているのは眉間に刻まれた皺とギョロリとした翡翠の目で、白に近い感じの金髪のせいで少し年を食っているように見える。

ルッツの父親は一瞬ルッツを見て、フンと鼻を鳴らした後、神官長に簡単な挨拶をした。勧められた席に着く時に、カルラはすでに正面の席に着いているベンノとマルクを見て、ビクリとする。

……マルクさん、マジで何したの？　何言ったの？　すでに脅した後でしょう？

全員が神官長の部屋に揃ったところで、高らかに三の鐘が鳴り響いた。隣に立つ神官長が挨拶するのを聞いている間、わたしは手の中の小さな魔術具を見つめていた。特定の相手にしか声が通じなくなる盗聴防止用の魔術具で、本日の会談においてはわたしの声が神官長以外の人には聞こえないようにするために使われている。要は、余計なことを言わずに黙って見ていろ、という神官長の指示である。

ルッツのフォローをしたいと訴えたら、「私が詳らかにしなければならないのは、ここに集う当事者の思惑や意思だ。第三者が口を挟むと混乱する。特に、君は中立ではなく、ルッツの味方だと公言している。邪魔だ」と、言われた。いつもの回りくどさはどこに行ったのか、とツッコミを入れたいレベルだ。

わたしが会談の場に同席できる条件がこの魔術具を握っていることだったので、今日のわたしはお人形のように座っていることしかできない。腹立たしいことに、ベンノもマルクも神官長の意見に賛成した。

席はテーブルを真ん中に、椅子が四角に設置されている。わたしと神官長が入室して一番奥の位置に座り、ルッツがわたし達の正面、そして、左にルッツの両親、右にベンノとマルクという位置取りだ。挨拶と簡単な自己紹介が終わると、最初はルッツの主張について神官長が述べる。これはルッツから神官長が直接聞いたもので、わたしも知らなかった家庭での出来事がまとめられていた。

「……以上がルッツの訴えだ。ルッツ、これで間違いはないか？」

神官長に視線を向けられたルッツは両親の様子を気にしながら「はい」と頷いた。わたしは心の中で精一杯ルッツの応援をする。小さく震える拳をきつく握って、ルッツは口を開いた。

「どんなに頑張っても、オレは認めてもらえないんだ。オレの望みはことごとく父さんに反対されて……」

「甘ったれるな！」

ルッツの父ディードが膝の上で拳をきつく握り締めて、ルッツを一喝した。突然の大音声にビクッとして、わたしの身体が椅子の上でぴょこんと浮く。普段、職人達を相手に指示を出していることで慣れているのだろう。神官長の部屋どころか、貴族区域に響き渡りそうな野太い大声に、わたしの心臓が縮み上がった。

……すごく怖いっ！　びびったから！　心臓に悪いから！

だが、心臓が縮み上がったのはわたしだけではなかったようだ。その場にいた皆が顔を強張らせて、一斉にディードを見た。わたしはベンノからよく雷を落とされているが、外で常に張り上げているディードの迫力と声量は段違いだった。

「頑張った？　認めてもらえない？　甘ったれたことを言うな」

いかつい肩をグッと動かし、身を乗り出すようにしてルッツに顔を向けると、ギョロリとした迫力のある目でルッツを睨む。怒声でなくても声が大きいし、低くて野太いので傍で聞いているだけでも十分に怖い。

全員の前で怒鳴られて青ざめたルッツが、泣きそうなところを必死に奥歯を噛み締めて堪えているのが、正面から見ればわかった。声をかけたくてもかけられないもどかしさに、わたしも唇を噛み締めていると、わたしの隣に座っていた神官長が立ち上がる。ディードの野太い大声とは違う、低くてもよく通る声が静かに問いかけた。

「ディード、甘ったれるな、と言ったが、それはどういう意味だ？　それを説明しなさい」

「ハァ？　甘ったれるな、と言った意味？　ルッツは甘ったれたことを言っているだろう？」

ディードはわけがわからないと言うように、腕を組んで首を傾げた。ディードの中では、一言で済むはずのことをほじくり返されて困惑しているような顔になった。

「頑張ったが認められないことが悔しいと訴えるルッツに、甘ったれるな、と言ったが、どの辺りが甘えているのか、私には理解できない。職人や下町の常識には疎いからな。私にわかるように説明しなさい」

「あぁ、アンタにはわからんか。……説明、説明……難しいな」

ルッツ相手なら、なんでわからないんだ、と済ませてしまえても、神官長には済ませられない。基本的に短い命令文句で仕事も済んでしまうのだろう。ディードは顎を撫で、言葉を探す。

「親の反対を押し切って就いた職業だ。頑張るのは当たり前。洗礼式を終えてまだ季節さえ変わっていないのに、認めるも何もあるか？　後ろ盾も何もない仕事を選んで突っ込んで行ったのは、このバカ息子だ。血反吐を吐くほど努力しても、一人前にさえなれるかどうかわからんのに、何を言ってるんだ、という意味だが……今度はわかるか？」

「あぁ、理解できた。そういう視点で見ると、甘ったれている、になるな。ルッツ、君にも理解できたか？」

ディードの指摘にルッツがグッと言葉を呑んで、悔しそうに歯を食いしばって俯く。逆に、ディードは自分の主張を理解してもらえたことに、少しばかり安堵の色を見せた。貴族という神官長の地位を完全に利用した会合だが、こうして詳しく聞き出してみると、ディードの言葉にはきちんと意味があったことがわかる。ルッツの言葉だけではわからなかったことだ。

「ルッツ、反論はないのか？　ディードの意見が正しいと認めてしまって良いということか？」

神官長が静かな口調で促すと、ルッツはゆっくりと顔を上げて、両親を見た。

「オレは成果を認めてほしいなんて言ってない。せめて……。せめて、商人見習いになることを認めてくれたっていいだろう⁉」

「……俺は勝手にしろ、と言っただろうが」

意味がわからないとばかりに、眉間の皺を深くして目を細めたディードが、ガシガシと頭を掻いた後、くいっと顎を上げてルッツを見た。その様子からは、未だに反対しているようには見えない。

「勝手にって……え？　それって……？」

混乱したようにルッツが首を傾げると、カルラが溜息混じりに解説してくれる。

「父さんは父さんなりに認めてたってことだよ」

「ちょ、母さん⁉　知ってたんなら、教えてくれよ！」

「わたしだって、この人の言葉を聞いたのは、今日が初めてだから知るわけないよ」

カルラが肩を竦めて首を振った。親子間、兄弟間だけではなく、夫婦間でも言葉が足りないらしい。

「言葉にしなきゃわかるかよ……」とルッツは力が抜けたようにガックリと項垂れた。わたしはルッツの意見に賛成だ。でも、よく考えてみれば、ルッツも家ではあまり自分の意見を言わなかったようなので、似た者ばかりが集まった家族なのかもしれない。

「ディード、ルッツが商人見習いとして働くこと自体には異議がないということで良いか？」

神官長の質問にディードは、いちいち聞くなと言わんばかりの面倒くさそうな顔で頷いた。

「俺は商人が好きなわけじゃないし、何を好き好んでなるのか全くわからんが、親の反対を振り切って男が一度選んだ仕事なら、住み込み見習いだろうが、何だろうが、根性でやりきればいい。泣き言をぬかして、孤児院に逃げ込むな。みっともねぇ」

ハッと嘲笑うように言いながら、ディードは言いたいことを言い終わったように乗り出していた身体を起こして、腕を組んだ。

わたしは思わず「おじさん、違う！　それ、わたしのせいだから！　ルッツは逃げてなんてないから！」と叫んだけれど、誰にも聞こえなかったようだ。こちらを向こうとする人が誰もいない。唯一聞こえるはずの神官長を見てみれば、手首に鎖で魔術具を引っ掛けているだけで、握っていない。最初からわたしの声なんて聞く気ゼロだったらしい。ひどい。

「孤児院に逃げ込むって、それはマインが……」

わたしと同じように反論しかけたルッツが慌てたように口を噤む。むぐぐっと一度唇を引き結んだ後、グッと顔を上げて、ディードを睨んだ。

「だったら、どうして仕事で余所の町に行くのを許可してくれねぇんだよ!?」

今回、ルッツが家を出ることになった直接の原因は外に出るための許可が出ないことだった。街の外に出ることを目標に商人見習いになったルッツにとって一番耐えがたいことだったが、それも一言で切り捨てられる。

「考えればわかるだろうが！」

ディードが怒鳴るが、わからないからルッツは家出したのだ。やれやれ、と肩を竦めた神官長がまた口を出した。

「わからないので、理由を述べなさい」

「……またかよ」

げんなりとした顔でディードは、あ～、と唸る。こういうのは苦手だと言いながら、眉根を寄せて口を開いた。

「ルッツが商人になるのと、街を出るのは完全に別問題だろうが。街の外は危険だ。凶暴な獣もいるし、盗賊もいる。子供を連れて行くようなところじゃねぇ」

「その通り！　危険すぎるよ」

ディードとカルラの言葉にわたしはハッとした。わたしは近くの森に行くくらいしか街から出たことがないので、全く実感などなかったけれど、街の外は危険でいっぱいらしい。ここでは子供達だけで門を出て森へ採集に行くのが当たり前だ。街の中と同じように出て行っていたので、街の外が普通の親なら反対して当然の危険なところだとは思わなかった。

それに、この街にはルッツが話を聞けるくらい普通に吟遊詩人や旅商人がいて、東門の方にある宿屋には旅の人が出入りしている。だから、旅をするのが大変だと言っても、徒歩だったり、馬や馬車を使ったりで交通の便が悪いくらいの認識でしかなかった。おまけに、最も身近な大人であるベンノが別の町に工房を作ると言って、余所の町に行って帰ってきたのを目の当たりにしていたから、大した危険を感じていなかった。

……わたし、まだここの常識が全然わかってないんだなぁ。

そろそろ二年になるけれど、知らないことばかりだ。わたしが溜息を吐く横で、神官長は少しばかり首を傾げた。

「全く危険がないというわけではないだろうが、ベンノが向かう先は東門を出て、馬車で半日も行けば着くところだ。徒歩ならともかく、馬車ならばさほど心配いらないのではないか？」

「必要ない」

ディードはハッキリとそう言い切る。ルッツはカッとしたように顔を紅潮させて、ディードを睨んだ。

「仕事だって言ってんだろ！」

「落ち着きなさい、ルッツ。ディード、必要ないというのはどういうことだ？」

手でルッツを制止し、神官長はディードに説明を促す。さすがにディードも神官長に問われることを予想していたらしく、視線をベンノとマルクに向けた。

「そこの男は余所に工房を作るのに、ルッツを連れて行きたいと言ったんだ」

「それが？」

「あのな、たった三年契約のダルアの、しかも、見習いに何の勉強が必要だと言うんだ？」

ダルア契約した見習いは日本で言うと三年契約の見習いアルバイトのようなものだ。基本的にさせるのは単純作業で基礎を叩き込むのがメインだ。店や工房ができあがった後、オープン作業に駆り出されることはあっても、出店のための契約や業務に携わることはない。

わたしはルッツの夢が余所の街に行くことだと知っていたから、夢が叶ってよかったね、と思っていたけれど、これも普通に考えるとダルアの仕事ではない。ダプラや後継ぎの仕事だ。ルッツがしなければならない仕事ではない。必要ない仕事のために危険な街の外に行く必要はないというディードの意見は、筋が通っている。

わたしと神官長は揃ってベンノに視線を向ける。ベンノは軽く息を吐いてディードを見た。

「ですから、先日もお話しさせていただいたように、私は、今後の店の展望とルッツの能力を考えた結果、ルッツを跡取りとして教育したいと考えています。余所の街での工房開設を見せるのもその一環であるし、そのための養子縁組を望んでいるのです」

「フン、話にならんな」

ディードはベンノの申し出をぴしゃりと撥ね退けた。そう言った後、周りを見回して、「これも理由が必要か？」と呟く。神官長は「もちろんだ」と答え、申し出を断られたベンノも、ディードを見据えて頷いた。

「理由があるならぜひともお伺いしたいです。失礼ながら、商売をしているわけでもない貴方ではルッツの後ろ盾にはなれない。養子縁組は店だけではなく、ルッツにとっても利になる契約のはずですから」

その言葉にディードは軽く一度目を伏せる。その後、ギョロリとした目をベンノに向けた。

「アンタ、子供がおらんだろう？」

「……ですから、後継ぎとしてルッツを考えているのですが？」

子供がいないことが断る理由になるのか、と訝しげにベンノが眉を寄せる。ベンノの場合、子供がいないから養子縁組を考えているのだ。しかし、ディードは「そういう意味じゃない」と言った後、ゆっくりと息を吐いた。

「アンタの言う通り、俺ではルッツの後ろ盾にはなれんし、アンタがルッツの能力を買ってくれるのはありがたいとは思う」

言葉を探すように視線を彷徨わせた後、ルッツとベンノを交互に見た。

「アンタは経営者としては立派だろうし、商売人としても有能だろうよ。ルッツのことで面倒をかけても、それに付き合うだけの度量も寛大さもある。だが、親にはなれん」

ベンノのことを罵るわけでも不当な評価をしているわけでもなかった。それでも、駄目だと言う。「親にはなれん」と言う意味がわからない。

「ベンノが親になれないというのはどういう意味か、説明しなさい。何か悪い評判があるとでも言うのか？」

神官長の言葉にディードは、う～ん、と唸った。「悪い評判があれば楽なんだが」と言いながら息を吐いて、真っ直ぐにベンノを見る。

「いくら仕事の評判が良くても、養子にする理由の一番に店の利益を上げるようなヤツが親にはなれん。親になるというのは利益で考えることじゃない。違うか？」

ベンノがハッとしたように軽く目を見張った後、苦い笑みを浮かべた。

「なるほど。おっしゃる通り、確かに、私にとって最優先するのは店の利益だ」

ルッツを確保することが、店にとって、ベンノにとって一番利益になるから養子縁組を考えた。もちろん、ルッツの性格や有能さもそこには加味されているだろうけれど、店を継がせるための後継ぎだから、利益が最優先だ。商人ならば当たり前の姿勢だが、それが親の姿勢ではないと糾弾されれば、ベンノには反論できないに違いない。

「養子縁組を拒否された理由はわかりました。だが、私は真剣にルッツの将来性を買っています。養子縁組ではなく、ダプラ契約なら、頷いていただけるのでしょうか？」

ダルアがアルバイトや契約社員なら、ダプラは店を任される幹部候補生のような扱いだ。店からの保障も待遇も仕事内容も全く変わってくる。

「ずいぶんと気が早いとは思うが？」

「気が早いとはどういう意味だ？」

神官長の言葉に、ディードは面倒そうな表情を隠そうともせずに肩を竦めた。

「普通はダルア契約で仕事をする様子を数年間見た後で、ダプラとして契約するかどうか考えるもんだ。洗礼式から季節も変わってないような見習いだぞ、ルッツは」

ディードが難色を示すと、ベンノは意外そうに眉を上げた。

「洗礼式からは季節も変わってませんが、私がルッツと関わるようになってからは一年ほどたっていますが？」

「そうなのか？」

「えぇ。見習い一人を抱え込むのは店側に負担となるのはご存じでしょう？　縁も義理もないルッツを当初は採る予定がなかった。私はルッツを見習いにする際、すぐには達成できないような課題を与えました。しかし、ルッツは私の予想以上の結果を残しました」

「ほぉ……」

初めて聞いたと言わんばかりの顔でディードがベンノの話を聞いている。わたしの記憶が確かならば、あの頃は紙を作る職人にならなっても良いとディードが言っていたはずだ。もしかしたら、紙を何のために作っていたかということは聞いていなかったのだろうか。ルッツが言っていなかったのだろうか。

「ルッツには商人の家で育っていない不足分を必死に埋める努力も、忍耐力もあります。余所に取られる前に手元に置いておきたいと考えていますし、真剣に教育するなら、なるべく早くしなければならないのです。努力は買っていますが、ルッツには基礎がないので」

「よかろう」

頷いた後、ディードは神官長が立ち上がりかけたのをちらりと見て、自分から付け加えた。

「いくら力になってやりたくても俺では商売人の後ろ盾にはなれん。いずれ店を任されるほど立場を見込まれているなら、その契約はルッツのためになるだろう」

「では、商業ギルドで早速手続きいたしましょう」

マルクがニコリと笑って言い添えると、ディードはものすごく嫌そうに顔をしかめた。

「これだから商人は……」

「……父さん」

ルッツの口から小さな呟きが漏れた。切り上げ口調で言葉を断ち切っていた父親の言葉の意味を知って、自分にかけられていた愛情を知って、感極まったのだろう。ディードとよく似た色合いの翡翠のような目から、ほたりほたりと涙を落とす。

カルラも静かに泣いていたが、間に挟まれた形になってしまったディードはものすごく居心地悪そうに二人から視線を逸らして、ガシガシと頭を掻く。普段は言わずに済ませていることを全部喋らされてしまった照れくささが、今になって込み上げてきたような顔になった。

「ルッツ！　謝れ！」

日に焼けてわかりにくいが、多分赤くなっている顔で、突然そう叫んだ。

「……ディード、それではわからない」

溜息混じりの神官長の指摘に、ディードはうぐぐっと一瞬言葉に詰まった後、ルッツに向かって怒鳴った。

「お前が勝手に誤解して暴走したせいで、これだけの人数を振り回したんだ。誠心誠意謝れ！」

ディードの言葉がぐさっと胸を突いた。これだけの人数を振り回したのは、ルッツではなく、むしろ、わたしだ。

「す、すみませんでした！」

声が届かないまま、わたしはルッツと一緒に謝った。ルッツの両親はルッツを見ているが、神官長とベンノとマルクの視線はわたしの方を向いている。

「ほれ、帰るぞ、バカ息子」

ルッツが駆け寄っていくと、ディードがゴンと一発ルッツの頭に拳骨を落とす。殴られて「いてぇ」と言って涙を拭いながらも、ルッツはちょっと嬉しそうにディードの隣に並んだ。

「俺も言葉が足りなかったようだ。……その、助かった」

ディードは照れくさそうな顔で神官長にそう言った後、くるりと背を向けて部屋を出た。カルラがルッツの手を取って、手を繋いで歩いて行く。


「旦那様、私達も商業ギルドへ参りましょう」

「神官長、本日は誠にありがとうございました。無事に解決したようです」

たらたらと長い口上と共に、ベンノは退室の挨拶をして部屋を出て行った。ルッツ達を追いかけて、商業ギルドでダプラ契約をするのだろう。

ベンノとマルクが退室してしまうと、部屋に残されたのはわたしと神官長だけになり、灰色神官が椅子の片付けなどをするために出入りし始めた。

「必ず全ての言い分を詳らかにするように。片方の言い分だけ聞いていたのでは見方が歪む」

「はい」

わたしが声にならない声を発して頷くと、神官長は鎖で繋がっていた魔術具を手のひらに握り込んだ。

「あの家族が壊れなくて良かったな」

突然の言葉にわたしが目を瞬かせて見上げると、神官長は「君が言ったことだろう?」と言いながら、あまり感情を感じさせない無表情を少し嫌そうに歪めた。

「家族と和解させてルッツを家に戻す。それが君にとって最良の結末ではなかったか?」

神官長の言葉に、わたしはルッツの嬉しそうな泣き顔を思い出した。家族に理解されないと歯を食いしばっていたルッツが嬉し涙を流しながら、ディードとカルラと一緒に帰って行った姿に、わたしも目の奥が熱くなってくる。

「うん、よかった。……ホントによかったです……」

誰も彼も言葉が少なすぎるせいで、こじれにこじれていただけで、家族として、親子としての情がなかったわけではない。ルッツが家族の元に戻れてよかった。

「マイン、泣き止みなさい。……これでは私が泣かせたようではないか」

チラチラとこちらの様子を窺ってくる灰色神官の視線に気付いた神官長が、今度ははっきりと苦い顔になる。

「これは、嬉し涙だからいいんです」

「まったく君は……」

わたしが青の衣の袖で涙を拭こうとすると、神官長はわたしの手をつかんで「衣装で顔を拭くのではない」と言った。でも、わたしはハンカチは持っていないし、そういうものを持っているフランは忙しそうだ。フランの動きを目で追うわたしを見て、神官長はものすごく困った顔でハンカチを貸してくれた。ハンカチには名前が刺繍されていて、わたしは神官長の名前がフェルディナンドということを初めて知った。

エピローグ

神殿を出たディードは、ルッツとカルラが手を繋いで歩くのを少し後ろから眺めながら、商業ギルドに向かって大通りを真っ直ぐに南下していた。これからルッツのダプラ契約を結びに行くことになっているのだ。神殿に呼び出された時には全く考えもしなかった結果に終わった。正直なところ、神殿に行く前は一体どうなることかと思ったが、終わってみれば、ずいぶんと良い感じで話はまとまった。

……あの神官長のおかげだな。

ディード自身、息子と意思疎通ができていないのはわかっていたが、どうすれば意思疎通ができるのかはよくわかっていなかった。下町の常識を全く知らない貴族が一々理由を求めたからこそ、ディードは苦手ながら言葉を重ねたのだ。

……それにしても、ギュンターの娘がなんだって神殿にいたんだ？　それも、お貴族様と同じ青の服を着て。

神官長の隣で、神官長と同じように青の衣をまとって静かに座っていたのは、間違いなくギュンターの娘、マインだった。滅多に外に出ないが、ルッツと同じ洗礼式に出たので、ディードの記憶にも鮮明に残っている。ルッツと二人で何やら作っていたのは聞いていたが、神殿に入ったとは聞いていない。ルッツが家を出る前まで一緒に出掛けるという声をよく聞いていたはずだ。貴族とは全く関係がないはずのマインがそこにいる理由がディードにはわからない。だが、下町に関わることなどないはずの神官長を動かし、神殿にディード達を招集したのがマインであることだけはわかった。

「父さん、ここが商業ギルドだ」

中央広場に面したところにある大きな建物を指差してルッツがそう言った。マインのことは頭の隅に追いやって、ディードは商業ギルドを見上げる。大工であるディードが商業ギルドに足を踏み入れることはない。商業ギルドに出入りするのは基本的に金を扱う者だけだからだ。今までの人生で一度も踏み込んだことがない世界に一瞬だけ躊躇い、ルッツが普通に入って行くのを見て、フンと鼻を鳴らして続いた。

狭い階段を上がると、自分達と似たような身なりの者達が順番を待っているのが見える。一体どんなところかと柄にもなく緊張してしまったが、特に緊張する必要もなかったようだ。

そう思っていると、ギルベルタ商会の者はさっさとそこを横切り、更に奥に向かった。奥にはがっちりとした金属の柵があり、番人がいる。ルッツ達三人が金属のカードのようなものを取り出して渡すと、番人がそれを何かにかざした。その直後、白い光が柵を走ったかと思うと、柵が溶けるように消えていく。

貴族が作っている魔術具と、それを当たり前に扱っているルッツを見て、ディードはとても不思議な気分になった。自分の息子がすでに自分の手の届かないところにいるような感じだ。口をへの字に曲げながらルッツを見下ろしていると、ルッツはディードに向かって手を差し出した。

「父さん、母さん。オレと手を繋いでくれ。そうしないとギルドカードがない人は上に上がれないんだ」

息子と手を繋ぐことなど滅多になくて、ディードは記憶にあるルッツの手よりずいぶんと大きくなっていることに少しばかり戸惑いながら、薄暗い階段を上がっていく。


初めて見る豪商の世界がそこにあった。床板が剥き出しではなく、厚みのあるカーペットが敷かれ、繊細な彫りが美しい椅子が待合場所に置かれている。とても綺麗な場所だった。自分達が場違いであることが嫌でもわかる。だが、ギルベルタ商会の見習い服を着て、受付にいる商業ギルドの見習いらしい少女と話をしているルッツは、すでにここに馴染んでいた。

「今日は何の御用でしょう?」

「ダプラ契約の準備をしてください。ギルベルタ商会と私の両親、どちらも揃っています」

「かしこまりました。……おめでとう、ルッツ」

「あぁ。ありがとう、フリーダ」

ルッツの姿勢、物腰、話し言葉の全てが家で見るのとは違う。洗礼式を終えて、まだ季節も変わっていない。その程度だと思っていたが、ルッツはディードの予想をはるかに超えて成長していて、すでに商人見習いとして自分の世界を作っていた。

「こちらがルッツをダプラ見習いとする契約です」

ディードもカルラも広げられた紙に書かれた文字を読むことができない。何が書かれているのかわからなくて、商人に騙されることを警戒して、どうしても顔が険しくなる。

「ルッツ、お前が読んで両親に説明するんだ」

字が読めない平民は、契約書が読めなくて、損をすることも多い。信用できる者に書面を読ませるのは、文盲の者にとって大事なことだ。ベンノの言葉にルッツは頷いて、契約書を読み始めた。

冬に石板で字の練習をしているのはカルラから聞いて知っていたが、このような契約書を読める程になっているとは知らなかった。生まれの違いを埋めるためにルッツが必死で努力していると言っていたベンノの言葉が、嘘でも誇張でもないことがよくわかる。

……甘ったれてるわけでもねぇのか。

ディードは淀みなく契約書を読み、商人達特有の言い回しを自分達にわかるように説明するルッツの姿に少しばかり感心し、同時に、自分に見えていなかった息子の姿を認めるのが何となく癪(しゃく)に思えて、フンと鼻を鳴らす。

契約書に書かれていた内容は、これから先のルッツの扱いだった。ダプラ見習いとして扱うが、しばらくは親元で生活をさせる。他の者がダプラ契約をするのが十歳なので、それ以後は他の者と同じようにギルベルタ商会に住み込みになる。荷物を置いたり、着替えたりするための部屋が与えられ、昼食もギルベルタ商会で準備される。必要ならば夕食も出される。街の外に出る仕事があれば、その時は同行させる。給料はダプラになる分、少し上がる。そんなふうに雇用条件や給料の話をして、契約を終えた。

「これでルッツはギルベルタ商会のダプラ見習いだ。今まで以上に頑張ってくれ」

「はい、旦那様。……父さん、母さん。その、オレ、認めてくれて嬉しい。ありがとう。絶対に弱音を吐いたりなんてしねぇし、すげぇ商人になるから」

ルッツが喜色に満ちた笑顔でそう言った。ディードが「当たり前だ。やると決めた以上、弱音なんぞ吐くな」と言っても、生意気にも挑戦的に緑の瞳を輝かせるだけだ。

……ちっ。イイ顔しやがって。

「ディードとカルラ。今日、神殿で話し合いが行われたことは口外しないでほしい」

契約を終えた羊皮紙をマルクに渡しながら、ベンノがそう言った。

「ギュンターの娘のことだろう？　どうして貴族と同じ青の服を着て、あそこにいたんだ？」

神殿に入るのは両親を亡くし、頼れる親族も職場もない孤児くらいだ。そして、お貴族様の奴隷として生きていくことになると言われている。さっさと口減らしした方が暮らしが楽になるような虚弱な娘でさえ大事に育てている子煩悩なギュンターが、よりにもよって神殿なんかに娘を入れるだろうか。

「知らない方がいいことは世の中にたくさんある」

ディードの疑問にベンノは表情を厳しくして、赤褐色の目を真っ直ぐディードとカルラに向けてきた。腹をくくった人間だけが持つ凄みに圧倒されて、ゴクリと喉が鳴る。

「マインはもう貴族と関わらずに生きていくことはできなくなった。貴族から身を守る術を持たない者はなるべく関わりは持たない方がいい」

「わかっとる」

ディードはそう言いながら、ルッツに視線を移す。

……だったら、お前もマインにあまり深入りするな。

そう言いたいのをグッと呑み込んだ。

ルッツは家族にさえマインが青の衣を着て神殿に入っていることを言わなかった。一緒に出掛けている先が神殿だとは聞いていない。すでに覚悟の上で関わっているのだろう。青の衣をまとい、貴族である神官長の隣……貴族側に座っていたマインの姿を思い出し、ディードはゆっくりと息を吐いた。そして、ルッツの頭を軽く小突く。

「痛っ！　突然何だよ、父さん？」

「しっかりしろよ、ルッツ。……自分の道を見失わねぇようにな」

「んぁ？　あぁ、うん」

わかっているのか、いないのか、何とも頼りない顔でルッツが頷く。けれど、その緑の瞳はしっかりと自分の進む道を捉えているように思えた。

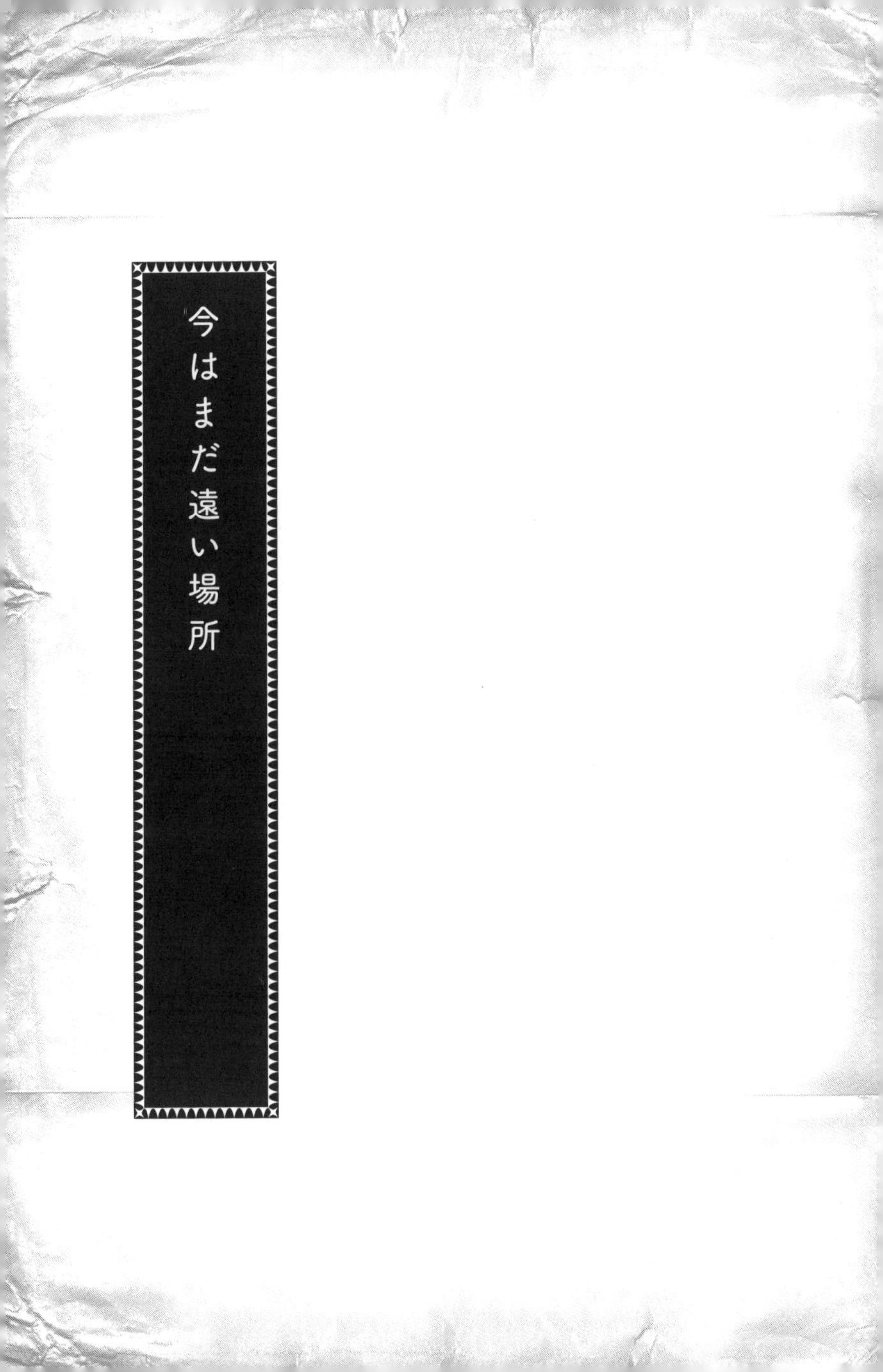

今はまだ遠い場所

「トゥーリ、お客様の対応を頼みたいんだけど、ちょっと良い？」

「すぐ行きます」

工房長の補佐から呼ばれ、わたしは縫い目が綺麗に揃っていることを確認しながら、針を置いた。そして、急いでエプロンを外すと、髪や服に糸くずが付いていないか、汚れていないかを確認する。

……よし、大丈夫。

マインの言う通りに身なりを整えることで、時々お客様の対応を頼まれるようになった。それに、マインがコリンナ様に髪飾りの権利を売ったことで、「作り方について詳しく聞きたいから」とコリンナ様からウチの工房長へ貸し出し要請をされるようになった。ギルベルタ商会と繋がりを持ちたい工房長に呼ばれることが増えて、やらせてもらえる仕事が一気に増えた。

春は本当に下っ端の見習いダルアだったのに、夏になってわたしの工房での扱いは急に変わってきている。それ自体は嬉しいけど、これまで一緒に「あの人ばかりがお客様への対応を任されるのよね」と不満を言い合っていた工房仲間のリタとラウラには「急にトゥーリばっかり贔屓されるようになったよね」と言われるようになってしまった。

今日もリタとラウラと一緒にお昼ご飯を食べている時に不満そうにそう言われ、わたしはちょっと居心地が悪い気分になりながら唇を尖らせる。

「そんなこと言われても、わたしはマインが教えてくれた通りにしてるだけだもん」

対応する人の身なりや態度が工房の代表になるんだから、できるだけ清潔に、身綺麗にして、普段から丁寧に喋ったり、動いたりした方が良いと言っていたマインの言葉をリタとラウラに伝えると、二人は目を丸くした。

「なんでマインがそんなことを知ってるのよ？　体が弱くて森にも行けないのに」

ラウラはご近所さんなので、マインがどれだけ弱いのか知っている。けれど、わたしより一つ上なので、マインが何とか森に行けるようになった頃にはもう見習いになっていて顔を合わせたことはほとんどない。マインの洗礼式の時に簪を引き抜いてしまっておろおろしていたくらいしか面識がないのだ。

「マインは体が弱いから、体を動かすことはあまりできないけど、代わりに、門で父さんのお手伝いをしているの。お手紙を読んだり、計算をしたりしてるんだって。その時にお貴族様や大店の旦那様への対応を覚えたみたい」

本当は青色巫女として神殿に行き始めたけど、マインが神殿に関わっていることは他の人には言っちゃダメ、と父さんや母さんに言われている。マインは時々門で父さんのお手伝いをしたり、髪飾りの話をするためにギルベルタ商会に行ったりしていることになっているのだ。ルッツとギルベルタ商会に行っているので、半分は嘘じゃない。

「へぇ。文字が読めるってすごいじゃない」

リタが驚いたように目を見張った。リタは職人通りを挟んで反対側に家があるので、マインを見たこともない。マインを知らないリタに褒められて、わたしは嬉しくなった。

「そう、マインはすごいの。門でお手伝いをしている時にギルベルタ商会の人と知り合ったから、わたしのためにマインが作ってくれた髪飾りにコリンナ様が目を留めることになったんだよ。この間、コリンナ様がマインから髪飾りの権利を買ったの。本当はマインが作り方を教えに行かなきゃダメなんだけど、体が弱くて工房まで行けないから、わたしが代わりに呼ばれるだけ」

マインの方が髪飾りを作るのが下手だから、とは言わずにおく。病弱な上に裁縫が苦手で下手だなんて皆に知られたら、マインがお嫁に行けなくなってしまう。これはお姉ちゃんとして大事な配慮だ。

「ふぅん。いいなぁ、トゥーリ。マインのおかげでコリンナ様のお家に行ったって言ってたもんね？」

ラウラが「トゥーリ一人だけすごく贔屓されてるし、あたしもマインみたいな助言をくれる妹が欲しかったなぁ」と羨ましそうに溜息を吐いた。

……ついこの間までは病弱な妹の面倒を見るなんて面倒で大変だねって言ってたのに。

くるっと意見を翻すラウラにムッとしていたわたしは、ふと良いことを思いついてポンと手を打った。一人だけ贔屓されるんじゃなくて、皆でマインの言葉を実行してみれば良い。

「コリンナ様のお家に行った時ね、コリンナ様はすごく素敵なドレスを作っていたの。わたしが、どうしたらお貴族様向けの素敵なデザインができるんだろうって言ったら、マインが教えてくれたんだけどね……」

「何？　マインは何て言ったの？」

これまでの話でマインの助言がすごいことを知った二人は、期待に目を輝かせてぐっと身を乗り出してくる。

「お仕事がお休みの日に街の北へ行って、お金持ちの人達がどんな服を着ているのか、流行ってる色やデザインをよく見て勉強した方が良いよって言ってた。良い物を見ないとわからないって。わたし、明日のお休みに北へ行ってみようかと思ってるの。一緒に行かない？」

「行く！」

「あたしも！」

誘うとリタとラウラがすぐさま乗ってきた。わたしはホッと胸を撫で下ろす。二人を誘った理由は簡単だ。街の北にあるギルベルタ商会や最北にある神殿に通っているマインやルッツと違って、わたしはまだ一人では緊張しちゃって中央広場より北に行けない。一緒に行ってくれる人がいると心強いかもしれないと思ったのだ。


次の日、手早く朝食を終えると、前日の夕方にお洗濯して干しておいた服をずるりと引っ張る。コリンナ様の家にも着て行った夏服だ。北に一度着て行ったことがあるというだけで、ちょっとだけ安心できる。

「じゃあ、マイン。わたし、行ってくるね」

「勉強になるといいね。頑張って、トゥーリ」

マインが手を振りながら見送ってくれる。本当はマインにも一緒に来てほしいと思ったけど、リタやラウラがいるのでマインが嫌がった。皆と同じスピードでは歩けないし、途中でへとへとになって動けなくなるので邪魔になるから、というのが理由だ。

家を出て、階段を駆け下りて井戸の広場に出ると、そわそわと井戸の近くを歩き回っているラウラの姿が見えた。

「トゥーリ、おはよう。早く行こう。リタもきっともう待ってるよ」

ラウラと一緒に細い路地を縫うように歩いて職人通りへ出る。すぐにリタの姿を見つけることができた。

「ラウラ、トゥーリ。おはよう」

「おはよう、リタ。あたし、何だか興奮しちゃって昨日はよく眠れなかったよ」

ラウラがリタに飛びついてそう言った。北に向かって歩き始めると、すぐに森へ行く見知った子供達とすれ違う。

「あれ？　トゥーリとラウラ。今日は友達とお出かけ？　市場？」

「ううん、違うよ。ちょっと勉強。皆は森でしょ？　頑張ってね」

そんな言葉を交わして手を振った後は、職人通りを仕事場に向かう人達と同じ方向に歩いていく。

道中の話題は裁縫に関することばかりだ。

「ねぇ、トゥーリ。コリンナ様のお家にお邪魔した時の話をしてよ」

二人が聞きたがったので、わたしはコリンナ様のお家で見せてもらった服や教えてくれたことについてなるべく思い出しながら話をする。でも、コリンナ様のお話には知らない言葉がたくさん出てきたので、さすがに全部を細かくは覚えていない。

いつもマインが「何だったっけ？　忘れちゃった」と言いながら、失敗した紙をまとめた物に色々と書き留めているのを見直している様子を思い出す。

……わたしも真剣に文字を覚えなきゃダメかも。

職人通りはガタガタと音をさせながら北上していく荷車が多くて、馬車は滅多に見ない。この辺りの服は似たり寄ったりだ。中古屋で買って継ぎ接ぎを当てた服ばかり。でも、中央広場へ近付くにつれて、継ぎ接ぎがなくなり、次第に色彩が鮮やかになっていき、布の量が多くなっていく。装飾品を付けている人がちらほらと見えるようになる頃には中央広場は目前だった。

わいわいとお喋りをしながら、中央広場に入る。この広場は西の船着場から東門の街道へ向かう人が大勢通るので、本当に色々な身なりの人がいた。服が豪華になっていくし、荷車だけじゃなくて馬車も通るようになる。

街の南西に家があるリタが中央広場に入って、目を丸くした。

「市場に向かうのも路地を通って近道するから、わたし、中央広場も来ることが少ないわ。こんなに色々な人がいるんだ。……こうして見ると、青い服が多いね。やっぱり夏の貴色だからかな？」

リタがそう言ったので、わたしも少し注意しながら中央広場を見回した。確かに、今は青い衣装が多い気がした。そして、コリンナ様に教えてもらったことを思い出しながら見ていると、自然と歩いていく女性のスカートに目が向かう。

「わぁ！　あのスカート、素敵。ちょっとした飾りやひだですごく豪華になるよね」

「マインの洗礼式の晴れ着もすごかったじゃない」

「マインはわたしと体格が違いすぎるから、余った部分を摘まんだだけなんだよ。でも、元が一緒なんだから、やっぱり豪華にするには布の余裕が大事なんだよね」

ラウラの指摘にわたしは苦笑を隠せなかった。確かに、わたしと母さんが改造して飾りを付けたマインの晴れ着はとても可愛くて豪華になった。そのせいで厄介事に巻き込まれることになったのだ。豪華にすればいいというものじゃない。わたしはそう学んだ。

中央広場の周辺は商業ギルドや様々な協会があるので、行き交う人が多いし、階級も雑多な感じだ。けれど、注意して見てみれば、身に着けている物で何となく階級や収入がわかる。

マインの服選びに中古服の店に連れて行ってもらった時、肌や髪の色に合わせた服の選び方や服による階級の見分け方を教えてもらった。あの時、わたしとルッツはマインに似合うワンピースを選んだのに、マインは全く違う服を選んでいた。それを思い出しながら、ブラウスとスカートと胴衣をまとって歩いていく女の人を指差して、わたしはラウラとリタに声をかけた。

「ほら、見て。女の人の服はワンピースだけじゃないんだよ。お金に余裕があると、ブラウスとスカートと胴衣を準備できるでしょ？　少し組み合わせを変えるだけで全然違った雰囲気になるし、ブラウスの襟だけ付け替えができたり、袖口のレースが付け替えできたりするの」

「ホントだ。トゥーリ、よく知ってるね」

……わたしがよく知ってるわけじゃないんだけど。

「ここから先が北なんだよね」

街の北側に繋がる広場の出口までは普通に来られたけれど、この向こうはお金持ちの場所だから、わたしは自分の服を見直した。

広場から出るのに緊張する。北に向かう出口の前に三人で立って、わたしは自分の服を見直した。わたしの視線に気付いたようで、ラウラとリタも急に口を閉ざし、不安そうに自分の服を見直して表情を曇らせる。

「ね、ねぇ、トゥーリ。ホントに北へ行くの？」

「トゥーリはコリンナ様の工房に行けるんだから大丈夫だよね？」

ラウラにぐっと背中を押されても、わたしは一歩が踏み出せず、その場で踏ん張ってしまった。コリンナ様の工房は中央広場とほとんど離れていないし、呼ばれた時は案内の人がいるのだ。

「わたし達が北に行っちゃって大丈夫？」

リタが不安そうにわたしの手を握った。

「う、うーん……。とりあえず、中央広場で色々な服を見てみようか？　わたし、まだじっくり見たことなかったし」

「賛成。ここでも十分勉強になるよね」

周囲の服を気にしながら、三人で手を繋いで噴水を中心にした中央広場をゆっくりと歩き回る。行き交う人が着ている服を観察しながら、ぐるぐると五周くらい回った。北側に行こうと思ってここまで来たのだから、やはり北側が気になって仕方がない。回っている途中で、北側の出口が近付くと何となく三人の足取りがゆっくりとしたものになる。

「トゥーリ、さっきから広場をぐるぐる回って何をしてるんだ？」

「ルッツ!?　ルッツこそ、なんでここに？」

「オレは商業ギルドにお遣い。来た時もいたし、用事が終わってもまだいるし、気になってさ」

商業ギルドを指差しながらルッツは不思議そうにわたし達を見た。指摘されれば、自分達がどれほど不審な行動をしていたのかがわかる。北に入れず、中央広場をぐるぐるしているみっともない姿を知人に見られていたのだ。

……どうしよう？　すごく恥ずかしいよ。ルッツになんて説明すれば良い？

頭を抱えて恥ずかしさに震えるわたしと違って、ラウラは笑いながらルッツの肩を叩いた。

「実は、お金持ちの人がどんな服を着てるのか、街の北側で勉強すると良いってトゥーリに誘われたんだけど、緊張しちゃって北に入れないんだよ。……あれ？　ルッツ、すごく良い服を着てるけど、どうしたの？」

ラウラはまだルッツがギルベルタ商会に入ったことを知らなかったらしい。ギルベルタ商会の見習い服を着ているルッツを頭のてっぺんから足の爪先まで見て首を傾げた。

「……ギルベルタ商会の見習い服だよ。オレ、これから店に戻るから、ギルベルタ商会まででよかったら一緒に行くか？」

「え？　いいの⁉」

思わぬ案内人を発見して、わたしはとても嬉しくなった。ルッツを先頭に三人だけでは出られなかった北へ向かう広場の出口から出る。お金持ちばかりが住んでいる北は荷車よりも馬車の方が多くて、自分達の住んでいる南とは全然違う。細長い建物が多い南に比べると、北は建物の一つ一つが大きいし、三階の木造になるところからは綺麗な色が塗られている建物も多い。

「トゥーリは何度か来たことがあるだろ？」

「あるけど、一人は緊張するよ。まだ無理」

ルッツが呆れた顔になりながらも、ギルベルタ商会の前まで連れて行ってくれた。そして、「オレは仕事に戻るから」とすぐに店に駆け込んでいく。

「……ルッツって、ホントにこんな立派な店の見習いなんだ」

ラウラがポカンと口を開けて、ギルベルタ商会を見る。マインやルッツは平然と出入りしているけれど、自分達には分不相応な店構えだ。店の中に入りたくても、扉の前に立っている番人に追い返されるに違いない。

しばらくの間、わたし達はギルベルタ商会の前に立って道行く人達を観察していた。ひらひらとした布を多く使った人が多くなっていて、少なくとも、継ぎ接ぎのある服を着ている人は見かけない。中央広場で見ていた時に比べると、何となくデザインも似通って見える。これがマインやコリンナ様が言っていた流行だろうか。

「お金持ちの服が素敵なのはわかるけど、自分で作るのは無理だね。練習用にできるような布もないし、どう作ればいいのか全然わからないよ」

リタがそう言って肩を竦めた。ラウラも同意するように頷く。

「ウチのお客様が欲しがるような服じゃないよね。何て言うか、手が届かなくて、すごく遠い感じ。あたし達の勉強ならここまで来なくても中央広場で十分だよ」

今まで横並びで仲良く仕事をしていたリタとラウラの意見が、自分とは全く違うものだったことに衝撃を受けた。わたしはもっとここでお金持ちの人達が着る服を見たいし、マインの晴れ着を改造した時のように人形の小さい服でもいいからお金持ち用のデザインを練習してみたい。皆で一緒に上達して、次のダルア更新の時にはもっと格上の工房に入りたい。でも、二人は無理だと諦めてしまうのだ。いつの間にか考え方や目標が二人と違っていたことに気付かされて、わたしは戸惑う。

「じゃあ、今日はもう帰ろうか？」

わたしは居心地の悪そうな二人にそう声をかけて、中央広場に戻り始める。でも、足と心が重い。俯いて足元を見つめながら歩くわたしの心の中は不満でいっぱいだ。

……もう帰る？　せっかくここまで来たのに？　まだ全然見てないじゃない。二人は無理って言うけど、わたしは無理だと思いたくないよ。

少し歩を進めたところで、わたしは一度立ち止まって振り返った。ギルベルタ商会へ入っていくお客様の姿が見える。多分、コリンナ様のお客様だ。見本に飾っていた服とよく似た服を着ていた。

……綺麗。もっとじっくり見たいな。

コリンナ様のお家で見たお貴族様向けのドレスが脳裏に浮かぶ。今の自分では手が届かないからこそ、もっと勉強して、練習したい。そして、コリンナ様の工房に移れるくらいの腕前になりたい。ルッツやマインがギルベルタ商会に出入りするようになったのだから、わたしだって頑張れば何とかなるかもしれない。

……こんなことを考えるようになったのはマインのせいだよね。

マインが必死に努力して、自分が欲しい物を絶対に手に入れるから。絶対に無理だと親に反対されても自分の道を突き進んだルッツがいるから。わたしも「これくらいで十分」とか「手が届かなくて無理」なんて思えなくなった。わたしも自分の道を突き進みたい。

「トゥーリ、どうしたの？」

先を進んでいた二人が振り返った。わたしは顔を上げて、ニコリと笑うと大きく手を振った。

「ごめん。二人で帰って。せっかくここまで来たんだから、わたし、気が済むまで勉強したい」

ギルベルタ商会はまだ遠い目標だけど諦めない。せめて、服選びでマインに勝てるくらいには頑張らないと、わたしの仕事はお針子なのに悔しすぎる。わたしは踵(きびす)を返して、ギルベルタ商会の前へ戻った。そして、周囲の人達をじっと見つめる。

……マインには負けないよ。だって、わたし、マインのお姉ちゃんだからね。

側仕えの自覚

「ギル、そっち持ってくれ！」

「おぅ！」

朝食を終えてすぐ、オレ達は工房で準備をしていた。今日はルッツ、ギュンター、トゥーリが先導役で森というところに行くことになっている。森は下町とはまた違うところらしい。そこで紙の作り方を覚えて、孤児院の工房で作るのだ。

オレはマイン様が作ると言っただけで動く理由は十分だが、仕事が増える孤児院の奴等はあまり乗り気ではないようだ。オレがマイン様の側仕えになる前、孤児院でよく一緒にふざけていたカイが普段着ている灰色神官の服よりボロボロで継ぎ接ぎだらけの服を嫌そうに見下ろす。

「なぁ、ギル。その、紙を作ったらどうなるんだ？」

そんな質問をされてもオレはよく理解できていない。マイン様の意図を一番よく理解しているルッツに視線を向ける。オレの視線を受けたルッツはうーん、と唸った。神殿と下町では全然常識が違うので、当たり前のことを説明するのが難しいのだ。

「ギルベルタ商会で買い取るためだって言ってもわからねぇよな。えーと、マインが使えるお金が増えて……。いや、これもダメか。お金がわからねぇもんな。そうだな。お前等の飯が増える」

「本当か⁉」

カイ達の目が喜びに輝いた。孤児院の食事事情はマイン様のおかげで多少改善されたけれど、まだ足りない。量が増えれば増えるだけ嬉しいに決まっている。

「よし、行こう。紙を作ろう」

「すげぇよな。マイン様の言う通りにしたら、自分達で自分達のスープが作れるんだぜ。どんどん減っていく神の恵みをじっと待っていなくてもいいんだ」

カイ達の言葉に、ついこの間までの孤児院の様子が思い浮かんだ。青色神官や巫女がどんどんといなくなって、孤児院にどんどんと元側仕えの灰色神官や巫女が戻ってくる。孤児院の灰色は増えたのに青色が減ったので、一人当たりの神の恵みは急に少なくなって、オレ達はいつも腹を減らしていたのだ。マイン様が神殿に入るまで、新しい青色が入ってくることもなく、誰かが側仕えとして召し上げられることも食事の量が増えることもない閉塞した空間だった。

「平民の青色巫女なんて、って思ってたけど、マイン様じゃなきゃ言わないよな？　食べたかったら自分達で作ればいいでしょう、なんてさ」

マイン様はそう言って孤児院の皆にスープの作り方を教え、野菜や肉を買ってくれた。下げ渡される食事しか知らなかった孤児院ではこれまでの常識がひっくり返る大改革だったのだ。

「今回、森へお前達を連れて行くのだって、紙作りを教えるためだけじゃないからな。森にある食べ物を少しでも知っていたら飢え死にする前にどうにかできるだろうって、考えた結果なんだ」

ルッツの言葉にカイが軽く目を見張った後、ちょっと嬉しそうに笑った。

「マイン様が孤児院長になってくれて良かった。孤児院を良くしようって考えてくれる青色なんて他にいないからな」

「じゃあ、マインのためにも頑張って紙を作ってくれよ」

「わかった」

皆が期待に満ちた目で背負子やナイフなどの採集道具を持ち、鍋や蒸し器などの紙作りに必要な道具を手分けして抱える。森に出発だ。

「マイン様、オレ、ちゃんと覚えてくるからな」

「紙の作り方も森での採集もよく覚えて来てね」

オレがマイン様にそう言われ、大きく頷いていると、孤児院に一番馴染みのあるルッツが大きく手を振りながら皆に指示を出した。

「きちんとギュンターおじさんについて行くんだ。孤児一人じゃ門から出られないからな」

ギュンターという男の人がマイン様の父さんで、トゥーリがマイン様の姉さん。そう聞いたけれど、父さんと姉さんというのがどういう関係なのかよくわからない。マイン様は「一緒に生活する人、家族だよ」と説明してくれたけど、やっぱり理解できない。多分、神殿のオレ達がマイン様と一緒にいるように下町での側仕えみたいなものだろう。それとも、一緒に暮らすのだから、オレにとって孤児院の奴等みたいなものだろうか。

……家族は理解できないけど、あれくらいオレも頼られるようになりたいんだ。

神殿の門を出ると、風景が一気に変わる。白一色の建物である神殿と違って、下町は茶色で汚くて臭い。オレは閉じ込められている神殿から出られるだけで十分嬉しいが、他の奴等は顔をしかめた。そんな顔に気付いたギュンターが肩を竦める。

「お前達が綺麗に清めている神殿とは全然違うだろう?」

「……なんか汚くて臭くて、騒々しくて、人がいっぱい。それに建物が白じゃないのが変な感じ」

一人の言葉に皆が頷き、きょろきょろと周りを見回す。たくさんの灰色神官達が戻ってきた孤児院は人が増えすぎて狭いと思っていたけれど、街に出るとそれ以上にたくさんの人がいる。騒がしくすると注意される神殿では考えられないくらいに街は騒がしい。初めてオレが街に出た時は初めて見る物ばかりの周囲の様子や人の多さに興奮しすぎて、後で気分が悪くなったくらいだ。

「あれは何でしょう？　見たことがない物ばかりですね」

「皆が色々な色の服を着ています。……あそこを歩いているのは青色巫女でしょうか？」

青い服を着た女性を見かけた一人が指差すと、皆がその女性が通りやすいように通りの端に避けて跪こうとする。

「違う、違う！　街には青色巫女も青色神官もいない！　跪かなくていいぞ」

「そ、そうなの？」

跪きかけた皆が恐る恐る女性を見送りながら、叱られないかと体を硬くして身構えているのがわかって頭を抱えたくなった。きっと初めて街に出たオレやフランを見たマイン様やルッツも同じように頭を抱えたくなったに違いない。神殿の常識しか知らない皆は街で明らかに浮いていた。明らかに街に慣れていなくて、きょろきょろと下町を見回している姿はかなり挙動不審だ。何度も下町に出ているオレは知っている限りを教えてやる。

「建物全部が白いのは貴族がいるところだけ。だから、平民が作った建物には色があるんだ。建物も服も神殿と違って決められていない。いっぱい色がある。この辺りは富豪？　とか、金持ちって言われてる人達がいるところだから、まだ綺麗だけど、もっと先へ行くとオレ達が着ているのと同じような服ばかりになって、もっと汚くなるぜ」

「なんでギルはそんなによく知ってるの？」

不思議そうに目を瞬く小さい子供にふふん、とオレは胸を張った。

「マイン様の送り迎えでオレはよく神殿から出てるからな」

監督役の灰色神官に反省室へ入れられる方が多かったオレが良い意味で注目されることはこれまでなかった。ちょっと得意になっていると、ルッツが「そうやって胸を張ってるけど、ギルは下町で結構失敗もしてるぞ」とオレの肩を軽く叩いた。

「皆は良いと言われるまで周囲の物に触れるなよ。ギルは初めて街へ出た時に店先の果物を神の恵みだって勝手に食べて怒られたんだ。神殿と違って、街では体罰があるからな。怒られるようなことはするなよ。いきなり怒鳴られて殴られるんだ。痛いし、怖いぞ」

ルッツの暴露に周囲の皆がクスクスと笑いながら、「街の物に触ってはダメだよ。怒られるからね」と言い合う。

……ちぇ。せっかくちょっといいカッコができるところだったのに、ルッツのせいで台無しだ。

中央広場を通り過ぎると景色がまた少し変わる。木で造られている部分が色とりどりだった建物が茶色に変わり、建物自体も狭くなって細長くなっていくのだ。周囲の人達が着ている服装からも色がなくなっていき、自分達が着ている物と同じような継ぎ接ぎだらけのボロボロ服になっていく。

そして、周囲の人々の雰囲気も変わる。

「何回言ったらわかるんだ！」

静かな神殿ではあり得ない突然の怒鳴り声にビクッとして振り返れば、何やら建物を修理しているでかいおじさんが成人くらいの男の子を怒鳴りつけて、拳をゴンと振り落とした。

「うわっ！　体罰だ！」

「あ、ああ、トゥーリ！　あのような暴力を振るってもよろしいのですか？」

灰色巫女見習いが震えながらトゥーリの袖をつかむ。トゥーリは曖昧な笑みを浮かべた。

「怒られなきゃわからないこともあるからね。それに、そんなに怖がらなくても、怒られるようなことをしなきゃ大丈夫だよ」

南に行けば行くほど周囲の人達が大声で話をしたり、罵り合ったりしていて、静かな神殿とは全く違う怖い雰囲気に思わずビクッとしてしまう。

「路地に入るともっと怖い人もいるから、はぐれちゃダメだよ。真っ直ぐにあの門へ行くからね」

トゥーリがそう言って大通りの先にある大きな門を指差した。孤児院の皆がトゥーリの言うことを素直に聞いているのはこの辺りが怖いからという理由だけではない。スープの作り方を教えてくれた先生だからだ。ルッツもトゥーリもオレ達とあまり変わらない年なのに、色々なことを知っていて、色々なことができて、マイン様の役に立っている。

今オレが誰の手伝いもなくできるのは掃除とマイン様の送り迎えだけだ。他のことはフランに教えられながら覚えている段階で、役に立てているとは言えない。

南は雰囲気が荒んでいて怖いせいか、皆の足が自然と速くなって門に着いた。形は神殿の門に似ているが、もっと大きい。この門の先はもう街ではないらしい。門に入る手前でギュンターが「ここでちょっと待て」と皆を止めた。

「ちょっと話を通してくる。おーい、オットー！」

ギュンターが離れていき、門の前で足止めされたため、周囲の人達がじろじろと奇妙なものを見るような目でこちらを見てくる。神殿から出たことがない皆にとってここは未知の世界だ。本来ならば神殿から出てはいけないと言われて育ってきたため、何とも言えない罪悪感のようなものが胸に広がっていく。それは皆も同じようで、だんだんと不安そうな顔になっていく。

「そんな顔をしなくても大丈夫。父さんが一緒だから」

トゥーリが優しく笑いながらそう言った。街に出入りする者を毎日見ている門番は、知らない者が勝手に出入りしないように見張っているのが仕事だそうだ。

「街の子供達は顔を覚えているけど、初めて街に出た孤児院の子達の顔はわからないからね。父さんはここの兵士だから、皆の身元を保証して外に出してくれるよ」

「ギュンターおじさんがいて正解だったな。オレだけじゃ孤児達全員を通すのは無理だった」

門番と交渉するギュンターを見ながらそう言ったルッツにオレは少し目を瞬いた。

「ルッツでもできないことがあるのか？」

「そりゃそうさ。オレができることの方が少ねぇよ」

ルッツは何でもかんでもマイン様に頼られているように見えるのに、それでもできないことがある。それを聞いて、オレは何となくホッとした。

「そっか。じゃあ、オレも頑張ればマイン様の役に立てるようになるよな」

「なってもらわねぇと困る。神殿の中のマインにはこっちの目が届かないからな」

ルッツがニッと笑った。オレ達二人の会話を聞いていたらしいカイが何度か目を瞬いて、オレの顔を覗き込む。

「変わったな。ついこの間まで平民のチビなんかに仕えるのは絶対に嫌だって言ってたくせに」

「……あぁ、そうだったな」

あまりにも自分の環境も孤児院も一気に変わりすぎたから、ものすごく時間がたったような気がするけれど、実際にはマイン様が神殿に入ってからまだ季節一つ分もたっていない。

「アルノーから新しい青色巫女の側仕えに召し上げられるのがギルだって聞かされた時は驚いたよな？　反省室常連のギルより自分の方がよほど側仕えに向いていると思ったぜ」

カイの言葉に周囲の皆が頷く。誰も彼も新しい青色巫女の側仕えになりたがった。側仕えになれば孤児院から出られるのだから当然だ。けれど、アルノーは首を振って「神官長からギルと決められています」と皆の主張を退けた。オレは孤児院から出られることや、今まで文句を言ってはオレを反省室に入れていた監督役の灰色神官達よりも上の立場に上がれることが嬉しくて、皆を見返してやったような気分になっていた。でも、その嬉しさはすぐに打ち砕かれたのだった。

「新しく入ってくるのが平民の青色巫女見習いで、部屋さえも与えられず孤児院から出られないってアルノーに言われて、お前等は笑ってたじゃねぇか」

「あ、そうだったな。側仕え見習いになっても、食事も部屋も与えられないんじゃ一体何のために仕えるのか全くわからないから、平民の青色巫女ならギルにはピッタリだとか、自分が召し上げられるんじゃなくてよかったって言ってたんだ」

平民の青色巫女だからいらない奴が付けられるんだ、と笑われた悔しさに歯噛みしながらマイン様に会ってみれば、自分よりもチビで神殿のことを何もわかっていない子供だった。言葉遣いも態度も自分達が知っている青色巫女のものとは全く違って、「こんなのが主かよ」と本気で思った。

「なんで普通の青色巫女じゃねぇんだ、って言ってたギルがなんでそこまで変わったんだよ？」

「マイン様が普通の青色巫女じゃないからだ。マイン様は頑張ればちゃんと認めて褒めてくれる」

働いた分だけの報酬を与えるのが当然の平民だったから、マイン様は孤児院長室の掃除をしただけなのに「よく頑張ったね」と頭を撫でて褒めてくれた。マイン様が褒めてくれることを考えると、オレは嬉しくなる。「ギルはよく頑張ってるよ」とか「ありがとう、ギル」と言いながら、小さい手で頭を優しく撫でられると、オレはいつだってじわぁっと胸の奥の方から温かいものがにじみ出てきて、勝手に口の端が上がっていく感じがするのだ。

洗礼式を終えて孤児院の地階から出ると、あんな風に撫でられることはなくなった。ただでさえ、オレは孤児院の生まれではなく、途中で孤児院に入れられた子供らしいので、地階の女達からも撫でられたり、抱き締められたりすることが少なかったから、嬉しくて仕方がない。

「オレ、色んなことを覚えて、ルッツみたいにマイン様の役に立つんだ」

「ふーん。でもさ、ギルよりオレの方が覚えは良いぜ。マイン様の側仕えってまだ少ないから、これから何人か召し上げるだろ？」

カイの言葉に周りの奴等は同意するように頷いたけれど、オレにとっては驚きの言葉だった。

「そうそう。マイン様は頑張れば認めてくれるんだ。ギルだけじゃなくて、オレ達が頑張っても認めてくれるさ。ギルより頑張っていると思ったら、ギルの代わりにオレが側仕えに召し上げられるかもな。どうせ大した仕事はできてないんだろ？」

今頃になって初めて気付いた。マイン様は新しく入った青色巫女だから、神官長が決めた側仕えばかりしかいなくて、まだ側仕えを自分で選んでいない。自分で選んで側仕えを入れ替える可能性があるのだ。嫌なことに気付いて心臓が大きく鳴った。

マイン様は孤児院の様子を気にかけてくれる慈愛に満ちた性格で、側仕えになっても酷い扱いをされる心配は全くない。孤児院を救ってくれたことを皆が知っているのだから、皆がマイン様の側仕えを狙っていても何の不思議もない。

……まずい。オレより優秀な奴なんて孤児院にはいくらでもいる。

じりじりとした焦りで背中が汗ばんできた。元側仕えで仕事に慣れている灰色神官も同性ということで手助けできる灰色巫女も孤児院にはたくさんいる。フランは神官長の側仕えだったので、何でもできる。今はほとんどの仕事を担っている。デリアは女だから、巫女の身の回りを整えるには絶対に必要だ。それに、デリアは神殿長の命令で付けられていると言っていたから真面目に仕事をしていたら外されるはずがない。

……もっと色々とできるようにならないと、一番役に立たないのはオレだ。どうしよう？

突然何とも言えない不安が胸に広がっていく。これまでの素行が悪くて、できることが少なくて、オレがマイン様の役に立てていないことは自分が一番知っている。

「通っていいぞ！」

ギュンターの声に手招きされて、皆が一斉に動き出す。同じように動きながらオレはそっと喉を押さえた。呼吸が苦しい感じで、喉の奥がヒリヒリする。これまでサボってきたせいで、オレは他の奴等よりもできることが少ないのだ。どれくらい頑張れば良いのかわからない。

「ギル、お前、なんて顔をしてるんだよ。具合、悪いのか？」

「ルッツ。オレ、頑張ってもマイン様の役に立てねぇかもしれない。他の奴等の方が色々できるから入れ替えられるかも……」

オレが不安を吐き出すと、ルッツは何度か目を瞬いた後、「馬鹿馬鹿しいことを言うな」と首を振って門に入って行った。オレにはルッツの言葉の意味もわからない。

……馬鹿馬鹿しいって何だよ。オレが馬鹿ってことか？

暗くて長い門の道はオレの今の気分のようだ。周囲の「なんか地階を思い出すね」「うん、怖い」「暗いよ」というチビ達の声が反響して思った以上に大きく響いている。たくさんの足音が響く中、オレは何とも言えない不安いっぱいの気持ちで歩いていた。

……どのくらい頑張れば良い？　今から頑張ったところで他の奴等に追いつけるのか？

ほとんど日が差さない暗い道を通り抜けると、目を開けているのが痛いほどに眩しい外に出た。

そこには初めて見る風景がぶわっと広がっている。高い壁に囲まれた空しか知らなかったオレはあまりにも眩しくて広い空に驚いた。同じように感じたらしい周りのチビ達から感嘆の声が上がる。

「うわぁ！　すごい！　見て！　空が広くて、四角じゃない！」

「とても明るくて、太陽がいつもよりずっと眩しい」

「まるでマイン様みたいなお空だ。初めて地階から出された時もこれくらい眩しかったよ」

その言葉にオレはマイン様が孤児院の大掃除をして、皆が笑ってご飯を食べられるようになったあの日の光景を思い出す。あの時、マイン様が自分の主で良かった、と思ったのだ。自分がマイン様の側仕えであることが誇らしかったのだ。

「ルッツ。オレ、マイン様の側仕えを辞めたくないな。ちゃんと役に立ちたい」

「お前、ホントにわかってないのか？」

ルッツが驚きと呆れの混じった緑の目でオレを見た。

「あのなぁ、孤児院を救う話になった時に毎日スープを持って行ってチビ達に飲ませていたのはお前だろ？　掃除する時に率先してするのはお前だろ？　もうマインの役に立ってる。それでも不安なら、これからできることを増やしていけばいい。マインは努力する限り、簡単に切り捨てねぇよ。まずは、これから教える紙作りをきっちり覚えろ」

これからどんどんと店が忙しくなるから、自分の代わりに工房を任せられる側仕えが絶対に必要なのだそうだ。孤児院にとっても、マインにとっても大事な工房を任せられたら少しは自信がつくだろう、とルッツが唇の端を上げる。明確な目標が設定された途端、自分の中から少し不安が消えていくのがわかった。

「工房の管理か……」

「マイン工房の紙作りは孤児院の食料を買うためにも絶対に必要だし、マインにとって一番大事な収入源だ。しっかりしろよ、ギル。お前はマインの側仕えなんだからな」

ルッツにバシッと背中を叩かれて見上げた空は、さっきよりずっと明るく青く見えた。

「ギル、ルッツ。早く！　置いていっちゃうよ！」

トゥーリの声に周囲を見れば、高い壁がなくなって開放感に包まれたせいだろうか、チビ達が歓声を上げながら笑顔で森に向かって走り出している。

「森でマイン様にお土産を探すんだ」

「こら！　待て！　オレが一番乗りだ。マイン様の側仕えなんだからな」

オレが追いかけると、きゃーと一際高い声を上げてチビ達が逃げ回る。

「お前達、はしゃぎすぎだ。帰りまで体力がもたんぞ」

苦笑交じりに注意するギュンターを見上げ、「マインは孤児院の子達に慕われてるんだね」とトゥーリが嬉しそうに笑った。

あとがき

お久しぶりですね、香月美夜です。

この度は『本好きの下剋上　～司書になるためには手段を選んでいられません～　第二部　神殿の巫女見習いⅠ』をお手に取っていただき、ありがとうございます。


第二部では神殿に舞台が移りました。青色巫女見習いとして入ることになった神殿は、麗乃時代はもちろん、下町の常識も通じない場所です。楽園ともいえる図書室はあるものの、問題は山積み。常識の違い、困った側仕え、酷い状態の孤児院……。何より、神具に奉納することで命の期限は延びたものの、虚弱な体は相変わらずです。それでも、数々の問題に対して奮闘しなければ貴族の子が支配している神殿では生きていけません。

一人では何もできなくても、マインには一緒に動いてくれる相棒のルッツがいて、相談に乗ってくれるベンノがいて、神殿での動き方を教えてくれる神官長やフランがいます。皆の協力を得て、マインは一つずつ問題を解決していきます。

言葉が足りずにすれ違っていたルッツの家族問題も、神官長による関係者呼び出しという大技を使って無事に解決しました。憂いの晴れたルッツとマインの側仕えとして相応しくあろうと必死に努力するギルの頑張りによって、マイン工房孤児院支店は順調に動き、紙の制作はますます順調に進むようになります。

次巻でやっと念願の本作りに着手できそうです。

今回の短編はリクエストの中からマインの影響で状況が変わったトゥーリとギルのお話を書きました。マインの視点では名前も出てこないキャラも出てきます。自分の道を見つめて努力する二人の生活を感じていただけると嬉しいです。


さて、三巻ほどではありませんが、この巻も分厚くなりました。それというのも、少しでも読者のお財布に優しく、と考えて第二部を一冊でも少ない巻数で出すために色々と検討した結果なのです。この分厚さが続くとは思っていなかったであろうＴＯブックスの皆様、本当にお世話になりました。

そして、今回はルッツとマインの表紙です。二人とも可愛いです。第二部に入り、新しくキャラがどっと増えたので大変だったと思います。椎名優様、ありがとうございました。

最後に、この本をお手に取ってくださった皆様に最上級の感謝を捧げます。

続きの出版は冬になる予定です。そちらでまたお会いいたしましょう。

二〇一五年八月　香月美夜

祈りを!
漫画も
よろしくね
♥
コミカライズ決定!!

神に〜

2015年
12月
発売予定!
www.tobooks.jp
/booklove

夢見て、
変える！
ジー！
転生
怒涛の
2ケ月
連続刊行！
書き下ろし
短編収録！
I
アップルパイは笑顔と共に
2015年10月20日
II
蜂蜜の月
2015年11月20日

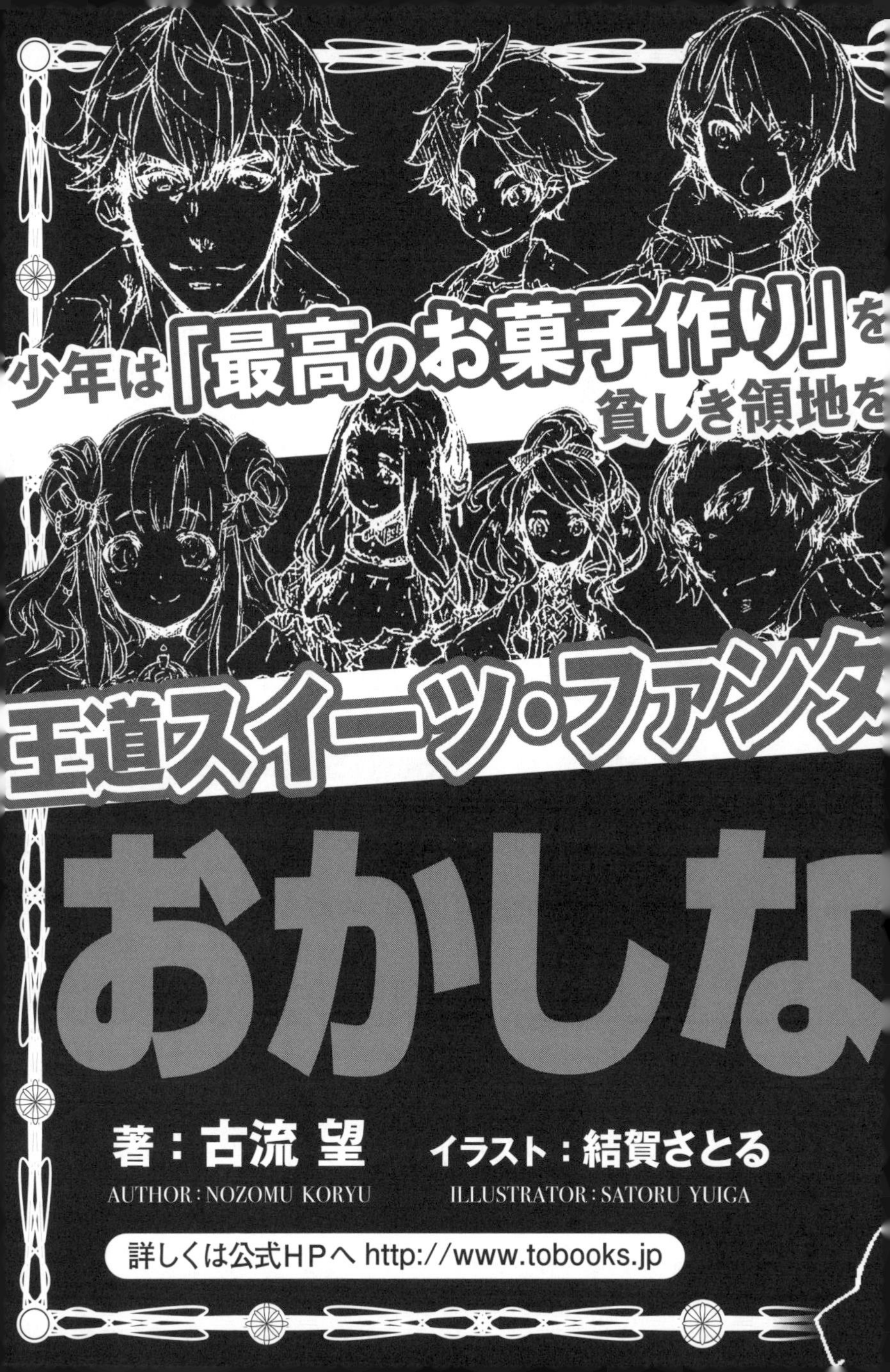

少年は「最高のお菓子作り」を
貧しき領地を
王道スイーツ・ファンタ
おかしな
著：古流 望
イラスト：結賀さとる
AUTHOR : NOZOMU KORYU
ILLUSTRATOR : SATORU YUIGA
詳しくは公式HPへ http://www.tobooks.jp

夜伽の国の月光姫
10月25日
発売！
著：青野海鳥
イラスト：miyo.N
忌み子出立！
小国の姫（中身おっさん）が大国に栄華をもたらす！
数多の勘違いによりおっさんが成り上がる、
抱腹絶倒のシンデレラストーリー！
タジー最新作
続々刊行決定！
詳しくは公式HPへ http://www.tobooks.jp

僕があなたのお店を
流行らせて
見せます！
異世界で
経営改善!?
異色のお仕事ファンタジー！
2ヶ月連続！
かいぜん！
〜異世界コンサル奮闘記〜
1巻
10月25日
2巻
11月25日
発売！
著：秦本幸弥　イラスト：堀泉インコ
異世界ファン
俺のペットは聖女さま
11月10日
発売！
著：ムク文鳥　イラスト：カスカベアキラ
最愛のペットが異世界転生したら美少女に!?
聖女と歩む純愛ストーリー！

usStabber

1994-2014

~20th Anniversary~

phen

Author

Yoshinobu Akita

Illustrator

Yuuya Kusaka

The Sorcer
魔術士
オーフェン

（通巻第4巻）
本好きの下剋上
～司書になるためには手段を選んでいられません～
第二部　神殿の巫女見習いⅠ

2015年10月1日　第 1刷発行
2023年 8月1日　第19刷発行

著　者　香月美夜

発行者　本田武市

発行所　TOブックス
〒150-0002
東京都渋谷区渋谷三丁目1番1号　PMO渋谷Ⅱ　11階
TEL 0120-933-772（営業フリーダイヤル）
FAX 050-3156-0508

印刷・製本　中央精版印刷株式会社

ISBN978-4-86472-424-1

Printed in Japan